भारत वैभव

भारत वैभव

चक्रधर सेमवाल

ज्ञान गंगा, दिल्ली

प्रकाशक : ज्ञान गंगा, 2/42, अंसारी रोड, दरियागंज, नई दिल्ली–110002
सर्वाधिकार : सुरक्षित / संस्करण : 2025 / मूल्य : तीन सौ पचास रुपए
मुद्रक : श्री साई प्रिंटर्स, साहिबाबाद ISBN 978-93-87968-31-8

BHARAT VAIBHAV
by Shri Chakradhar Semwal ₹ 350.00
Published by **GYAN GANGA**
2/42, Ansari Road, Daryaganj, New Delhi-110002

डॉ. जीतराम भट्ट
सचिव
दिल्ली संस्कृत अकादमी
(दिल्ली सरकार)

कार्यालय—
प्लाट सं.-5, झंडेवालान,
करोलबाग, नई दिल्ली-110005
दूरभाष : 011-23635572, 23555676
मो. नं. : 99909791111

पत्रांक : 1035

दिनांक : 27/11/2015

शुभाशंसा

सांस्कृतिक चेतना के स्वर, संकल्प शक्ति, रहस्यमयी हिमवादियाँ इत्यादि पुस्तकों के रचयिता श्री चक्रधर सेमवाल द्वारा विरचित 'भारत वैभव' नामक पुस्तक को देखकर अत्यंत गौरवानुभूति होती है। क्योंकि हमारा देश जितना प्राचीन है, उतनी ही विकसित हमारी संस्कृति भी रही है। श्रीमद्भागवत में कहा गया है कि "यदारभ्य इदं वर्षं भारतमिति व्यपदिशति"। भगवान् ऋषभदेव के पुत्र से इसका नाम भारतवर्ष पड़ा। विष्णुपुराण में भी लिखा है—

"उत्तर यत्समुद्रस्य हिमाद्रेश्चैव दक्षिणम्। वर्षं तद्भारतं नाम भारती यत्र सन्ततिः॥"

लेखक ने अपनी इस पुस्तक में वृहद् भारत के वर्णन के साथ अनेकता में एकता का तात्त्विक रूप से प्रतिपादन किया है। इसके साथ ही भारत के सात आश्चर्यों में ऐतिहासिक धरोहरों के वर्णन के साथ आयुर्वेद, योग का वर्णन किया गया है। परखनली शिशु के प्रथम वैज्ञानिक प्रयोगकर्ता भारत को सिद्ध करते हुए लेखक ने महादानी अतिरथी कवच-कुंडलधारी कर्ण के जन्म को इसी आधार पर बताया है। इसी प्रकार लेखक कहते हैं कि "यह रासलीला ब्रह्मांड के गतिमान रूप को प्रदर्शित करती है।" वस्तुतः रसों के समूह का नाम रास है। 'रसा' पृथ्वी का नाम भी है, रसा में होनेवाला ही रास कहा जाता है। लीला का अर्थ प्रकट करना है, वस्तुतः सृष्टि-प्रक्रिया को प्रकट करना ही रासलीला है। इसी प्रकार भारत के पर्व, त्योहार, कुंभ मेला भारत की प्रकृति और समृद्धि को बड़े ही प्रभावशाली ढंग से प्रस्तुत किया गया है। लेखक का प्रयास सर्वथा सराहनीय है। मेरा विश्वास है कि यह पुस्तक जहाँ नई पीढ़ी को 'भारत वैभव' का ज्ञान कराएगी, वहीं भारतीय संस्कृति के शोधार्थी तथा विद्वानों के लिए भी सहायक सिद्ध होगी।

इस पुस्तक के प्रकाशन के लिए मैं लेखक श्री चक्रधर सेमवालजी को हार्दिक बधाई देता हूँ।

(डॉ. जीतराम भट्ट)

निवास : 65डी, एस.एफ.एस., एम.आई.जी. फ्लैट्स, मोतिया खान, पहाड़गंज, नई दिल्ली-110055

प्रो. रमेश कुमार पांडेय
कुलपति

Prof. Ramesh Kumar Pandey
Vice Chancellor

श्रीलालबहादुरशास्त्रीराष्ट्रीयसंस्कृतविद्यापीठम्
(मानितविश्वविद्यालय:)
बी-4, कुतुबसांस्थानिकक्षेत्रम्, नवदेहली-110016
Shri Lal Bahdaur Shastri Rashtriya
Sanskrit Vidyapeetha
(Deemed University)
B-4, Qutub Institutional Area,
New Delhi-110016

दिनांक : 30.11.2015

शुभाशंसा

उत्तरं यत् समुद्रस्य हिमाद्रेश्चैव दक्षिणम्।
वर्षं तद् भारतं नाम भारती यत्र सन्तति:॥

पुराणों के इस कथन से जहाँ भारत की भौगोलिक सीमा का निरूपण किया गया है, वहीं भारतीय संतति के निवास के द्वारा उसकी सांस्कृतिक विशेषता का भी संकेत किया गया है।

यह देश अपनी प्राकृतिक सुषमा एवं बौद्धिक संपदा के कारण संपूर्ण विश्व में एक अग्रगण्य देश के रूप में विख्यात रहा है। आज संपूर्ण विश्व यह सप्रमाण स्वीकार कर चुका है कि ऋग्वेद मानवीय सभ्यता का सर्वप्राचीन साहित्य है। ऋग्वेद की इन ऋचाओं का साक्षात्कार यहाँ के ऋषियों ने अपने तपोबल से किया है। तपस्या की स्थली के रूप में विख्यात इस भारत-भूमि ने उन ऋषियों-महर्षियों की ज्ञान-संपदा को मानवता के कल्याण हेतु धारण कर रखा है। लाखों वर्षों की प्राचीन परंपरा को आज तक समेट कर रखना और उसे विश्व के कोने-कोने तक पहुँचाना, जिससे जन-जन का कल्याण हो सके, यह इस देश की परंपरा रही है। ऋषियों का निम्नलिखित उद्घोष इस तथ्य की पुष्टि करता है —

सर्वे भवन्तु सुखिन:, सर्वे सन्तु निरामया:।
सर्वे भद्राणि पश्यन्तु मा कश्चित् दु:खभाग्ह भवेत्॥

प्रस्तुत पुस्तक भारत की प्राचीन परंपरा के कुछ बिंदुओं को सहेज कर सरल भाषा में निबद्ध करने का एक प्रयास है। भारत की आधुनिक पीढ़ी तथा अन्य देशों के नवयुवक, जो हिंदी भाषा में पढ़ने का सामर्थ्य रखते हैं, उनके लिए यह पुस्तक

अत्यंत उपादेय सिद्ध होगी, ऐसा मेरा विश्वास है।

इस पुस्तक के लेखक श्री चक्रधर सेमवाल को बधाई देता हूँ कि छोटे-छोटे अध्यायों में भारतीय संपदा के कुछ कण बड़ी सरलता से प्रस्तुत करने में सक्षम हो सके हैं। ऐसी आशा करता हूँ कि वे इसी तरह भारतीय वैभव के अन्य अवशिष्ट बिंदुओं पर भी लेखन करने का कार्य संपन्न करेंगे।

रमेश कुमार पाण्डेय

(रमेश कुमार पांडेय)

विद्यापीठ दूरभाष : 011-26851253, 26564003, फैक्स : 011-26520255
इ-मेल : profrkpandeay@yahoo.co.in • vcslbsrsv@yahoo.co.in • vcslbsrsv@yahoo.co.in

भूमिका

हे माँ भारती के वरदानी पुत्रो! आप उस देश के वासी हैं, जहाँ सप्तसिंधु, गंगा, यमुना एवं सरस्वती नदियों की जलधाराओं की संगीत लहरों के स्वर स्फुरित होते रहते हैं। इस देश की सीमाओं की रक्षा स्वयं नगाधिराज हिमालय करता है। दक्षिण में सागर का सम्राट् इसके चरणों को धोता रहता है, इसकी डाल-डाल पर सोने की चिड़िया का वास है, इसकी माटी से 'सर्वे भवन्तु सुखिनः' के बोल निकलते रहते हैं। आज हमारा स्वर्णिम अतीत भले ही हमारी आँखों से ओझल हो गया हो, परंतु धन्य थे वे महान् लेखक, जो भले ही पश्चिम की माटी में जन्मे थे, किंतु उन्होंने हमारे असली भारत का परिचय हम समस्त भारतवासियों को करवाया है प्रसिद्ध अमेरिकन विद्वान् विलियम जेम्स दुरंत (William James Durand) ने कहा है कि "भारत देश मानव जाति की मातृभूमि है एवं संस्कृत समस्त यूरोपियन भाषाओं की जननी है, वह समस्त दर्शनों की जननी है, वह अरबवासियों के माध्यम से गणित के अधिकांश सिद्धांतों की जननी है, वह बुद्ध के माध्यम से उन मूल्यों की जननी है, जो ईसाई मत का सारतत्त्व है, वह ग्राम समुदाय, स्वशासन एवं प्रजातंत्र जैसे अनेक रूपों में हमारी जननी है।" पश्चिम के कई महान् इतिहासकारों एवं वैज्ञानिकों ने खुले मन से उन्नीसवीं सदी की औद्योगिक क्रांति एवं इस युग की वैज्ञानिक क्रांति का श्रेय हमारे स्वर्णिम अतीत के भारत को दिया है, जहाँ इन क्रांतियों का सृजन हजारों साल पहले हो चुका था, इस युग के परमाणु विज्ञान के जनक रॉबर्ट ओपेनहाइमर ने न्यू मैक्सिको के प्रथम परमाणु विस्फोट को देखकर कहा था कि "निश्चित ही यह परमाणु विस्फोट इस युग का प्रथम एटमी धमाका है, परंतु भारत देश में हजारों साल पहले ऐसे धमाकों का विशद वर्णन मिलता है। तब उस महान् वैज्ञानिक ने गीता की इन पंक्तियों का उल्लेख किया था—

दिवि सूर्यसहस्रस्य भवेद्युगपदुत्थिता ।
यदि भाः सदृशी सा स्याद्भासस्तस्य महात्मनः ॥

उस एटमी धमाके को देखकर ऐसा प्रतीत हुआ था, जैसे—आकाश में हजारों सूर्य उदित होकर सारे नभ मंडल को अपने प्रचंड प्रकाश से चमका रहे हों, वश गीता के विश्व रूप का सारतत्त्व भी यही है। आज तक हम अधिकांश देशवासी रामायण के सेतु समुद्रम, महाभारत कालीन द्वारिका नगरी एवं वैदिक कालीन सरस्वती नदी को केवल पौराणिकता के रूपों में ही जानते थे, परंतु अब स्वयं आज के विज्ञान की विश्वविख्यात स्पेस एजेंसी नासा (NASA) ने इन पर सत्यता की मुहर लगा दी है।

हमारे महान् वैज्ञानिकों ने समस्त ब्रह्मांडों के रहस्यों को अपनी अमर कृतियों में समाहित किया है। मानव सभ्यता के प्रथम दस्तावेज वेद, उपनिषद्, स्मृति, रामायण, पुराण एवं महाभारत में प्रकृति के गूढ़ रहस्य समाहित हैं। आज जरूरत है कि हम इन अमर कृतियों की रहस्यमयी गूढ़ भाषा को डी-कोट करने का प्रयत्न करें। हमारे पूर्वजों ने सृष्टि रचना के रहस्यों को हजारों साल पहले समझ लिया था, तभी तो उन्होंने सृष्टि रचना की प्रथम ध्वनि ओ३म् से भारत के नभ मंडल को आलोकित किया था। आज के वैज्ञानिकों ने सूर्य की ध्वनि को रिकॉर्ड करने में कामयाबी हासिल की है, सारे देशवासियों को यह जानकर अपार हर्ष होगा कि इस ब्रह्मांड के स्वामी सूर्य की ध्वनि ही हमारा ओ३म् है, धन्यास्तु ये भारत-भूमि भागे, जो भारत-भूमि में निवास करते हैं, वे धन्य हैं।

आपने समुद्रमंथन से प्राप्त अनमोल रत्नों के बारे में तो सुना ही है। इसी मंथन से अमृत कलश की भी प्राप्ति हुई थी, परंतु आज हमारी झोली में कई ज्ञान के खजाने समाहित हैं। जिन खोजा तिन पाइयाँ गहरे पानी पैठ, आप भी इस ज्ञान-गंगा में डुबकी लगाएँ, शायद तब आपके हाथों भी कोई बेशकीमती नगीना हाथ लग जाए। हमारा भारत चक्रवर्ती सम्राट् भरत का भारत है, जिसकी सीमाएँ आज के अफगानिस्तान, बर्मा, पाकिस्तान, बँगलादेश, नेपाल एवं श्रीलंका तक फैली थीं। कैलाश पर हमारी ध्वजा फहराती थी, दुनिया के सारे राष्ट्र हमारी ताकत, संस्कृति एवं सभ्यता के कायल थे। भारत देश सैकड़ों राष्ट्रों का देश था, हजारों भाषाओं का देश है, हजारों मत-मतांतरों का देश है, परंतु इसकी आत्मा एक है, संस्कार एक जैसे हैं, संस्कृति एक है, देववाणी संस्कृत सारे देश को एक सूत्र में गूँथने में समर्थ है। भारत ने विश्व मानव को योग एवं आयुर्वेद के ज्ञान से विभूषित

किया है। वैसे तो यह सारा विश्व अनगिनत रहस्यों का अजायबखाना है, परंतु भारत देश तो महान् है, उन मानवकृत आश्चर्यों के लिए जिन्हें हमारे शिल्पियों ने अपनी रहस्यमयी छैनी एवं हथौड़ी से सृजित किया है। ऐसे आश्चर्यों की एक लंबी लिस्ट है, पर यहाँ चर्चा केवल उन सात आश्चर्यों की है, जिनके कारण आकाश का सूरज भी हमारे कोणार्क की धरती पर अपने सूर्य रथ पर सवार है। अजंता एवं एलोरा की गुफाओं में आसमान का चाँद ही उतर आया है, इन गुफाओं की भू-गर्भ की सुरंगें मानवकृत संभव ही नहीं हैं, जिससे प्रतीत होता है कि हमारा संबंध अंतरिक्ष की किसी अन्य समृद्ध सभ्यता से था, जिन्होंने शायद इन सुरंगों का निर्माण कर अपनी कोई नगरी यहाँ बसाई थी। साँची का महान् स्तूप तो हमें विश्व के आध्यात्मिक गुरु की पदवी प्रदान करने में स्वयं में समर्थ है। हाम्मी के स्मारक हमारे अतीत की गौरव गाथा बयान कर रहे हैं। हमारा ताज तो हीरों का नगीना है, हुस्न और प्यार की रूहें आज भी यहाँ करवटें बदलती रहती हैं। हमारा दिल्ली का लौह स्तंभ धातु विज्ञान की पराकाष्ठा है। हजारों साल पहले निर्मित इस लौह स्तंभ पर आज भी जंग नहीं लगी है। यह आज भी आधुनिक विज्ञान के लिए एक पहेली बना हुआ है। इस सृष्टि की उत्पत्ति एवं अस्तित्व नर-नारी के महामिलन से ही संभव हो पाता है। नर और नारी के महामिलन की झाँकियों से हमारे खजुराहो के स्मारक सजीव हो गए हैं। महर्षि वात्स्यायन की अमर कृति 'कामसूत्र' विश्व मानव की अमर धरोहर है, पर धन्य थे वह महान् शिल्पी जिन्होंने काम-क्रीड़ा की ज्ञात और अज्ञात झाँकियों को यहाँ के पत्थरों में तराशा है, सँवारा है। ऐसा प्रतीत होता है कि यहाँ जैसे दुनिया के सारे प्यार करनेवाले जोड़े दीन-दुनिया से बेखबर अपनी प्यार की दुनिया में खो गए हैं।

हमारा देश पर्व एवं त्योहारों का देश है, यहाँ हर दिन कोई-न-कोई जश्न होता रहता है। आप भी इन त्योहारों के रंग में रँगकर जीवन की रंगीनियों का लुत्फ लें, आनंद मनाएँ, यही कामना है। कहते हैं कि ग्रह-नक्षत्रों के संयोग से हर बारह वर्ष में पवित्र नदियों की जल धाराएँ अमृतमय हो जाती हैं, तब मानवों के महासमुद्र का दुनिया का सबसे बड़ा कुंभ मेले का आयोजन संभव हो पाता है। आप भी इस मौके पर इन नदियों के तट पर डुबकी मारकर अपना जीवन धन्य करें। संगीत भारत की आत्मा है, ब्रज का महारास केवल राधा एवं कान्हा की ही रासलीला नहीं है, अपितु यह तो सारे मानव समाज की रास है, जिसके बूते पर हमारे जीवन में प्रेम एवं समर्पण की रसधारा का संचार होता रहता है। आज दुनिया

इनवायरमेंट (Environment) एवं क्लाइमेट चेंज (Climate Change) की चुनौतियों से जूझ रही है। मैं विश्व के तमाम पर्यावरण विशेषज्ञों से आग्रह करता हूँ कि वह प्रकृति एवं पर्यावरण के संतुलन के लिए हमारे प्राचीन दस्तावेजों एवं अनुष्ठानों के मर्म के गूढ़ रहस्यों को डी-कोड करने का प्रयास करें तो वह स्वयं ही अपने मकसद में कामयाब होंगे। हमारे साथी—प्रकृति एवं पर्यावरण के माध्यम से आपको ऐसे ही गूढ़ रहस्यों से रू-ब-रू होने का सौभाग्य प्राप्त हो रहा है। आपने आजादी के इस गीत को कई बार सुना है कि 'अपनी आजादी को हम हरगिज मिटा सकते नहीं, सिर कटा सकते हैं, लेकिन सिर झुका सकते नहीं', वाह! धन्य थी राजपूज वीरांगनाएँ, जिन्होंने देश के स्वाभिमान एवं अपने आत्मगौरव की खातिर आग की ज्वालाओं का वरण किया था, धन्य थे वे राजपूत वीर, जिन्होंने अपने सिर पर कफन बाँधकर अपने देश की खातिर अपने प्राणों की आहूति दी थी। उनके ही बलिदान का प्रतीत है हमारे चित्तौड़ का किला, जो आज भी गर्व से अपना मस्तक ऊँचे किए हुए है। यह सच है कि विदेशी लुटरों ने देश को लूटने में कोई कोर-कसर बाकी नहीं रखी थी, पर धन्य है भारत-भूमि, जहाँ आज भी सोने के अंबार लगे हैं, अरबपतियों की कतारें लगी हैं, शायद वह दिन भी अब दूर नहीं, जब एक बार पुन: विश्व हमारे देश को सोने की चिड़िया के नाम से पुकारने लगेगा।

आज का भारत अपने अतीत के स्वर्णिम भारत के पद चिह्नों पर अग्रसर हो रहा है। हमारे वैज्ञानिकों ने चंद्रमा पर पानी की खोज से सारे विश्व में हमारा नाम ऊँचा किया है। आज हमारे शस्त्रागार एटमी हथियारों से सुसज्जित हैं। शायद अब वह दिन भी दूर नहीं है, जब देश की सीमाएँ लक्ष्मण रेखा एवं सुदर्शन चक्र के अभेद्य कवचों से महफूज होंगी। आज देश जाग चुका है, आज हमारे पास अतीत का वैभव भी है और वर्तमान की क्षमता भी है। अब पुरातन एवं नवीन के महामिलन से देश में एक नवीन क्रांति का सूत्रपात होनेवाला है, अब हमारी 'भारत महान्' की परिकल्पना साकार होनेवाली है, तब सारे देशवासी न केवल रोटी, कपड़ा और मकान के शहंशाह होंगे, अपितु उनके घरों में बिजली होगी, गैस होगी, स्वच्छ जल होगा एवं जीने के लिए प्रदूषणरहित स्वच्छ प्राण वायु होगी। अब हमारा देश पुन: दुनिया का सबसे अधिक शक्तिशाली एवं समृद्ध देश बनने जा रहा है, अब सच्चे मायनों में एक ताकतवर देश की माटी से पुन: 'अहिंसा परमो धर्म' के स्वर मुखरित होंगे, क्योंकि हमारी ताकत का मूलमंत्र ही विश्व कल्याण एवं विश्व शांति

रहा है। अब वह दिन दूर नहीं, जब हम न केवल विश्व के आध्यात्मिक गुरु होंगे, अपितु एक महाशक्ति के रूप में विश्व के सही मायनों में सरताज भी होंगे। हम सब मिलकर इस महान् भारत का जयघोष करते हैं। इस पुस्तक को लिखने में मेरी सहभागिनी चंद्रप्रभा सेमवाल ने मुझे प्रेरणा दी है एवं संपादन में सहायता की है, एतदर्थ मैं उनके प्रति हर्दिक आभार प्रकट करता हूँ।

"तेरा तुझको अर्पण, क्या लागे मेरा"

यह वैभव माँ भारती का है, अत: मैं भी इस अतुल वैभव को अपने देश एवं देशवासियों को अर्पित करता हूँ।

—चक्रधर सेमवाल

अनुक्रम

मानव सभ्यता के रहस्यमयी दस्तावेज

'शस्य-श्यामला' भारत-भूमि में हजारों साल पहले एक अलौकिक घटना घटी थी—मानवों की दो श्रेणियों ने आपसी वैर को भूलकर क्षीर सागर का मंथन किया था और तब समुद्र के गर्भ से अमृत के साथ-साथ कुछ अनमोल रत्नों की प्राप्ति हुई थी, परंतु ये नायाब चीजें तो नाशवान थीं; समय के साथ ही कब हमारी नजरों से ओझल हुईं, हमें स्वयं इसका पता नहीं लग पाया था। आज हम चर्चा करेंगे, उस दिव्य निधि की, जो अमरत्व को प्राप्त है, जिसने एक जंगली मानव को सभ्य एवं सुसंस्कृत किया था, जिसकी प्रकाश की लौ सदा प्रज्वलित रहती है, जिसके कारण विश्व के कोने-कोने में प्रकाश की किरणें प्रस्फुटित हुई थीं, जिसके कारण आज के सभ्य मानव को नई-नई खोज करने की प्रेरणा मिली थी, जिसके कारण विश्व मानव चाँद और सितारों पर पहुँचने में कामयाब हो रहा है, जिसके कारण भारत को विश्व-गुरु के सम्मान से महिमामंडित किया गया है। मेरे देशवासियो! हम सब अपनी-अपनी नजरों से उन ज्ञान के खजानों का मंथन करें तो न जाने कितने दिव्य खजाने हमारे हाथ लगेंगे, इसकी परिकल्पना मात्र से हमारा तन-मन रोमांचित हो रहा है। कई हजार साल पहले, जब विश्व के अन्य भू-भागों का मानव केवल चलना-फिरना सीख रहा था, तब हमारे भारत का नभ मंडल वेद, उपनिषद् एवं दिव्य मंत्रों से गुंजायमान् हो रहा था, हमारे महान् पूर्वजों ने प्रकृति के रहस्यों को आत्मसात् कर लिया था, चौंसठ कलाओं में महारत हासिल कर ली थी—क्षिति, जल, पावक, गगन एवं समीरा के गुप्त रहस्यों का पर्दाफाश कर लिया था, उन्होंने जड़ एवं चेतन के भेद को समझ लिया था। मानव इतिहास के प्रथम दस्तावेज वेद, उपनिषद्, अष्टांग योग, आयुर्वेद, रामायण, महाभारत समस्त मानव जाति की धरोहर हैं। इन दिव्य ग्रंथों का सृजन भले ही भारत-भूमि में हुआ था, परंतु इनके प्रकाश से सारा विश्व आलोकित होता आ रहा है। यह देश, काल, धर्म एवं जाति के परे है,

यह चराचर की अनमोल धरोहर है। "जिन खोजा तिन पाइयाँ, गहरे पानी पैठ", यानी जरूरत है इस ज्ञान गंगा में डुबकी लगाने की, बस तब आपके हाथों वह खजाना लगेगा कि आप गर्व से अपना सीना तान पाएँगे, आप देश के खोए गौरव को पुनः प्राप्त कर धन्य हो जाएँगे। तब पुनः माँ भारती के वीणा के तारों से विश्व कल्याण के स्वर मुखरित होने लगेंगे—

सर्वे भवन्तु सुखिनः
सर्वे सन्तु निरामया,
सर्वे भद्राणि पश्यन्तु
मा कश्चिद् दुःख भाग्भवेत्।
ॐ शान्तिः शान्तिः शान्तिः

यहाँ सारे जहाँ के मानव के मंगल की कामना की गई है।

इस भारत की माटी से जो स्वर स्फुरित हो रहे हैं, उनका दुनिया में कोई सानी है ही नहीं।

विश्व का कल्याण हो।
प्राणियों में सद्भाव हो॥

पर वो भला क्या चमत्कार था कि भारत का मानव हजारों, लाखों साल पहले आज से कहीं अधिक सभ्य था, सुसंस्कृत था, ज्ञानवान था, इसका मात्र श्रेय था—विद्या के भंडार, जो अथक लगन, तप एवं परिश्रम से हमारे महान् पूर्वजों के हाथ लगे थे। हम अब जानते हैं कि मानव शरीर से एक दुर्बल प्राणी है, अपनी शारीरिक ताकत के बल पर शेर जंगल का राजा कहलाता है, हमारी नजर भी गिद्ध से ज्यादा पैनी नहीं है, हमारे अंदर सूँघने की ताकत भी जानवरों के मुकाबले कम है, पर तब वो कौन सा कारण है कि हम सारी दुनिया के बादशाहद बन बैठे हैं ? वो है—मानव की बुद्धि, जो उसे श्रेष्ठ प्राणी का दर्जा हासिल कराती है। कहते हैं कि Knowledge is Power यानी ज्ञान ही असली ताकत है, उसके सामने शरीर की ताकत भी फीकी पड़ जाती है। आपने एक अदने से खरगोश की कहानी तो सुनी ही है। कैसे उसने अपनी बुद्धि-चातुर्य से एक बलवान शेर को मौत की नींद सुला दिया था। परंतु ज्ञान का खजाना अचानक ही हमारे हाथों नहीं लगता है, इसके लिए तो हमें जीवन पर्यन्त मेहनत करनी पड़ती है, सीखना पड़ता है, जिस दिन आपने सीखना बंद किया, समझो वहीं आपका अंतिम दिन होगा। कहते हैं कि सीखने की कोई उम्र नहीं होती है। अब हम गौर फरमाएँगे कि आखिर ये ज्ञान के खजाने क्यों इतने कीमती हैं। आइए, इस खजाने के रहस्य से स्वयं को रू-ब-रू करें। हमारे महान् मनीषियों का कथन है कि—

"विद्या धनं सर्वधनंप्रधानं"

यानी दुनिया के समस्त प्रकार के धनों में विद्या रूपी धन सबसे श्रेष्ठ है। तब चाहे गोधन हो, बाजिधन हो, रत्नों की खानें हों या अन्य कोई धन हो, विद्या धन के सम्मुख सब फीके हैं। इस विद्या रूपी धन की अपनी एक यू.एस.पी. (Unique Selling Propositions) है—

न चोरहार्यं न च राजहार्यं
न भातृभाज्यं न च भारकारी।
व्यये कृते वर्धते एव नित्यं
विद्‌याधनं सर्वधन प्रधानम्॥

यानी कोई भी व्यक्ति इसको चोरी नहीं कर सकता है, देश का शासक आपकी विद्या को छीन नहीं सकता है। भाइयों में अन्य धनों की तरह इसका बँटवारा नहीं होता है, इसके कारण आपके कंधों पर कोई भार नहीं पड़ता है। इसे आप जितना खर्च करोगे, यह उतना ही अधिक बढ़ता रहता है। है न कमाल की बात? दुनिया के समस्त प्रकार के धन खर्च करने पर घटते जाते हैं, पर यहाँ तो गंगा जैसे उल्टी बह रही हो, दोनों हाथों से इस विद्या रूपी धन को लुटाते रहो, पर यह तो सुरसा की तरह बढ़ती ही जाती है। रामायण के महानायक राम ने बलशाली रावण का वध किया था, पर उन्होंने उसके परम ज्ञान के सम्मुख अपना शीश नवाँया था। उन्होंने भ्राता लखन को उस परम ज्ञानी से राजनीति की सीख लेने की प्रेरणा दी थी। हमें सदैव याद रखना है कि हम अपने ज्ञान के खजानों को अपनी तिजोरी में, बैंक के लॉकरों में बंद रखने की भूल न करें, आप अपने ज्ञान को लुटाते रहें, अभ्यास करते रहें अन्यथा—

'अनाभ्यासे विषं विद्या'

यानी बिना अभ्यास के आपका ज्ञान भी विष के समान हो जाएगा, इसी ज्ञान के बलबूते पर 'पंगुं लंघयते गिरिम्' यानी एक अपाहिज मानव भी बड़े-बड़े पहाड़ों को पार करने में समर्थ हो जाता है। गरीब परिवार में जन्मा व्यक्ति भी राजा के पद को पाने में समर्थ हो जाता है। इसी संदर्भ में एक कवि बयान करता है कि—

"विद्या के धन सम नहीं, जग में कहत सुजान।
विद्या से अनुज लघु, होते भूप समान।"

हमें जीने के लिए, अपनी जरूरतों को पूरा करने के लिए साधनों की जरूरत होती है और साधनों का मूल है—धन, ज्ञान एवं आपका चातुर्य, इन सबका आधार है—विद्या।

हमारे महान् पूर्वजों ने विद्या की महत्ता को भलीभाँति समझ लिया था और इसी कारण उन्होंने 'ब्रह्मचर्य आश्रम' को शत-प्रतिशत शिक्षा के नाम समर्पित किया था। प्राचीन भारत के नौनिहालों को बाल्यकाल में ही गुरुकुल या गुरु आश्रमों में शिक्षा प्राप्त करने के लिए भेज दिया जाता था। बालिकाओं को ब्रह्मवादिनी के संरक्षण में शिक्षा दी जाती थी। शिक्षा का उद्देश्य होता था—आपके व्यक्तित्व का पूर्ण विकास, आपका स्वयं पर नियंत्रण, आपमें अच्छे संस्कारों का सृजन, समाज के प्रति अपने दायित्वों को निर्वाह करने का सामर्थ्य, आप शरीर, मन एवं भावों से प्रबल हों और अपने ज्ञान से समाज एवं देश के कल्याण में रत हों, यही शिक्षा का चरम लक्ष्य होता था। तब शिक्षा मुफ्त थी, छोटे-बड़े, राजा-रंक, अमीर-गरीब में कोई भेद नहीं किया जाता था। हाँ! तब एक भेद अवश्य था और वह था आपकी क्षमता एवं पात्रता का। शिक्षा सुपात्र को ही दी जाती थी। कृष्ण एवं सुदामा ने एक ही गुरुकुल में शिक्षा पाई थी। इन महान् गुरुकुलों में समस्त कलाओं की शिक्षा प्रदान की जाती थी। तब केवल किताबी शिक्षा ही नहीं दी जाती थी, अपितु श्रम की महिमा यानी 'Dignity of Labour' की भी उतनी ही अधिक प्रतिष्ठा थी, जितनी अन्य शिक्षा की महत्ता थी। प्रत्येक विद्यार्थी को अपने कार्य स्वयं करने पड़ते थे, तब वह कार्य जंगल से लकड़ी लाने का हो, पेड़ों से फल चुनने का हो, गौशाला के रख-रखाव का हो या भोजन बनाने का हो। साथ ही शरीर को स्वस्थ रखने के लिए योग, ध्यान, व्यायाम एवं खेल-कूद शिक्षा के अनिवार्य अंग होते थे। शिक्षा पूर्ण होने पर आप में इतनी सामर्थ्य पैदा हो जाती थी कि आप अपना एवं परिवार का पालन-पोषण कर सकें, साथ ही समाज के प्रति अपनी जिम्मेदारियों का भी निर्वाह कर सकें।

पर समय परिवर्तनशील होता है। महाभारत काल आने तक इन गुरुकुलों में भेदभाव किया जाने लगा था। स्वयं गुरुश्रेष्ठ द्रोण ने केवल राजपुत्रों को शिक्षा देने का बीड़ा उठाया था। उन्होंने सूतपुत्र कर्ण को शिक्षा देने से इनकार कर दिया था, पर इससे सूतपुत्र का भला ही हुआ था, उसने परम तेजस्वी परशुराम से शिक्षा प्राप्त की थी और तब वह दुनिया का सबसे श्रेष्ठ धनुर्धर बना था। गुरु परशुराम ने महारथी कर्ण को अणु एवं परमाणु शस्त्रों से सुसज्जित किया था, साथ ही उसे आगाह किया था कि वह इन अस्त्रों का प्रयोग केवल मानव कल्याण निमित्त करें, न कि व्यक्तिगत शत्रुता के। उधर बेचारे एकलव्य के नसीब में गुरु द्रोण से शिक्षा प्राप्त करना नहीं था, पर वह भी भला कैसे चुपचाप हाथ-पर-हाथ धरे रहता। उसने गुरु की प्रतिमा से ही शिक्षा प्राप्त की थी, इसकी उसे कीमत भी चुकानी पड़ी थी। गुरु ने उससे गुरु दक्षिणा

में उसका दायाँ अँगूठा ही माँग लिया था। तब उस शिष्य श्रेष्ठ ने गुरु के चरणों में अपना अँगूठा अर्पित किया था। धन्य था वह शिष्य उसका दुनिया के इतिहास में नाम सदा अमर रहेगा।

हमारे इस देश में आदिकाल से ही गुरु को सबसे अधिक सम्मान प्राप्त था, तब गुरु का दर्जा सृष्टिकर्ता, सृष्टिपालनहार एवं कल्याणकारी ईश से अधिक था। गुरु को स्वयं परमसत्ता परब्रह्म से महिमामंडित किया जाता था। सारे देश में एक ही स्वर गूँजता था—

गुरुर्ब्रह्मा गुरुर्विष्णुगुरुर्देवो महेश्वरः।
गुरुः साक्षात् परं ब्रह्म तस्मै श्रीगुरवे नमः॥

दुनिया में तब भारत ही एक ऐसा देश था, जहाँ राजे-महाराजे एवं चक्रवर्ती सम्राट् भी अपने सिंहासन से उठकर गुरु के पद पखारकर धन्य होते थे। गुरु की आज्ञा जैसे स्वयं परमब्रह्म की आज्ञा मानी जाती थी। राजा दशरथ ने विश्वामित्र की आज्ञा शिरोधार्य करते हुए, अपने सुकुमार राम एवं लखन को उनके हवाले कर दिया था। गुरु भी विलक्षण होते थे, दुनिया के ऐशो-आराम से दूर जंगलों में प्रकृति के सान्निध्य में सादा एवं सरल जीवन अपनी स्वेच्छा से बिताते थे। सादा जीवन एवं उच्च विचार ही उनके व्यक्तित्व को परिभाषित करते थे। उन्हीं महान् गुरुश्रेष्ठों के सम्मान में हजारों सालों से भारत की इस धरती पर गुरु-पूर्णिमा का त्योहार मनाया जाता है। विद्या की अधिष्ठात्री माँ सरस्वती के स्तवन से इस महापर्व का शुभारंभ होता है।

"या वीणा वरदंड-मण्डितकरा या श्वेतपद्मासना"

माँ सरस्वती में शक्ति, वैभव एवं चराचर का ज्ञान समाहित है। आपने अपनी आँखों से स्वयं उनका दिग्दर्शन कई मौकों पर किया है। उनकी चार भुजाएँ मानव व्यक्तित्व के चार पक्ष—मस्तिष्क, बुद्धि, सजगता एवं स्वाभिमान को उजाकर करती हैं। हमारे प्राचीन साहित्य—पद्य, गद्य एवं संगीत के रूप में उपलब्ध हैं। वेदों के बीज मंत्र छंदों में हैं, ब्राह्मण ग्रंथ गद्य में है, वेद मंत्रों की ध्वनि में सारे जहाँ का संगीत समाया हुआ है और इन सबके प्रतीक स्वरूप माँ के वीणा के तारों से संगीत लहरी के स्वर मुखरित होते रहते हैं। माँ के हाथों की पुस्तक में चराचर का ज्ञान समाहित रहता है।

विद्या का अर्थ प्रकाश भी होता है और अज्ञान का अर्थ अँधेरा होता है। इसी प्रकाश के प्रतीक स्वरूप गायत्री मंत्र की प्रतिष्ठा है। गीता में स्वयं कृष्ण ने प्रकाश के इस महामंत्र को समस्त मंत्रों से श्रेष्ठ बताया है। इस महामंत्र का सारतत्त्व है कि चराचर की परम सत्ता हमारी बुद्धि को प्रेरित करे, यानी हमें ज्ञान के प्रकाश

से आलोकित करे। हम जरा गौर करें कि आखिर शिक्षा का हमारे जीवन में इतना अधिक महत्त्व क्यों है? अंग्रेजी की एक प्रसिद्ध कहावत है कि—

'Ignorance is vice'

यानी अज्ञानता पाप के समान है। दुनिया के समस्त प्राणियों की कुछ मूलभूत जरूरतें होती हैं। हमें भूख लगती है, प्यास लगती है, हमें सुरक्षा की जरूरत होती है, यही जरूरतें जानवरों की भी होती हैं, परंतु मानव को एक 'सामाजिक प्राणी' कहा जाता है। वह समाज के बीच रहना पसंद करता है, परंतु यह भी सत्य है कि कुछ जानवर झुंड में रहना पसंद करते हैं। आपने कभी पक्षियों को आकाश में उड़ते हुए देखा ही है, प्राय: वे झुंड में ही उड़ना पसंद करते हैं। हाथियों के झुंड को आपने देखा होगा, सब मिलकर रहना पसंद करते हैं; पर शायद यह अपवाद हो। पर एक बात तो साफ है कि हम मनुष्यों की खोपड़ी में बुद्धि का वास होता है। इसी के बल पर हम सृजन की शक्ति से संपन्न हो पाते हैं, मानव भले ही शरीर से दुर्बल हो, पर बुद्धि का स्वामी होने के कारण वह इस दुनिया में राज करता है। विद्या के बलबूते पर ही हमारी बुद्धि जागृत होती है, इसी बुद्धि चातुर्य की बदौलत इनसान आसमान की बुलंदियों को छूने में कामयाब हो पाता है। हमारी जरूरत केवल पेट भरने तक ही सीमित नहीं है, हमारे दिमाग की भी अपनी एक भूख होती है। शिक्षा के द्वारा, ज्ञानार्जन से जब हमारे चक्षु खुल जाते हैं तो हमारा दिमाग काम करने लगता है, तब हमारे भीतर अपनी सामान्य जरूरतों को पूरा करने की क्षमता आ जाती है। रुपए पैसे की बरसात होने लगती है, तब न केवल आप अपना पेट भर सकते हैं, अपितु दीन-दु:खियों की भी मदद कर सकते हैं, परमार्थ कर सकते हैं। हमारे पूर्वजों ने इस सत्य को जान लिया था और तब उनकी लेखनी ने एक कटु सत्य को उजागर किया था—

येषां न विद्या न तपो न दानं,
ज्ञानं न शीलं न गुणो न धर्मः।
ते मर्त्यलोके भुवि भारभूता,
मनुष्यरूपेण मृगाश्चरंति॥

यानी बिना ज्ञान के, बिना परिश्रम के, बिना संस्कारों के मानव एक पशु के समान है। खाया-पिया और काम खत्म, यही उसकी नियति है। वह इस धरती पर एक बोझ के समान होता है।

विद्या के द्वारा ही हमारे अंदर सुसंस्कारों का प्रादुर्भाव होता है। इसी के कारण दो हाथ और दो पैर वाला एक जानवर एक सभ्य मानव का रूप धारण करता है। आपने

फलों से लदे वृक्षों को कई बार देखा है, पेड़ पर जितने अधिक फल लदे होंगे, पेड़ उतना ही अधिक झुका हुआ रहता है। बस यही हाल मनुष्यों का भी है, जिसके पास जितना अधिक ज्ञान होगा, वह उतना ही विनम्र होता है, इस संदर्भ में कहा गया है कि—

विद्याविनयसंपन्ने ब्राह्मणे गवि हस्तिनि।
सुनिष्चैव श्वपाके च पंडिताः समदर्शिनः॥

यानी जो व्यक्ति शिक्षित है, ज्ञानी है, वह सबको एक ही नजर से देखता है, वह गरीब, अमीर, जात-पाँत, ऊँच-नीच, छोटा-बड़ा सबसे एक समान व्यवहार करता है, वह उनमें कोई भेद नहीं करता है। विद्या के बल पर ही आदमी अपने समस्त कार्यों को कर पाता है। आपने स्वामी विवेकानंद का नाम तो सुना ही है। उन्होंने सारी मानव जाति को पूजा के असली मर्म को समझाया था, उनका कथन था कि—

'कर्म ही पूजा है'

बस! हम इस बात को गाँठ बाँध दें कि यदि हम अपने नियत कर्मों को करने में मशगूल रहते हैं तो हमारे कर्मरूपी सभी श्रद्धा-सुमन उस परमसत्ता के चरणों में स्वयं ही अर्पित होते रहते हैं।

आइए! अब हम सब आज के कॉलेज एवं विश्वविद्यालयों के बजाय विद्या के उन प्राचीन गुरुकुलों, गुरुआश्रमों की चर्चा करें, जहाँ आपको आपकी पात्रता के आधार पर विद्या प्रदान की जाती थी। इन विद्या के मंदिरों में वेद, उपनिषद्, ब्राह्मण ग्रंथ, अष्टांगयोग, आयुर्वेद, नृत्य, संगीत, साहित्य, व्याकरण, गणित, विज्ञान, दर्शन, वास्तुकला, चित्रकारी, अणु-परमाणु ज्ञान, चिकित्सा, खगोल शास्त्र, नक्षत्र विज्ञान, ज्योतिष, तीर-भाला-तलवार, धनुषविद्या, घुड़सवारी एवं समस्त अस्त्र शस्त्रों की शिक्षा प्रदान की जाती थी। योग्य एवं श्रेष्ठ शिष्यों को गुरु श्रेष्ठ अणु एवं परमाणु शस्त्रों का गुप्त ज्ञान प्रदान करते थे। परम तपस्वी एवं महान् वैज्ञानिक विश्वामित्र ने राम एवं लखन को दिव्यास्त्रों के गुप्त रहस्य प्रदान किए थे, जो आज के परमाणु बमों से भी अधिक शक्तिशाली थे। परशुराम ने गुरु द्रोण एवं महारथी कर्ण को दिव्यास्त्र अनुसंधान करने की कला प्रदान की थी। कृष्ण पर तो उनकी अधिक ही कृपा हुई थी, उन्हें परशुराम ने शिव के अमोध सुदर्शन चक्र को प्रदान किया था। यह अमोध अस्त्र असंख्य दिव्यास्त्रों से भी अधिक विध्वंसक था। गुरु के ज्ञान के कारण ही लक्ष्मण ने नींद पर विजय प्राप्त की थी। वह इसी कारण बिना एक पल सोए अपने अग्रज की चौदह साल तक सेवा करने में सफल हुआ था। महान् ऋषि अगस्त्य ने नल-नील को समुद्र पर पुल बनाने की कला से अवगत कराया था। इस कला की बदौलत नल-नील ने वानरों की

सहायता से भारत एवं लंका के बीच समुद्र पर दुनिया का पहला पुल बनाया था, जो करीब तीस किलोमीटर लंबा था। आज दुनिया इस पुल को आदम ब्रिज के नाम से जानती है, जबकि इसका मूल नाम सेतु समुद्रम् था। अमेरिका की प्रसिद्ध एजेंसी नासा के सौजन्य से इस पुल की तस्वीर खींची भी गई है, जो नासा के गुप्त दस्तावेजों में सिमटकर रह गई है। प्रसिद्ध आदि शिल्पी विश्वकर्मा की देख-रेख में पुरातन द्वारिका नगरी का निर्माण हुआ था, जो अब समुद्र के गर्भ में समा गई है। विज्ञान की बदौलत इस भव्य नगरी की तस्वीरें आज भी उपलब्ध हैं। वैज्ञानिकों का अनुमान है कि द्वारिका नगरी का निर्माण करीब बारह हजार साल पहले हुआ था। इसी महान् शिल्पी ने कई हवाई विमानों का निर्माण किया था, जिनमें पुष्पक विमान सबसे अधिक प्रसिद्ध था। कहते हैं कि वह मालिक के मन के भावों के अनुसार उड़ता था। लंका की धरती पर उस जमाने के एयरपोर्टों के अवशेष आज भी विद्यमान है। लंका विजय के पश्चात् राम एवं उनके प्रमुख सेनानायक इसी विमान से अयोध्या लौटे थे। गुरुश्रेष्ठ वसिष्ठ ने राम को मर्यादा पुरुषोत्तम के व्यक्तित्व से विभूषित किया था। प्राचीन भारत की शल्य चिकित्सा का ही कमाल था कि बालक गणेश के धड़ पर हाथी के मस्तक को लगाया गया था। दक्ष के मस्तक विहीन शरीर पर बकरे का सिर लगाया गया था। जीर्ण-शीर्ण ऋषि च्यवन ने आयुर्वेद की दवा के सेवन से पुनः नवयौवन प्राप्त किया था।

कृपया विदेशी इतिहासकारों से सावधान रहें, जिन्होंने हमें गुमराह किया हुआ है। हमारी सभ्यता केवल चार-पाँच हजार साल पुरानी नहीं है। हमारी सभ्यता एवं संस्कृति लाखों साल पुरानी है। आदम ब्रिज करीब एक लाख पचहत्तर साल पुराना है। एक अंग्रेज ने हड़पा एवं मोहनजोदड़ो की खुदाई से सिंधु घाटी सभ्यता की खोज की थी, जो करीब तीन-चार हजार साल पुरानी है, परंतु इस भारत की सभ्यता एवं संस्कृति कई हजारों, लाखों साल पुरानी है, जो आज के वैज्ञानिक युग से भी अधिक समृद्ध थी। तभी तो प्रसिद्ध अमरीकी दार्शनिक एवं लेखक विलियम जेम्स दुरंत (William James Durant) ने कहा कि—

India is the Motherland of our race and sanskrit is the mother of Europians languages. She was the mother of all our philosophy; mother through the Arabs; of much of our mathematics; mother through the Budha; of the ideas embodied in christinity, mother through the village community; of self governance and democracy, mother India is in many ways the mother of all of us.

भारत दर्शनों की जननी है। गणित, नैतिकता के सिद्धांत, स्वशासन एवं प्रजातंत्र का ज्ञान भारत-भूमि से ही भू-मंडल में फैला था। भागीरथ एक महान् इंजीनियर था, उसके प्रयासों के फलस्वरूप ही हिमालय के ग्लेशियरों से गंगा की धारा का इस भारत-भूमि में अवतरण हुआ था।

हमें गुमराह किया गया है कि आर्य इस देश में बाहर से आए थे। सच्चाई यह है कि आर्यों का जन्म इसी माटी में हुआ था। उन्होंने श्वेत-धवल सरस्वती नदी के तटों पर अपनी शोध-शालाएँ खोली थीं, जहाँ वह प्रकृति के रहस्यों की खोज में लीन रहते थे। इसी सरस्वती के तटों पर तपोरत उन महान् मनीषियों ने अमर साहित्य का सृजन किया था। मानव सभ्यता के प्रथम दस्तावेज वेदों में सरस्वती नदी का पचास बार उल्लेख किया गया है। सरस्वती नदी का अस्तित्व नासा के दस्तावेजों में उपलब्ध है। अब यह पावन नदी लुप्त प्राय: हो गई है। रामायण काल में भी इस नदी का उल्लेख है। उत्तराखंड राज्य के सीमांत गाँव माणा के समीप आज भी सरस्वती नदी के स्रोत का दिग्दर्शन होता है, सरस्वती नदी की जलधारा पहाड़ की छाती को चीरकर जब प्रवाहित होती है तो जल-प्रवाह के तीव्र वेग से कलेजा काँप उठता है। बस, कुछ मीटर बहने के पश्चात् वह जल प्रवाह धरती में समा जाता है, इसकी एक धारा केदारनाथ की घाटी के प्रसिद्ध सिद्धपीठ कालीमठ से प्रवाहित होते हुए, मंदाकिनी की धारा में विलीन हो जाती है।

हमारे महान् पूर्वजों ने इसी सरस्वती नदी के किनारों पर चराचर के ज्ञान को अपने साहित्य में समाहित किया था—साधारण मानव इस ज्ञान के महासमुद्र के गर्भ तक शायद ही कभी पहुँच पाए। भारत का प्राचीन ज्ञान हजारों समुद्रों के पानी से भी अधिक गहन है, यह हजारों सूर्यों के प्रकाश से भी अधिक प्रकाशमान है, न तो इसका कोई अंत है और न ही कोई आदि है, सत्य वचन है कि 'कहाँ शुरू करूँ, कहाँ खत्म' पर साथ ही यह भी सत्य है—समुद्र मंथन की तरह, यदि इस ज्ञान-गंगा में हम गहरी डुबकी लगाएँ तो न जाने कितने अनमोल खजाने हमारे हाथों लगें।

लाखों वर्ष पहले हमारे ऋषि-मुनियों ने सरस्वती नदी के तटों पर शोध किए थे। जब ये ऋषि-मुनि अपनी साधना में ध्यानमग्न थे तो इनके कानों को दिव्य स्वर सुनाई दिए थे, यह दिव्य स्वर अत्यंत रहस्यमयी थे। यह रहस्यमयी स्वर उनके कानों को सर्वप्रथम सुनाई दिए थे। इसी कारण इन्हें 'श्रुति' के नाम से जाना जाता है, वास्तव में वेद पहले सुनाई दिए थे, इसी कारण इन्हें 'श्रुति' के नाम से भी जाना जाता है। तब हमारे महान् ऋषियों ने वेद के स्वरों को वैदिक संस्कृत भाषा प्रदान की थी और इसी भाषा में वेद की ऋचाओं का सृजन किया था। महाभारत काल में, यानी सात-आठ

हजार साल पहले महर्षि वेदव्यास ने इन वेद-ऋचाओं का संकलन चार ग्रंथों में किया था, जिन्हें हम ऋग्वेद, यजुर्वेद, सामवेद एवं अथर्ववेद के नाम से जानते हैं। वेदों का यही ज्ञान एक पीढ़ी से दूसरी पीढ़ी को प्राप्त होता आ रहा है और इसी कारण वेदों को 'स्मृति' के नाम से भी जाना जाता है। स्मृति का अर्थ है 'याद करना'। मानव सभ्यता के आदि ग्रंथ इन चार वेदों में चराचर का ज्ञान समाहित है। प्रकृति के गूढ़ रहस्यों को हमारे पूर्वजों ने आत्मसात् कर लिया था। वेदों के बीज मंत्रों में ब्रह्मांड के समस्त ज्ञान के खजानों के फॉर्मूले समाहित हैं। वैदिक गणित, पृथ्वी के मूल तत्त्व पृथ्वी, जल, आकाश, अग्नि एवं वायु के गहन रहस्य, अनुष्ठानों के मंत्र एवं विधि, समस्त ज्ञात एवं अज्ञात कलाओं का सारतत्त्व हमारे वेद ग्रंथों में समाहित है। ज्ञान, विज्ञान, खगोलशास्त्र, नक्षत्रज्ञान, ज्योतिष, आयुर्वेद, दर्शन, राजनीति, कूटनीति, साहित्य, इतिहास, चिकित्सा, सर्जरी, भू-गर्भ विज्ञान, स्पेस साइंस, वास्तु एवं शिल्पकला, हवाई एवं समुद्री जहाजों का निर्माण, एटमी हथियारों का ज्ञान, प्राण वायु रोकने की कला, कुंडलिनी जागृत की कला, योग, ध्यान, संगीत, वाद्ययंत्र, चित्रकारी यानी सारे चराचर का ज्ञान वेदों के अमर साहित्य में समाहित है। साधारण मानव के लिए इस अथाह ज्ञान की परिकल्पना करना भी संभव नहीं है। मेरा यह एक छोटा प्रयास है कि आपको आपके इन ज्ञान के खजानों से परिचय कराने की चेष्टा करूँ।

वेद साहित्य

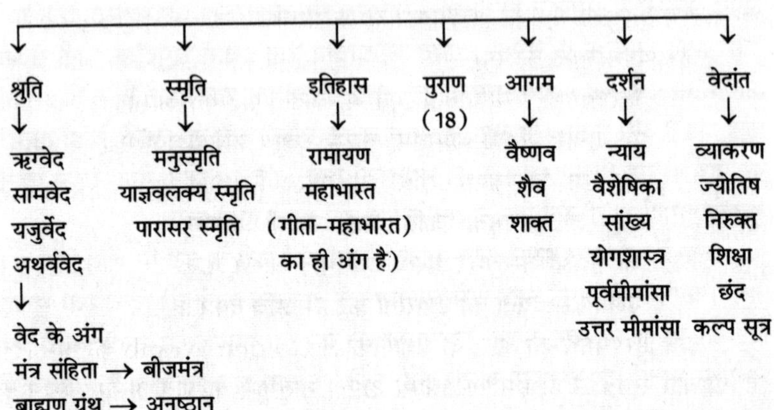

उपवेद—आयुर्वेद, गंधर्व वेद, यजुर्वेद एवं स्थापत्य वेद

सूत्र—स्त्रोत सूत्र, गृह सूत्र, कल्प सूत्र, धर्म सूत्र, सुलभ सूत्र, वेदांत सूत्र

वेदों के अलावा भी इस भारत-भूमि में ज्ञान की अनेक सरिताएँ प्रवाहित होती रही हैं—बुद्ध दर्शन, जैन दर्शन एवं भौतिकवादी चरक दर्शन की सरिताओं के जल से यह भूमि अधिक पावन हो गई है। गुरु-ग्रंथ की अमृत वाणी के रसपान मात्र से संसार का समस्त सुकून आपको सहज ही प्राप्त हो जाता है। रामायण के महानायक राम ने वेदों का अध्ययन किया था। अरण्यक कांड में पिता के निधन पर राम ने उन्हें तर्पण दिया था। वह अग्निहोत्री थे और प्रतिदिन अग्नि की पूजा करते थे। बाली सुग्रीव, हनुमान एवं रावण संध्या-वंदन करते थे। महाभारत के आदि पर्व में हमारे भारत का सुंदर वर्णन किया गया है—

उत्तरं यत् समुद्रस्य हिमाद्रेश्चैव दक्षिणम्।
वर्षं तद् भारतं नाम भारती यत्र सन्ततिः॥

यानी वह देश जो समुद्र के उत्तर में और हिमाच्छादित पर्वतों के दक्षिण में स्थित है, वह भारत नाम से प्रसिद्ध है, जिसमें भरत के वंशज निवास करते हैं।

आपने शायद "Big Bang Theory" का नाम सुना है। इसके तहत आधुनिक युग के वैज्ञानिकों ने ब्रह्मांड की उत्पत्ति के रहस्य को जानने का प्रथम बार प्रयास किया है, परंतु हमें गर्व होना चाहिए कि हमारे मनीषियों ने सृष्टि की रचना के रहस्य को लाखों साल पहले जान लिया था। ऋग्वेद के दसवें मंडल के 129 सूक्त के हिरण्यगर्भ सूक्त में सृष्टि-रचना का रहस्य समाहित है।

हिरण्यगर्भ सूक्त का सार—

हिरण्यगर्भः समवर्तताग्रे भूतस्य जातः पतिरेक आसीत्।
स दाधार पृथिवीं द्यामुतेमां कस्मै देवाय हविषा विधेम॥
वह था हिरण्यगर्भ सृष्टि से पहले विद्यमान,
वह तो सर्वभूत जाति का स्वामी महान्,
जो है अस्तिस्त्वमन धरती आसमान धारण कर,
ऐसे किस देवता की उपासना करें हम हवि देकर॥

इसी हिरण्यगर्भ को आज के वैज्ञानिकों ने Golden Womb का नाम दिया है। प्राचीन समय से ही हम भारतवासी अपनी मातृभूमि के प्रति असीम प्रेम रखते थे। हम भारत-भूमि को माता के रूप में मानते आए हैं, हम समस्त भारतवासी उसी माँ भारती के लाल हैं—

"माता भूमिः पुत्रोऽहं पृथिव्याः"

शास्त्रार्थ परंपरा

वाद-विवाद, तर्क-वितर्क के स्थान पर प्राचीन भारत में विद्वानों में शास्त्रार्थ होता था। जन्म से सारे मानव अबोध होते हैं, परंतु अपने-अपने संस्कारों के बलबूते पर, अपने कर्मों के बलबूते पर वह समाज में अपना स्थान बनाते थे। रामायण महाकाव्य के रचयिता वाल्मीकि को सारा विश्व भगवान् वाल्मीकि के नाम से जानता है। क्षत्रिय कुल में जन्में विश्वामित्र ने ब्रह्मर्षि का पद प्राप्त किया था। मंत्रों में श्रेष्ठ मंत्र गायत्री का सृजन इसी ब्रह्मर्षि ने किया था। आज से कुछ सैकड़ों साल पूर्व इस भारत-भूमि पर एक विलक्षण बालक का जन्म हुआ था। अति अल्प आयु में ही उस परम् तेजस्वी बालक ने वेदों के समस्त ज्ञान को आत्मसात् कर लिया था, तब यह नन्हा सा बालक प्रौढ़ संन्यासियों की टोली के साथ प्रयागराज पधारा था। वह नन्हा संन्यासी उस जमाने के भारत के सबसे महान् विद्वान् कुमारिल भट्ट से शास्त्रों पर शास्त्रार्थ करना चाहता था, परंतु बालक के वहाँ पहुँचने के पूर्व ही उस परम् विद्वान् ने अग्नि में प्रवेश कर लिया था। कहते हैं कि उन्होंने छलपूर्वक अपने किसी गुरु से गुप्त ज्ञान प्राप्त किया था एवं प्रायश्चित्त के रूप में अग्नि में प्रवेश किया था। परंतु उस विद्वान् के शरीर में जान बची थी, बालक की मंशा जानकर उसने उस बाल संन्यासी से उनके शिष्य मंडन मिश्र से शास्त्रार्थ करने की प्रेरणा दी थी। तब इस धरती पर एक अलौकिक घटना घटी थी। विश्व के तमाम विद्वानों की उपस्थिति में एक बाल संन्यासी एवं उस समय के महान् विद्वान् मंडन मिश्र के बीच शास्त्रार्थ हुआ था। अंततः वह बुजुर्ग उद्भट विद्वान् उस बाल संन्यासी से शास्त्रार्थ में हार गया था एवं सांस्कृतिक परंपरानुसार उसने बाल संन्यासी का शिष्य बनना स्वीकार किया था, परंतु तभी उस विद्वत् परिषद् के समक्ष

मंडन मिश्र की पत्नी उभय भारती उपस्थित हुई। कहते हैं कि वह परम विदुषी थी एवं अत्यंत चालाक थी, उसने तर्क पेश किया कि बाल संन्यासी ने आधी विजय ही हासिल की है; क्योंकि वह मंडन मिश्र की अर्द्धांगिनी है—अस्तु वह उसका आधा अंग है और उसे परास्त किए बगैर विद्वत् परिषद् संन्यासी को विजयी घोषित नहीं कर सकती है। विद्वत् परिषद् की मंजूरी पर उस विदुषी नारी ने कामशास्त्र पर बाल संन्यासी से शास्त्रार्थ करना चाहा था। बेचारे संन्यासी को कामशास्त्र का कोई ज्ञान नहीं था, तब उन्होंने इस विषय पर चर्चा करने के लिए कुछ समय माँगा था। कहते हैं कि बाल संन्यासी ने अपनी देह को अपने शिष्यों को सौंपकर एक मृत राजा के शरीर में अपने प्राणों का संचार किया था, तब वह मृतप्राय: राजा जी उठा था। कई महीनों के बाद राजा पुनः मृत्यु को प्राप्त हुआ एवं उस बाल संन्यासी ने पुनः अपनी देह में प्रवेश किया था। इस प्रकार अब वह संन्यासी कामशास्त्र की कला में पारंगत हो गया था एवं उसने आसानी से मंडन मिश्र की उस विदुषी पत्नी को शास्त्रार्थ में हरा दिया था। आगे चलकर यही बाल संन्यासी आदिगुरु शंकराचार्य के नाम से विश्व-विख्यात हुए।

गुरुकुल शिक्षा प्रणाली

प्राचीन भारत में हजारों-लाखों गुरुकुल एवं गुरु-आश्रमों में देश के नौनिहालों को शिक्षा प्रदान की जाती थी। विश्व के प्रथम विश्वविद्यालय इस भारत-भूमि पर थे। आज से करीब सत्ताईस सौ साल पहले तक्षशिला विश्वविद्यालय का परचम सारे विश्व को आलोकित कर रहा था। दुनिया के कोने-कोने के जिज्ञासु विद्यार्थी यहाँ शिक्षा ग्रहण करने आते थे। कहते हैं कि यहाँ ग्यारह-बारह हजार विद्यार्थी शिक्षा ग्रहण करते थे। नालंदा जैसे विश्व-विख्यात विश्वविद्यालय

ने सारे विश्व में भारत का परचम फहराया था। आचार्य चाणक्य जैसे विद्वान् इन विश्वविद्यालयों के प्रोफेसर हुआ करते थे। हम अपना ही इतिहास लिखने में चूक गए, परंतु एक चीनी यात्री ह्वेनसांग ने हमारी प्राचीन शिक्षा प्रणाली एवं विश्वविद्यालयों का अपने लेखों में विशद् वर्णन किया है, भूरि-भूरि प्रशंसा की है। यहीं से ज्ञान प्राप्त कर उसने चीन में अपनी विद्वत्ता का सिक्का जमाया था। आचार्य चाणक्य के प्रथम कूटनीतिज्ञ ग्रंथ 'अर्थशास्त्र' के बलबूते पर एक राहगीर भारत का सम्राट् बना था। उसी चंद्रगुप्त मौर्य के हाथों सिकंदर के प्रधान सेनापति सिल्यूकस को पहली बार पराजय का सामना करना पड़ा था। सिकंदर की विश्व-विजयी सेना को युद्ध का मैदान छोड़ना पड़ा था, पराजित फौज को दुम दबाकर अपने देश की राह पकड़नी पड़ी थी। आज शिक्षा पाने के लिए हमें प्राइमरी स्कूल, मिडिल स्कूल, हायर सेकेंडरी स्कूल, कॉलेज एवं विश्वविद्यालयों में अध्ययन करना पड़ता है। आज के युग में हमारे देश के बजाय पाश्चात्य देशों में विश्व के प्रसिद्ध विश्वविद्यालय हैं, ऑक्सफोर्ड, कैंब्रिज आज दुनिया में अपना परचम फहरा रहे हैं। हमें उच्च-शिक्षा के लिए विदेशी भूमि पर जाना पड़ रहा है। नालंदा एवं तक्षशिला जैसे विश्वविद्यालयों के देशवासियों को पाश्चात्य देशों में शिक्षा ग्रहण करने जाना एक दयनीय स्थिति है।

आज सारी समस्या की जड़ हमारी खोखली शिक्षा प्रणाली है। आज के कॉलेज, विश्वविद्यालय जैसे कागजी डिग्रियाँ पैदा करने के कारखाने बन गए हैं। अब समय आ गया है कि हम अपनी भूलों से कुछ सीखें एवं भारत की माटी के अनुरूप अपनी नवीन शिक्षा प्रणाली को ईजाद करें। तब आपकी योग्यता आपकी कागजी डिग्रियों से नहीं आँकी जाएगी, अपितु आपका व्यक्तित्व, आपका सामर्थ्य ही आपकी असली योग्यता होगी। समय बहुत बलवान होता है, इस देश की नियति में शायद कुछ और ही लिखा था। हमारे आका, हमारे राजे-महाराजे सुरा और सुंदरी के मोहमाया में ऐसे बँधे कि देश की, शासन की उन्हें कोई परवाह ही नहीं रही। बाकी कसर पूरी की हमारे खोखले 'अहिंसा परमोधर्म' के विचारों ने। दुश्मन को पराजित कर जीवन दान देना और पुनः उसी के हाथों देश की अस्मत लुटाना हमारा जुनून बन गया था। शक्ति-स्वरूपा दुर्गा के इस देश के राजाओं का खून अहिंसा के नाम पर पानी बन गया था, रही-सही कसर घर के भेदियों ने पूरी की थी। छोटे-छोटे कबीलों के सरदारों ने हमारे देश को लूटा, खसोटा और वह इस देश के बादशाह, शहंशाह बन बैठे। देश के गद्दारों ने देश की अस्मत का सौदा किया

और भव्य भारत माता गुलामी की जंजीरों में बँध गई। देश सैकड़ों साल गुलाम रहा, पर वाह रे भारतीय संस्कृति! दुश्मन हमसे हमारी संस्कृति, हमारे संस्कार छीन नहीं पाए। उल्टे वही विदेशी लुटेरे हमारी संस्कृति में ही यहाँ रम गए, बस गए।

मैकाले शिक्षा प्रणाली

फिर इस धरती पर अंग्रेज आए और सदियों तक उन्होंने देश को लूटा, कंगाल किया। उनकी Divide and Rule की नीति ने अपना रंग दिखाया, हम आपस में ही लड़ते रहे, कटते रहे और हमें जो कीमत अदा करनी पड़ी, उसका दुनिया में कोई अन्य उदाहरण नहीं है। आजादी के नाम पर भारत के दो टुकड़े किए गए एवं देश आज तक इसकी कीमत अदा कर रहा है। अंग्रेजों ने हमसे हमारा ज्ञान एवं संस्कृति छीनने का भरपूर प्रयास किया था, परंतु वह अपनी मंशा में कामयाब नहीं हो पाए थे। तब ईस्ट इंडिया कंपनी के एक उच्चाधिकारी लॉर्ड मैकाले ने हमारे देश के साथ एक घिनौनी चाल चली थी, जिसका भुगतान देश को आज भी करना पड़ रहा है।

वह वाकया सन् 1835 का है। लॉर्ड मैकाले (Lord Macaulay) ने ब्रिटिश पार्लियामेंट में जो बयान दिया था, वह मैं आपके सम्मुख पेश कर रहा हूँ।

"मैं हिंदुस्तान के कोने-कोने में घूमा हूँ, पर न तो मुझे कहीं कोई भिखारी दिखाई दिया और न ही कोई चोर दिखाई दिया। मैंने इस हिंदुस्तान में अपार धन-संपदा के दीदार किए हैं, मैंने यहाँ उच्च आदर्शों के भी दीदार किए हैं। हम ऐसे प्रतिभाशाली हिंदुस्तानियों पर राज नहीं कर सकते हैं। इस देश की रीढ़ की हड्डी है, इसकी आध्यात्मिक एवं सांस्कृतिक धरोहर और इसीलिए मैं इनकी पुरातन शिक्षा प्रणाली एवं शिक्षा संस्थाओं को बदलने का प्रस्ताव रखता हूँ; क्योंकि हिंदुस्तानी सोचते हैं कि हर चीज जो विदेशी है, इंगलिश है—वह उनकी भाषा एवं संस्कृति से बेहतर है। इस प्रकार हमारी प्रस्तावित शिक्षा प्रणाली के कारण वे अपना आत्म-सम्मान गवाँ देंगे और तब वे वही बनेंगे, जो हम उन्हें बनाना चाहेंगे। तब सही मायनों में हम इस देश पर शासन कर पाने में कामयाब हो पाएँगे।"

तब ब्रिटिश संसद ने 'इंगलिश एजुकेशन एक्ट 1835' पारित किया था, जिसके तहत शिक्षा का माध्यम हमारी अपनी भाषाएँ न होकर अंग्रेजी को बनाया गया था। इसी शिक्षा प्रणाली को हम 'मैकाले शिक्षा पद्धति' के नाम से जानते हैं। अंग्रेजों को अपने अधीन बाबुओं की फौज खड़ी करनी थी। इस प्रकार भारतवासी के हाथ-पैर चलते थे, पर दिमाग अंग्रेजों का काम करता था। बस, फिर जो होना था, वही हुआ,

हम हिंदुस्तानी इसी नई शिक्षा पद्धति के कारण न तो हम घर के रहे और न घाट के, उनकी अच्छी बातों को तो हम अपना न सके, पर हमने अपनी आँखों पर अंग्रेजियत का ऐसा चश्मा पहना, जो निकलने का नाम ही नहीं ले रहा है। हम अपने महान् ज्ञान भंडार को भूल गए, हम इतिहास पढ़ते हैं तो अंग्रेजों के लिखे इतिहास को पढ़ते हैं, विज्ञान पढ़ते हैं तो अंग्रेजों के चश्मे से पढ़ते हैं, साहित्य पढ़ते हैं तो उनके चश्मे से पढ़ते हैं, इतना ही नहीं, हमने अपने महान् देश का नाम भी विदेशी भाषा में रखा, हमारे देश का नाम सनातन काल से "भारतवर्ष" था, परंतु हम विदेशियों के फैलाए भ्रम-जाल में फँस गए और भारत को इंडिया कहने लगे। अफसोस! शायद भारत विश्व में एक अकेला ऐसा देश है, जिसका नाम विदेशी भाषा में है।

खैर! हर समस्या का समाधान भी है—पश्चिम की अच्छी बातें हम ग्रहण करें, यह सर्वथा श्रेयष्कर है, परंतु जो संस्कार और अच्छी बातें यहाँ की संस्कृति में समाहित हैं, उन्हें अपनाएँ, आत्मसात् करें, अपने खोए गौरव को पुनः हासिल करने की जरूरत है। आज जरूरत है देश की माटी के अनुरूप एक नवीन शिक्षा प्रणाली ईजाद करने की। हमें प्राचीन एवं नवीन, पूरब और पश्चिम के ज्ञान मंथन से भारत की जरूरतों के अनुरूप एक ऐसी शिक्षा प्रणाली को ईजाद करना है, जहाँ 'श्रम की महिमा' यानी 'Dignity of Labour' की प्रतिष्ठा हो, जिसकी बदौलत हमारे वैज्ञानिकों के सीने, नोबेल पुरस्कार के मैडलों से सुशोभित हों, ओलंपिक खेलों में अपनी आबादी के अनुरूप हम मेडल जीत सकें, हमारी भारत-भूमि पुनः विभिन्न अनाज की फसलों, फूलों, फलों, सब्जी-तरकारी एवं पेड़-पौधों से लहराने लगे, देश के वैज्ञानिक सूर्यमंथन से देश के घर-घर को प्रकाशित कर पाने में कामयाब हो, समुद्र के गर्भ से तेल एवं गैस के भंडारों की खोज की जाए, जिससे देश ईंधन में स्वावलंबी बन सके, इस शिक्षा की बदौलत हमारे सैनिकों के शस्त्रागारों में दिव्यास्त्र, अणु-परमाणु बम एवं अग्निबाणों की भरमार हो, जिससे देश अपनी सुरक्षा करने में समर्थ हो सके। इसी शिक्षा के बल पर हमारा ज्ञान कोरी कागजी डिग्रियों तक ही सिमटकर नहीं रह पाएगा, अपितु देश का हर नौनिहाल इतना समर्थ हो पाएगा कि वह स्वयं परिवार का पालन करने में समर्थ हो पाएगा एवं समाज के प्रति अपने दायित्व को भी निभा सकेगा।

आज हमारी सारी समस्याओं की जड़ हमारी खोखली शिक्षा प्रणाली ही है, परंतु आज हम गहरी नींद से जाग गए हैं 'स्किल डेवलपमेंट' की बात करने लगे हैं—तात्पर्य साफ है कि हमारी सामर्थ्य एवं पात्रता के अनुरूप हम ऐसी शिक्षा से

तेजोमय हों कि अपना रास्ता खुद नाप सके। नवीन शिक्षा की बदौलत हम अच्छे किसान, कारीगर, तकनीशियन, इंजीनियर, वैज्ञानिक, प्रबंधक, सैनिक एवं शासक बन पाएँगे, तब हमें ऑक्सफोर्ड एवं कैंब्रिज का मुँह नहीं ताकना पड़ेगा, अपितु विश्व के अन्य छोरों के जिज्ञासु हमारे विश्वविद्यालयों में अध्ययन करने के लिए आएँगे। मकसद साफ है—शिक्षा ऐसी हो कि हम अपनी रोजी-रोटी स्वयं कमा सकें और हमारे व्यक्तित्व का ऐसा विकास हो कि हम विश्व में पुनः अपना परचम फहरा सकें। शिक्षा प्राप्त करना हमारा अधिकार भी है और दायित्व भी, परंतु यह भी सत्य है कि शिक्षा प्राप्ति के लिए आपमें पात्रता भी हो। बचपन में हम सबने अच्छे विद्यार्थी के लक्षणों के बारे में पढ़ा है—

काक चेष्टा बको ध्यानं, श्वान निद्रा तथैव च।
अल्पाहारी गृह त्यागी, विद्यार्थी पञ्च लक्षणम्॥

यानी एक अच्छे विद्यार्थी को बगुले की तरह ध्यान लगाने में माहिर होना चाहिए, साथ ही उसे घर-गृहस्थी के झमेलों में न पड़कर अपना पूरा ध्यान अपनी पढ़ाई पर लगाना चाहिए। वैसे तो शिक्षा सारे जीवन-पर्यंत चलती रहती है, पर विद्यार्थी काल तो तप के समान है। कहते हैं कि लोहा आग में जितना अधिक जलता है, उतना ही अधिक शुद्ध हो जाता है, पहले अपने शरीर को, मस्तिष्क को कुछ कष्ट दोगे तो बदले में सारे जीवन-पर्यंत आनंद का लुत्फ उठाओगे। इसीलिए कहते हैं कि—

बच्चो पढ़ना है सुखदाई, मिले इसी से सभी बढ़ाई,
पहले थोड़ा कष्ट उठाना, फिर सब दिन आनंद मनाना॥

यानी हमें मेहनत करनी होगी, अपनी बुद्धि को धार देनी होगी और तब निस्संदेह माँ सरस्वती की आप पर कृपा होगी और आप ज्ञान के प्रकाश से तेजोमय हो जाएँगे।

आज विज्ञान के इस युग में विद्या के आदान-प्रदान के कई नायाब तरीके ईजाद हो गए हैं। एक जमाना था, जब सुनना, पढ़ना, याद करना, अभ्यास करना, चर्चा करना इत्यादि भिन्न-भिन्न तरीकों से शिक्षा प्राप्त की जाती थी। कक्षा में बैठकर पुस्तक पढ़ना, वाद-विवाद, संवाद, गोष्ठियाँ, लेखन, कहानियाँ, चित्रकारी के माध्यमों से शिक्षा प्रदान की जाती थी, पर कभी-कभी नए-नए तरीके भी ईजाद करने पड़ते हैं। एक राजा के मूर्ख पुत्रों को शिक्षित करने के लिए पारंपरिक सारे तरीके आजमाए गए, पर असफलता ही हाथ लगी थी। तब विष्णु शर्मा ने जानवरों की चुलबुली कहानियों के माध्यम से राजा के मूर्ख पुत्रों को शिक्षा प्रदान की थी। पंचतंत्र की इन्हीं नैतिक कहानियों के माध्यम से राजा के पुत्रों का कायाकल्प हुआ था। पर आज जमाना

है—ऑन-लाइन का वी.डी.ओ. कॉन्फ्रेंसिंग का, इंटरनेट का, वेबसाइट, इ-बुक्स का, घर बैठे-बैठे आप मनचाही शिक्षा प्राप्त कर सकते हैं, पर स्वाध्याय के बगैर, मेहनत के बगैर न तब गति थी, न आज है, यानी ध्यानपूर्वक, मन लगाकर पढ़ना, अध्ययन करना एक सच्चे विद्यार्थी की नियति होती है। व्यावहारिक एवं तकनीकी शिक्षा के दमखम पर हम इस वैज्ञानिक युग की शिक्षा प्राप्त करने में सफल हो पाते हैं।

हमारा देश आदिकाल से कृषिप्रधान देश रहा है। यहाँ पूरे साल फसलें उगती हैं। यूरोप एवं अमेरिका की तरह यहाँ की धरती साल के छह माह तक बर्फ की चादर से ढकी नहीं रहती है। कुछ ही वर्षों पूर्व हमारे देश की हरित क्रांति ने देश को धन-धान्य से मालामाल कर दिया था। श्वेत क्रांति से एक बार पुनः इस देश में दूध की धाराएँ बहने लगी थीं। हजारों साल पहले इसी देश में दुनिया के महान् कृषि वैज्ञानिक पारासर ऋषि का अवतरण हुआ था। उन्होंने फसल उगाने के नए-नए प्रयोग किए थे, गुर बताए थे, दुनिया का प्रथम कृषि-विज्ञान ग्रंथ 'पारासर स्मृति' इसी महान् विभूति की कृति है। इसी पारासर ऋषि के पुत्र थे—महर्षि वेदव्यास, जो न केवल वेदों एवं पुराणों के संकलनकर्ता एवं सृजक थे, अपितु एक महान् वैज्ञानिक भी थे। उसी परम आचार्य ने महाभारत नामक ग्रंथ में भारत के इतिहास को आत्मसात् किया था। यदि आपको अपने गौरवशाली अतीत को जानता है तो रामायण एवं महाभारत की झाँकियाँ देखिए, आप के रोम-रोम प्रफुल्लित हो जाएँगे। ये ग्रंथ न तो धार्मिक हैं न पौराणिक हैं, यह शुद्ध-विशुद्ध भारत का स्वर्णिम इतिहास है। कहते हैं कि गीता के स्वर महाभारत के महानायक कृष्ण के मुखारविंद से मुखरित हुए थे, तब आचार्य ने अपने दिव्य ज्ञान से गीता के स्वरों को भी महाभारत महाकाव्य में शामिल कर इस ग्रंथ को अमरता प्रदान की थी।

आचार्य उच्च कोटि के वैज्ञानिक थे। बेचारी गांधारी नौ माह के पश्चात् भी पुत्रों को जन्म नहीं दे पाई थी, उधर कुंती ने युधिष्ठिर को जन्म दे दिया था। ज्येष्ठ होने के नाते परंपरानुसार युधिष्ठिर को ही युवराज का पद प्राप्त होना था। समय बीतता गया, पर गांधारी पुत्र को जन्म नहीं दे पाई। तब हताश उस रानी ने अपने उदर पर मुष्टि प्रहार करने शुरू किए थे और तब उसके पेट से मांस का एक बड़ा पिंड बाहर निकला, पर वाह रे चमत्कारी वैज्ञानिक आचार्य वेदव्यास! कहते हैं कि उन्होंने मांस के उस पिंड के एक सौ एक टुकड़े किए, उन्हें घड़ों में डाला, घड़ों में घी एवं कुछ औषधियाँ डालीं और उन्हें जमीन के अंदर गाड़ दिया, कहते हैं कि नौ माह पश्चात् इन्हीं घड़ों से सौ कौरव एवं दुशाला नामक कन्या का अविर्भाव हुआ था। इसी आचार्य

ने धृतराष्ट्र की प्रार्थना पर उसके मंत्री संजय को दिव्य-दृष्टि प्रदान की थी, तब दुनिया में एक अलौकिक घटना घटी थी, कोसों दूर कुरु-क्षेत्र के रण का आँखों देखा, कानों सुना हाल अंधे धृतराष्ट्र को बयान किया गया था। अपनी पराजय से हताश गुरुपुत्र अश्वत्थामा ने आचार्य के समक्ष ही क्रोधित होकर दिव्यास्त्र का अनुसंधान किया था, तब उस आचार्य श्रेष्ठ ने अपने ज्ञान से उस दिव्यास्त्र को निरस्त कर दिया था, यानी आचार्य को न केवल ऐसे हथियारों का इल्म था, अपितु उन्हें उन भयानक अस्त्रों को नाकाम करना भी आता था और आज यही हमारी भी जरूरत है कि कैसे दुश्मनों के नापाक इरादों से देश के जल, थल एवं नभ को लक्ष्मण की अग्निरेखा से सुरक्षित रखें।

जीवन में हमारे कई शिक्षक होते हैं। हमारी माता हमारी पहली शिक्षिका होती हैं, हमारा घर-परिवार, हमारी पाठशालाएँ, प्रकृति के हर अंग-प्रत्यंगों से हम नित नवीन शिक्षा ग्रहण करते हैं। जानवरों से हम सीख लेते हैं, पक्षियों से हमें सीख मिलती है, पेड़-पौधे भी हमारे शिक्षक के समान होते हैं; पर शिक्षा पाने के लिए जरूरी है आपका गिलास खाली रहे, तभी तो उसमें कुछ समा पाएगा। पूर्वग्रहों से ग्रसित व्यक्ति के दिमाग में पहले से कुछ कूड़ा-कचरा भरा होता है, तब उसमें जगह ही कहाँ बची रहती है, कुछ नया उसमें समाए। अस्तु! पहले दिमाग के कूड़े-कचरों को साफ करें, दिल-दिमाग खाली रखें, तब ही संभव हो पाएगा कि नवीन प्रकाश की किरणें आपके मस्तिष्क में प्रवेश कर पाएँगी। एक बात अपनी गाँठ बाँध लें, दुनिया में कोई भी पूर्ण नहीं होता है। विद्वान् से विद्वान् व्यक्ति को भी कुछ नया सीखने की जरूरत होती है। आपको शिक्षा देने वाला व्यक्ति किसी भी उम्र, जाति, कुल, रंग का हो सकता। जिज्ञासु जन हर सुयोग्य गुरु से शिक्षा ग्रहण कर धन्य हो जाते हैं। इसी संदर्भ में एक रोचक वाकया आपको बयान कर रहा हूँ।

बाल संन्यासी आदिगुरु शंकराचार्य अपने शिष्यों के साथ राम गंगा घाट की ओर जा रहे थे, तभी एक चांडाल उनके रास्ते में आया था। उसके कंधों पर मृत कुत्ते लदे हुए थे, तब उस बाल संन्यासी के शिष्यों ने उससे आग्रह किया था कि वह आदिगुरु के पथ से हट जाए। क्या आप जानते हैं कि उस चांडाल का क्या उत्तर था? उसने बाल संन्यासी से प्रश्न किया था कि उनके रास्ते से किसे हटाऊँ, जिस पंच भौतिक शरीर को आप हटाने के लिए कह रहे हैं, वह तो प्रकृति के पाँच तत्त्व—पृथ्वी, जल, आकाश, अग्नि एवं वायु से बना है तो प्रकृति के इन तत्त्वों को मैं कैसे हटा सकता हूँ। रही बात आत्मा की तो वह सबमें एक समान है। तब गुरु ने उसके गूढ़ वचनों के मर्म को समझा था, उसे अपना गुरु स्वीकार किया था।

ऐसे कई लोग हैं, जिनके दिमागों में किताबी ज्ञान ठूँस-ठूँसकर भरा होता है, लेकिन न तो उन्हें व्यावहारिक ज्ञान होता है और न ही व्यावसायिक ज्ञान होता है। वे स्वयं को दुनिया का सबसे महान् ज्ञानी समझ बैठते हैं, इसी कारण उनके मस्तिष्क के कपाट नई रोशनी, नए ज्ञान को स्वयं में प्रवेश होने नहीं देते हैं। संत कबीर ने ऐसे ज्ञानियों का बखान अपने ही ढंग से किया है—

ज्ञानी को कहिए कहाँ, कहत कबीर लजाए।
अंधे आगे नाचते, कला अकारण जाए॥

मतलब साफ है कि एक अंधे व्यक्ति के सामने अपनी कला का प्रदर्शन करोगे तो क्या हश्र होगा? ऐसे लोगों को सीख देने में लज्जा आती है।

हमारे लोकप्रिय महाकाव्य रामायण और महाभारत केवल कवि और आचार्य की कल्पना मात्र नहीं हैं, बल्कि इन दिव्य ग्रंथों में सारी मानव सभ्यता एवं संस्कृति का इतिहास समाहित है। महर्षि वाल्मीकि नक्षत्र विज्ञान के महान् ज्ञाता थे, उन्होंने समस्त ब्रह्मांड के ग्रह, नक्षत्र की गणना के आधार पर अपने गीति काव्य को अमरत्व प्रदान किया था। यह ग्रंथ सारी मानव जाति की अमर धरोहर है। गीता में समस्त वेद एवं उपनिषद् का सारतत्त्व समाहित है, विश्व के किंकर्तव्यमूढ़ मानव को मानो गीता के माध्यम से अपने कर्तव्यों के निर्वाह हेतु प्रेरणा दी गई है। अर्जुन मानवमात्र का प्रतीक है, जो भ्रमित है, किंकर्तव्यमूढ़ है; ऐसे में उसे सही रास्ता दिखाने के लिए गीता के महानायक कृष्ण स्वयं अपने मुखारविंद से दिव्य संदेश दे रहे हैं, जो सर्वकालिक है, सार्वभौमिक है—सत्य और सनातन है।

प्रसिद्ध दार्शनिक मैक्समूलर ने हमारे अथाह ज्ञान की थाह पाने के लिए कई वर्षों तक संस्कृत भाषा का अध्ययन किया था, तब उन्होंने हमारे प्राचीन ग्रंथों का गहन अध्ययन किया था और कई ग्रंथ एवं प्राचीन पांडुलिपियाँ अपने साथ ले गए थे। उस दार्शनिक ने पाश्चात्य जगत् को इन रहस्यमयी आदि ग्रंथों से परिचित करवाया था। इन्हीं ग्रंथों की बदौलत पाश्चात्य जगत् में औद्योगिक क्रांति का सूत्रधार हुआ, इन्हीं ग्रंथों की प्रेरणा से वैज्ञानिकों ने पूर्व में वर्णित विज्ञान के चमत्कारों पर शोध किए। परिणाम आपके सामने हैं—नए-नए आविष्कारों ने विश्व की काया ही पलट दी है।

भारत की विश्व को अनमोल भेंट

पुरातन भारतीय गणना पद्धति

आपने चतुरंगिनी सेना का नाम तो सुना ही है, इसका सबसे पहले इतिहास में

तब वर्णन आता है, जब वानरराज सुग्रीव राम को इन नंबरों को बताता है। वर्तमान भारतीय पद्धति भारतीय ज्योतिष शास्त्र पर आधारित है। प्रत्येक नंबर दस से गुणा कर बढ़ता जाता है, जैसे—1, 10, 100, 1000, 10000 आदि-आदि। वाल्मीकि रामायण में इन नंबरों का विशद वैज्ञानिक वर्णन है—

एक	–	1
एक दस	–	10
दस दस/शत	–	100
दस शत	–	1000
दस सहस्त्र	–	10000
सौ सहस्त्र	–	एक लाख
एक प्रायुत्तम	–	दस लाख
सौ लाख	–	एक करोड़
सौ करोड़	–	एक अरब
सौ अरब	–	विंद्रा
सौ विंद्रा	–	1 खरब
100 खरब	–	1 नील (निखर्व)
100 नील	–	1 महापद्‌म
100 महापद्‌म	–	1 शंकु (1 लाख करोड़)
100 शंकु	–	1 समुद्र
100 समुद्र	–	1 अंत्य
100 अंत्य	–	1 मध्यम
100 मध्यम	–	1 पराध

डेसिमल सिस्टम

डेसिमल सिस्टम भारत से अरब देशों से होता हुआ, पाश्चात्य जगत् पहुँचा था।

नासदीय सूक्त

हमारे प्राचीनतम् वेद ग्रंथ ऋग्वेद में हिरण्यगर्भा सूक्त में ब्रह्मांड की उत्पत्ति का रहस्य दिया है। इसी सूत्र की प्रेरणा से आधुनिक युग के वैज्ञानिकों ने Big Bang Theory एवं Golden Womb की परिकल्पना की है।

संस्कृत भाषा

दुनिया के अधिकांश विद्वान् मन-ही-मन मानते हैं कि यूरोप की समस्त भाषाओं की जननी संस्कृत भाषा है, भारतीय महाद्वीप की भाषाओं की जननी भी संस्कृत भाषा है।

मानव मस्तिष्क के प्रथम दस्तावेज

- वेद, उपनिषद्, ब्राह्मण ग्रंथ, अरण्यक, रामायण, गीता, सात्विक एवं राजसिक 18 पुराण एवं स्मृति आदि ग्रंथ विश्व को भारत की ही देन हैं।
- जीरो—शून्य की खोज हमारे महान् गणितज्ञ आर्यभट्ट ने की थी।
- गणित एवं नकारात्मक संख्या का पहली बार इसी भारत-भूमि में प्रयोग किया गया था। 'ब्रह्मसूत्र' सिद्धांत में इसका वृहत वर्णन है।
- 'गणितसार संग्रह' महावीराचार्य ने गणितसार संग्रह के माध्यम से गणित का ज्ञान प्रदान किया है।
- अणु एवं परमाणु—महर्षि कणद् ने सृष्टि रचना में अणु एवं परमाणु की भूमिका पर प्रकाश डाला है।
- हाइड्रोलॉजी, भू-गर्भ विज्ञान एवं इकोलॉजी—वराहमिहिर ने सबसे पहले विश्व को हाइड्रोलॉजी, भू-गर्भ एवं इकोलॉजी का ज्ञान प्रदान किया था।
- लोहे से सोना बनाना—महान् वैज्ञानिक नागार्जुन ने अपने प्रसिद्ध ग्रंथ 'रस रत्नाकर' में किसी भी धातु को सोने की तरह चमकाने की विधि का वर्णन किया है।
- बारह सौ बीमारियों का विशद वर्णन—'सुश्रुत संहिता' में बारह सौ बीमारियों का वर्णन किया गया है।
- चरक संहिता—महर्षि चरक ने अपने ग्रंथ चरक संहिता में रोग एवं उनके नुस्खों का वर्णन किया है, वे पुरातन विज्ञान एवं मेडिसिन के जनक माने जाते हैं।
- आयुर्वेद ज्ञान—'पातंजलि योगसूत्र' आयुर्वेद एवं योग का प्रथम ग्रंथ है।
- वनस्पति विज्ञान—जगदीशचंद्र बसु ने पहली बार यह प्रमाणित किया था कि पेड़-पौधों में भी जीवन होता है।
- सुब्बा शास्त्री—सुब्बा शास्त्री ने राइट ब्रदर्स (Wright Brothers) से तीस साल पहले मुंबई के आकाश में पहला हवाई जहाज उड़ाया था। धन

के अभाव एवं प्रोत्साहन न मिलने के कारण उन्हें अपना प्रयोग बीच में ही छोड़ने पर मजबूर होना पड़ा था।

इसके साथ ही आधुनिक भारत ने भी विश्व को कई अनमोल भेंट प्रदान की हैं जैसे—

- काटन की मशीन (Cotton Gain)
- प्राकृतिक फाइबर
- सर्जरी
- चिकित्सा
- हीरे की खानों की माइनिंग
- कोढ़ का इलाज
- समुद्री तटों पर डॉक निर्माण (Dock construction)
- स्याही की खोज
- स्टील का निर्माण
- बटन का निर्माण

भारत के आयुर्वेद ग्रंथों में दुनिया के समस्त ज्ञात एवं अज्ञात रोगों का वर्णन भी है और निदान भी है। आज जरूरत है कि हम पुनः समस्त आयुर्वेद के नुस्खों पर पुनः वैज्ञानिक शोध करें एवं इन्हें पेटेंट करें। आयुर्वेद की दवाओं से केवल रोग काफूर ही नहीं होते हैं, अपितु जड़ से नष्ट हो जाते हैं, साथ ही एलोपैथी की दवाइयों की तरह कोई साइड इफेक्ट नहीं होते हैं।

भारत के प्रत्येक घर की रसोई आधी दवाखाना ही होती है। हमारे सारे मसाले—जीरा, धनिया, लाल मिर्च, हल्दी, हींग, मेथी, इलायची, लौंग, सौंफ, सोंठ, काली मिर्च, तेजपत्ता, दालचीनी, जायफल, मुलेठी, अजवाइन, राई, सुपारी, अदरक, लहसुन, अमचूर, पुदीना एवं प्याज वास्तव में एक प्रकार की दवाइयाँ ही हैं। 'दादी के नुस्खे' के तहत कई प्रकार की बीमारियाँ इन्हीं आयुर्वेदिक उत्पादों के सेवन विधि के द्वारा ठीक हो जाती हैं। आप भी आजमाकर देखें, इन मसालों के चमत्कार से शल्य चिकित्सा के अलावा आपकी सारी बीमारियाँ ठीक हो सकती हैं। योग एवं आयुर्वेद के संयोग से मानव तन, मन एवं बुद्धि से सर्वदा तेजोमय रहता है। आज भारत के योग को विश्व के कोने-कोने के लोग 'नमस्ते' की मुद्रा के साथ प्रारंभ करने लगे हैं। हमारे लोकप्रिय जननायक के प्रयासों के कारण अब विश्व संगठन यू.एन.ओ. ने भी हर वर्ष योग दिवस मनाने की घोषणा की है, हमारे आयुर्वेद के विद्वानों ने विश्व

मानव को एक सरल उपाय सुझाया है, जिससे वे स्वस्थ और निरोग रहें।

अपने शरीर को पहचानो।
अपने भोजन को पहचानो॥

आज सारे विश्व में जलवायु परिवर्तन पर चर्चा हो रही है, पर्यावरण पर चर्चा हो रही है; परंतु हमारे अतीत के भारत में केवल इन पर चर्चा ही नहीं होती थी, अपितु हमने इन्हें देवत्व से महिमामंडित किया था। ऋषि-मुनियों की पावन यज्ञवेदियों से चराचर के मूल तत्त्वों को हवि प्रदान की जाती थी। हमने पेड़ पौधों, पक्षी एवं जानवरों को भी देवत्व से महिमामंडित किया था। शेर, बैल, मयूर, उल्लू, चूहा को देवों की सवारी होने का गौरव प्राप्त था। क्षीर-सागर के मंथन से इस धरती पर अमृत की प्राप्ति हुई थी, उसी के प्रतीक के रूप में आज भी पंचामृत हमें सुलभ ही प्राप्त है। कहते हैं कि आधुनिक युग का अमृत छाँछ है। आज भी माँ भारती के वीणा के तारों से वेदवाणी के स्वरों से हमारा देश पावनता को प्राप्त कर रहा है। हमारे गुरुकुल एवं विश्वविद्यालय की शिक्षा प्रणाली का गुणगान हमारे पड़ोसी चीन के महान् दार्शनिक ह्वेनसांग (Hsuan Tsang) ने सदियों पूर्व अपने लेखों में किया था। आज जरूरत है, समय का तकाजा है कि हम अतीत की उस ज्ञान गंगा में डुबकी लगाकर भारत का गौरव पुनः प्राप्त करें, नवीन एवं पुरातन, पूरब और पश्चिम की ज्ञान-गंगाओं के मिलन से भरत के इस भारत को विश्व में पुनः प्रथम होने का गौरव प्राप्त होगा और तब पुनः यह कथन सार्थक हो जाएगा—"जहाँ डाल-डाल पर सोने की चिड़िया करती है बसेरा, वह भारत देश है मेरा।"

□

अनेकता में एकता

आपने 'Unity in Diversity' के जुमले को कई बार सुना है। सुनने में कुछ अजीब सा लगता है, विरोधाभास लगता है, जब हम इन दो शब्दों की कैमिस्ट्री पर विचार करते हैं तो ऐसा प्रतीत होने लगता है कि ये दोनों जैसे एक ही सिक्के के दो पहलू हैं। अब जरा गौर कीजिए! सारी मानवजाति का डी.एन.ए. एक जैसा ही है, पर साथ ही यह भी सत्य है कि सबका अपना एक अलग वजूद है, आप जैसा कोई मानव इस धरा पर है ही नहीं, पहले भी कोई मेरी शक्लोसूरत का व्यक्ति इस पृथ्वी पर नहीं हुआ था। आज के दिन कोई शख्स दुनिया में आप जैसा नहीं मिलेगा और न ही आनेवाले कल के दिन कोई लाल आप जैसा इस धरती पर पैदा होगा। परंतु सब अलग-अलग होते हुए भी करीब-करीब एक जैसे लगते हैं, हमारे स्वयं के अंग-प्रत्यंग एवं कल-पुर्जे अलग-अलग हैं, पर सब एक-दूसरे से अभिन्न रूप से जुड़े हैं। यह शरीर काम ही तब करता है, जब शरीर के सभी कल-पुर्जे अपना काम ठीक से कर पाते हैं, कहते हैं कि—

क्षिति जल पावक गगन समीरा, पंच तत्त्व मिलि अधम शरीरा।

यानी हमारा शरीर प्रकृति के पाँच तत्त्वों से बना है, हम सबके अंदर चेतना विद्यमान है, पर वह नजर आनेवाली चीज है ही नहीं, परंतु उसका आभास हमें प्रतिपल होता है। प्रकृति नटी के कई रूप-रंग हैं, कहीं धूप तो कहीं छाँव है, कहीं दिन का उजाला है तो कहीं रात का अँधेरा, कहीं नीला समुद्र है तो कहीं 'घन घमंड गर्जते घन घोरा' यानी आकाश में बादलों की गर्जना सुनाई देती है, आश्चर्यरूपेण सबमें एक रहस्यमयी कैमिस्ट्री है। सब एक-दूसरे के बिना अधूरे हैं, ऐसा लगता है जैसे सब एक ही धागे में गुँथे हों, एक ही माला में पिरोए गए हों, प्रकृति के नाज-नखरों से सारी पृथ्वी आविर्भूत हो रही है। बस! प्रकृति का यही गूढ़ रहस्य अनेकता में एकता का प्रतीक है, प्रकृति का यही नियम है। हमारे महान् पूर्वजों ने सभ्यता

के प्रारंभ में ही इस सत्य को आत्मसात् कर लिया था, उनका कथन था कि सबके अंदर एक ही नूर है।

एकं सत् विप्राः बहुधा वदन्ति

यानी हम सब एक ही हैं, पर हमारी व्याख्या अलग-अलग रूपों में की जाती है। हमारे दर्शनों का सार तत्त्व भी यही है, तभी तो संत कबीर कहते हैं कि घटि-घटि में चेतना का वास है, सब में सारतत्त्व एक ही है, बस यही सत्य विश्व के हर कोने में परिलक्षित होता है। यूरोपियन यूनियन का नाम तो आपने सुना ही है, उन्होंने अपना एक ही लक्ष्य रखा है—और वह है 'अनेकता में एकता' यानी 'Unity in Diversity' इंडोनेशिया एवं दक्षिण अफ्रीका जैसे देशों में इस संस्कृति के प्रत्यक्ष दीदार होते हैं। संयुक्त राष्ट्र अमेरिका की तो बात ही निराली है। यहाँ विश्व के कोने-कोने के लोग बसे हुए हैं, प्रत्यक्ष में ऐसा प्रतीत होता है कि 'वसुधैव कुटुम्बकम्' यानी जैसे सारा विश्व एक ही कुटुंब में रम गया हो। मानवता ही यहाँ के लोगों का धर्म है। राष्ट्र की गरिमा ही यहाँ के लोगों की अपनी आन-बान-शान की द्योतक है। कहते हैं कि परोपकार करना है तो पहले स्वयं अपने घर से शुरू करो।

'Charity begins from Home' तो हम भी क्यों इधर-उधर की चर्चा करें, हमें तो अब अपने वतन का बखान करना है।

'सारे जहाँ से अच्छा हिंदुस्तां हमारा' यानी हिंदुस्तान सारे विश्व में सबसे अच्छा है, पर गौर करनेवाली बात है कि विश्व में शायद ही कोई ऐसा देश हो, जिसमें हमारे देश की तरह विविधता हो और साथ ही यह भी सच है कि दुनिया में ऐसा कोई देश हो, जो तन एवं मन से देश की प्रतीक भारत माता से एकाकार हो गए हों। वृक्ष की शाखाएँ अलग-अलग हैं, पत्ते अलग-अलग हैं; पर उनकी जड़ें एक हैं, तो आइए, हम सब भारत माता के उस भव्य स्वरूप का दीदार करें, जिसका इस चराचर में कोई सानी है ही नहीं।

उत्तर में रखवाली करता पर्वतराज विराट् है,
दक्षिण में चरणों को धोता सागर सम्राट् है,
यहाँ हाट हाट पर घाट घाट पर बड़ा निराला ठाट है।

एक ओर हिमाच्छादित हिमालय पर्वत के गिरि-शिखर और दूसरे छोर पर माँ भारती के पग पखारने हेतु अथाह सागर, एक छोर पर बंगाल की खाड़ी और दूसरे छोर पर अरबियन सागर, एक टुकड़े पर शीत का महाप्रकोप और दूसरे छोर पर आग के शोलों की बरसात, गरमी एवं सरदी तो सारे विश्व में पड़ती है, पर छह ऋतुओं की

बहार तो इसी भारत-भूमि में ही बहारें लाती है, 'बहारों फूल बरसाओ, मेरा महबूब आया है', यानी बहारें इसी धरती के टुकड़े पर आती हैं बसंत के झूले भी यहीं झूलते हैं। 'घन घमंड गरजत घन घोरा, प्रिया हीन डरपत मन मोरा' जब आकाश में बादलों की गर्जना होती है—रिम-झिम वर्षा की बूँदें धरती पर गिरती हैं तो पिया का वियोग और सताने लगता है। गरमियों में जब पारा आसमान की बुलंदियों को छूने लगता है तो जैसे कयामत आ जाती है। एक छोर पर बर्फ की चादर और दूसरे छोर पर रेगिस्तान की तपती बालू! वाह रे! क्या क्या रूप रंग हैं, क्या नजारा है।

हम अपनी ही बात करें, हमारी कई नस्लें हैं, कोई आर्य है, कोई द्रविड़ है तो कोई मंगोल है, यहाँ कोई काला है तो कोई गोरा तो कोई साँवली सूरत वाला है। इसी साँवली सूरत पर बेचारी गोरी राधा मर मिटी थी, यहाँ कोई घोर आस्तिक है तो कोई घोर नास्तिक है, कोई 'उदार चरितानां तु वसुधैव कुटुम्बकम्' की उदार विचार रखता है तो कोई केवल अपने तक ही सीमित है, कोई घोर भौतिकवादी है, शानो-शौकत, ऐशो-आराम, पैसा एवं पैसा यही उसका धर्म है, उसका दर्शन है कि—

'यावत् जीवेत् सुखम् जीवेत ऋणं कृत्वा घृतं पिवेत'

यानी जब तक जीना है सुख से जीना है, चाहे इसके लिए उसे किसी से उधार लेकर ही पीना हो, साथ ही कोई सादे जीवन में विश्वास करता है। 'सादा जीवन, उच्च विचार', उसे भौतिक तड़क-भड़क कतई पसंद नहीं है। यहाँ कोई शंकराचार्य के समान परम विद्वान् है, जो कोई मूर्ख कालिदास जैसा कोरा गँवार है, अनपढ़ और अज्ञानी है। यहाँ कर्ण जैसे महादानी भी हैं और 'चमड़ी जाए पर दमड़ी न जाए' जैसे कृपण भी हैं, साँप की तरह कुंडली मारकर अपनी तिजोरी की सुरक्षा में सचेत रहते हैं, कोई सारा जीवन ब्रह्मचर्य के नाम अर्पित कर देता है तो कोई सुरा और सुंदरियों के रूपजाल में उलझा रहता है, कोई घर-परिवार के बोझ ढोने में लगा रहता है तो कोई घर-बार छोड़कर धूनी जमाए रहता है, यहाँ संन्यासियों की भी चौंसठ कलाओं की भाँति चौसठ श्रेणियाँ हैं, यहाँ अंबानी का आलीशान भवन भी है तो उसके बगल में गरीब की झोंपड़ी भी है, कोई हँसते हुए देश की खातिर अपने गले में फाँसी का फंदा लगा लेता है तो कोई अपनी नापाक हरकतों से देश को नापाक करने की फिराक में घूमता-फिरता रहता है। 'घर का भेदी, लंका ढाए' ऐसे लोगों की इस देश में कमी थोड़े ही है, खाते तो इस देश की माटी का है, गुणगान दुश्मन का करते हैं; पर देशवासियों के जिगर को तो देखो, वे न केवल ऐसे देशद्रोहियों को बरदाश्त करते हैं, अपितु अपने पैसे से उनका भरण-पोषण भी करते हैं।

भाषाओं की तो हमारे भारत में झड़ी लगी है। कहते हैं कि हर छह कोस पर यहाँ अपनी एक बोली है, दुनिया में केवल हमारे देश में 'सोलह सौ बावन' भाषाएँ बोली जाती हैं, हालाँकि देश के संविधान में केवल अठारह भाषाओं को सरकारी मान्यता प्रदान की गई है। देश की राष्ट्र भाषा हिंदी है, पर सारा सरकारी कामकाज अंग्रेजी भाषा में होता है; परंतु यह भी सत्य है कि उत्तर से दक्षिण एवं पूर्व से पश्चिम में देववाणी संस्कृत के स्वर भी गूँजते रहते हैं, यही संस्कृत भाषा सारे देश को एकसूत्र में बाँधने की क्षमता रखती है।

यहाँ दुनियाँ के तमाम मजहब हैं—कोई हिंदू है, कोई मुसलमान है, कोई ईसाई है, कोई पारसी है, कोई सिख है तो कोई बौद्ध है, कोई जैन है, कोई सनातन धर्मावलंबी है तो कोई आर्य समाजी है। कोई तैंतीस करोड़ देवी-देवताओं को अर्घ्य देता है तो कोई घोर ब्रह्मवादी है वह 'एको ब्रह्म' यानी निराकार ब्रह्म को मानता है। कोई हर प्राणी के घट-घट में ब्रह्म की उपस्थिति पर विश्वास करता है तो कोई 'अहं ब्रह्मास्मि' में ही विश्वास करता है, कोई अति आस्थावान है—आस्तिक है तो कोई घोर नास्तिक है, कोई पुनर्जन्म में विश्वास करता है तो कोई इसी जन्म को सबकुछ मानता है। कई लोगों का दृढ़ मत है कि हिंदू धर्म तो कोई धर्म है ही नहीं, यह तो जीने का तरीका है, ways of life है, हर किसी को छूट है कि वह अपने रास्ते खुद चुने, यहाँ कोई मांसाहारी है तो कोई शुद्ध-शाकाहारी है, कोई घोर हिंसा में विश्वास करता है तो कोई घोर अहिंसावादी है, यहाँ यक्ष भी हैं तो किन्नर भी हैं, मानव भी हैं तो गंधर्व भी हैं, यहाँ मनुष्य भी हैं, देव भी हैं तो राक्षस भी हैं। यहाँ सुकोमल नारियाँ भी हैं कि सिंहवाहिनी दुर्गाएँ भी हैं, जात, पाँत, कुल, गोत्रों की तो गिनती करना भी दूभर है, यहाँ इनकी एक लंबी कतार लगी है, हमारा खान-पान, वेश-भूषा, रीति-रिवाज, संध्या-भजन, अरदास, संस्कार एवं संस्कृति भिन्न-भिन्न हैं, ऐसी विविधता के देश में आखिर वो क्या बात है, जो सारे देशवासियों को एक सूत्र में बाँधे रखती है, जो भाई को भाई के 'गले से मिलाते रहो, प्रेम के गीत गाते रहो' के लिए प्रेरित करते रहते हैं। यहाँ विदेशी लोग जमीन एवं पानी के रास्ते आए थे। वे अपने साथ अपनी संस्कृति एवं रीति-रिवाज भी साथ लाए थे, परंतु नियति को तो कुछ और ही मंजूर था, वे लोग यहाँ की मिट्‌टी की खुशबू में मदहोश हो गए एवं सदा-सर्वदा के लिए यहीं के होकर रह गए, यहीं की संस्कृति में रम गए, बस गए। वे देश की मुख्यधारा में डुबकी लगाने लगे और हमारी पुरातन संस्कृति पर कोई आँच न आ सकी। उर्दू के मशहूर शायर इकबाल की जुबानी हिंदुस्तान की एक झाँकी देखें—

यूनान-ओ-मिस्त्र-ओ रोम सब मिट गए जहाँ से,
अब तक मगर हैं, बाकी नामो-निशान हमारा।
मजहब नहीं सिखाता आपस में बैर रखना,
हिंदवी हैं, हम वतन हैं, हिंदोस्तान हमारा,
कुछ बात है कि हस्ती मिटती नहीं हमारी,
सदियों रहा है दुश्मन दौर-ए-निहा हमारा॥

वाह! शायर ने क्या खूब बयान किया है।

सर्व धर्म समभाव, सर्व-हिताय सर्व-सुखाय, यही हमारा मूलमंत्र है।

हिंदू, मुसलिम, सिख, ईसाई
हम सब हैं भाई-भाई।

बस! यही देश का नारा है।

हमारी संस्कृति विश्व की प्राचीनतम संस्कृति है, यह महान् संस्कृति केवल हमारे देश की सीमाओं तक कैद नहीं है, अपितु इनकी कीर्ति सारे जहाँ तक फैली है। भारतीय संस्कृति के मूल में विश्व मानव के कल्याण की कामना की गई है, विश्व के सारे मानवों में आपसी भाईचारा हो, सद्भाव हो, ऐसी मंगल कामना की गई है,

'विश्व का कल्याण हो, प्राणियों में सद्भाव हो'

ऐसी कामना केवल इस भारत-भूमि से ही की जा सकती है, हम सब भारतवासी एक ही नीली छतरी के नीचे रहते हैं, एक ही माटी का खाते हैं, एक ही खुशबू से मदहोश होते रहते हैं, हमारे राम और रहीम एक हैं, हमारा भगवान् एवं खुदा एक ही है। क्या आपने कभी उनका दीदार किया है ? तभी तो हमारे संत कबीर कहते हैं कि—

कस्तूरी कुंडलि बसे मृग ढूँढ़ें वन माहि,
ऐसे घटि घटि राम हैं दुनिया देखे नाहिं।

यानी हमारा राम, हमारा खुदा तो घटि घटि में विद्यमान है, उसे बाहर ढूँढ़ने की जरूरत है ही नहीं, जो तुम्हारे अंदर वास करता है, वही मेरे अंदर भी वास करता है, तभी तो हम एक-दूसरे से छाती मिलाकर आलिंगबद्ध होते हैं, एक सूत्र में गुँथे रहते हैं, एक ही माला की लड़ी में पिरोए रहते हैं।

वह सनातन सच है कि भारत धर्म-प्रधान देश है, यहाँ खुदा का बंदा पाँच बार दिन में नवाज पढ़ता है, यहाँ के गुरुद्वारों में अमृतवाणी का उद्घोष होता रहता है, यहाँ के मंदिरों में शंख-ध्वनि एवं आरती से आकाश मंडल गुंजायमान होता रहता है, यहाँ के चर्चों में प्रेम एवं दया के स्वर मुखरित होते रहते हैं। सनातनियों की 'वसुधैव

कुटुम्बकम्' एवं विश्व के कल्याण की कामनाएँ, मुसलमानों का ईमान, ईसाइयों का प्रेम एवं दया भाव व सिखों का बलिदान, इन सब के मिलन से इस धरती पर एक अनूठी मिसाल पेश की गई है, तभी तो माँ भारती के वीणा के तारों से ये दिव्य स्वर मुखरित होते रहते हैं—

सर्वे भवन्तु सुखिनः सर्वे सन्तु निरामयाः।
सर्वे भद्राणि पश्यन्तु मा कश्चिद् दुःखभाग्भवेत्॥

यानी सब खुशहाल हों, स्वस्थ रहें एवं किसी को भी किसी भी प्रकार का दुःख न हो।

यह है भारत की संस्कृति, यह है भारत का मजहब और यही है हमारा मकसद, सारे देश में यही संगीत लहरियों के स्वर सुनाई देते रहते हैं।

भारत एक विशाल देश है, दुनिया की पूरी आबादी का पाँचवाँ भाग यहीं बसता है। श्वेत धवल हिमालय का पवन सारे देश में बहता रहता है, समुद्र का पानी सदैव भारत माँ के पैर पखारने को आतुर रहता है। देश में हजारों नदियाँ प्रवाहित होती रहती हैं, फूलों की बहारों से भारत माता का शृंगार होता रहता है। यहाँ कहीं गंगा-यमुना के समतल तट हैं तो कहीं जमीन घने जंगलों से ढकी रहती है। यहाँ शेर, चीते, हाथी, भालू, मृग एवं सैकड़ों प्रकार के जंगली एवं घरेलू जानवर अपनी छटा बिखेरते रहते हैं। हमारी भौगोलिक विभिन्नता के मूल में ही हमारी एकता के सूत्र विद्यमान रहते हैं। ये एकता के सूत्र हम सबको जोड़ने का काम करते हैं। कश्मीर से कन्याकुमारी के भू-भाग हमें अपनी बाँहों में समेटने के लिए आतुर रहते हैं। हमारी इसी सांस्कृतिक एकता के कारण हमारा देश आदिकाल से विश्वगुरु की पदवी से महिमामंडित हो रहा है। इसका एकमात्र कारण है हमारी नायाब संस्कृति एवं तहजीब, अतीत का अथाह ज्ञान भंडार, आदिकाल की बात छोड़ भी दें तो करीब ग्यारह सौ साल पहले इस धरती पर आदिगुरु शंकराचार्य का अवतरण हुआ था, तब उन्होंने सारे देश को एकता के सूत्र में बाँधा था। उन्होंने उत्तर, दक्षिण एवं पूरब-पश्चिम के भेद को मिटा दिया था, तब उन्होंने एक ऐसा नायाब तरीका अपनाया कि एक दिशा का वासी दूसरी दिशा जाने में अपने को धन्य समझे यह सांस्कृतिक एकता की एक बेमिसाल हकीकत है।

अध्यात्मवाद

भारत को विश्व का आध्यात्मिक गुरु होने का भी गौरव प्राप्त है, यह अपने

आध्यात्मिक ज्ञान से सारे विश्व को आलोकित करता रहता है। खाओ, पियो और मौज करो, हमारे मनीषियों का कभी भी यह आशय नहीं रहा है। वह इस बात से भलीभाँति परिचित थे कि विश्व मानव बुद्धि का सम्राट् है, उसे सृजन के लिए अपनी बुद्धि की धार को पैना करना पड़ता है, उसे स्वयं को पहचानने की जरूरत होती है। आप इसे कोई भी नाम दे सकते हैं—Self Actualisation यानी आत्मज्ञान या स्वयं को पहचानने की कला ही अध्यात्मवाद का सारतत्त्व है, अध्यात्मवाद की पराकाष्ठा है, बिना इसके दुनिया के सभी प्रकार के ऐशो-आराम तुच्छ लगते हैं। पैसा किसे अच्छा नहीं लगता है, माया तो प्रतिपल हमें बेचैन करती रहती है, लुभाती रहती है; पर यह तो केवल साधन-मात्र है, साध्य तो कुछ और ही है। दया, परोपकार, शांति एवं सुकून हमारा असली मकसद है और यही पैगाम हम विश्व को देते आ रहे हैं।

'इंसान का इंसान से हो भाई चारा, यही पैगाम हमारा।'

धार्मिक सहिष्णुता

इस भारत देश में हिंदू, मुसलिम, सिख, ईसाई, बौद्ध, जैन और पारसी धर्मों के अलावा भी कई मत-मतांतर हैं। यहाँ बौद्ध भी हैं वैष्णव भी हैं तो शाक्त भी हैं—सनातनी भी हैं तो आर्य समाजी भी हैं, सबके ईश अलग-अलग हैं, पूजा की विधि भी अलग-अलग है; परंतु सभी एक-दूसरे के धर्मों का समान रूप से आदर करते हैं, सबकी अपनी-अपनी लक्ष्मण रेखाएँ हैं। मजाल है कि एक धर्म-भीरु व्यक्ति उस सीमा रेखा को लाँघने की जुर्रत करे। सारे धर्मों का सारतत्त्व एक ही है और वह है—आपसी भाई-चारा, सब धर्मों के मूल में प्रेम, दया, शांति एवं परोपकार की भावना समाहित है। आपस में बैर रखना भला किसे अच्छा लगेगा, देश में जो गड़बड़ी नजर आती है, वह किसी भी सच्चे धर्म-प्राण व्यक्ति के द्वारा हो ही नहीं सकती है। यह तो कुछ शैतानों की करतूतों के कारण होता है, जो धर्म के नाम पर, जाति के नाम पर अपनी रोजी-रोटी सेंकने की ताक में रहते हैं या जो दुश्मनों के हाथों बिक चुके हैं और अपने आकाओं के इशारों पर नाचते रहते हैं। अब देश जाग चुका है, देश के नौजवान जाग चुके हैं, अब इन शैतानों की खैर है ही नहीं, हमारे सभ्य समाज को ये शैतान फूटी आँखों नहीं सुहाते हैं।

'सर्व धर्म समभाव ही आज हमारा नारा है।'

संवाद

सारी समस्याओं का समाधान, सारी गलतफहमियों को दूर करने की केवल एक ही दवा है और वह दवा है 'संवाद', यानी आपस में विचारों का आदान-प्रदान करना। समस्याएँ तो हजारों होंगी पर समाधान भी हजारों होते हैं। आपने कम्युनिकेशन का नाम तो सुना ही है, मैं यहाँ धर्मगुरु दलाईलामा के एक प्रसिद्ध कथन को उद्धृत कर रहा हूँ—

"When you talk, you are only repeating what you already know. but if you listen you may learn something new."

बस इसी बात को गाँठ बाँध लें, दूसरे की बात को ध्यानपूर्वक सुनें, उसे तराजू में तोलें, आपने किसी की बात को केवल अपने कानों से सुनना ही नहीं है; अपितु दिलो-दिमाग से भी उसकी बात को समझना है, उसकी जुबान के शब्दों को तोलना है, उसके अंग-प्रत्यंगों के मनो-भावों को समझना है, तब ही यह संभव हो पाएगा कि आप उसकी दिल की बात को जान सकें, उसकी भावनाओं को समझ पाएँ और इसी को आप अंग्रेजी भाषा में 'Listening' कहते हैं।

गीता में तीन प्रकार के संवादों की चर्चा है। पहले प्रकार के संवाद को 'अहंकार पूर्ण' संवाद कहते हैं, यानी जो कुछ आप बोल रहे हैं, जैसे—वही सनातन सत्य है, आपके लिए दूसरे की बातों का कोई अस्तित्व नहीं है। दूसरे प्रकार का संवाद 'धमकीपूर्ण संवाद' कहलाता है, यानी जो मैं बोल रहा हूँ, वही करो अन्यथा परिणाम ठीक नहीं होगा, पर ऐसे कोरे संवादों से तिलों से तेल निकल ही नहीं सकता है, उल्टे आपस में वैर और वैमनस्य और बढ़ जाएँगे। अब तीसरे प्रकार के संवाद की बारी है, इसे 'सौहार्दपूर्ण संवाद' के नाम से जाना जाता है। आप दूसरे की बात को ध्यानपूर्वक सुनते हैं, उसके विचारों की इज्जत करते हैं। बस! यही कमाल की चीज है, पलक झपकते ही सब गिलवे-शिकवे दूर हो जाते हैं, गलतफहमियाँ दूर हो जाती हैं और तब समस्या का जड़ से समाधान हो जाता है और यही आपसी भाई-चारे की कुंजी है।

त्योहार—होली, दीवाली, रामलीला, ईद, क्रिसमस, गुरुपर्व एवं गुरुपूर्णिमा के त्योहार सारे भारतवासी मिल-जुलकर मनाते हैं। ईद मिलन पर नजारा ही कुछ और होता है, जब भाई-भाई एक-दूसरे के गले मिलते हैं तो दुनिया का सारा सुकून जैसे उनकी झोली में समा जाता है।

शादी-विवाह—यहाँ हर धर्म एवं संप्रदायों के लोग शादी-विवाह का धूमधाम

से आयोजन करते हैं, जब बात हाथों में मेहँदी लगाने की हो, बाजे, शहनाइयों के स्वरों से नजारा ही बदल जाता है, दुल्हन के श्रृंगार की बात ही कुछ और है दूल्हे राजा तो सचमुच उस आयोजन के राजा ही होते हैं, साज-श्रृंगार की बात ही कुछ और है, सुंदरी के बदन तो जैसे सोने चाँदी से लद जाते हैं, खान-पान की बात मत पूछो, बारह व्यंजन एवं छत्तीस प्रकार का भोज का जुमला तो अब पुराना हो गया है, अब तो पकवानों की एक लंबी सूची है, जिसका बखान करना हमारे बलबूते की बात नहीं है। हम एक-दूसरे की शादी में सम्मिलित होते हैं, एक-दूसरे की मेजबानी करते हैं और एक-दूसरे के साथ मिलकर जश्न का लुत्फ उठाते हैं।

भावनात्मक एकता—क्या आप कभी स्वतंत्रता दिवस के मौके पर लाल किले गए हैं? खैर! घर बैठे लाइव टेलीकास्ट का लुत्फ तो लेते ही हैं। देश का प्रधानमंत्री अपने भाषण के अंत में क्या कहता है, जिसे दोहराने में हम भी अपनी शान समझते हैं। 'जय हिंद' के नारों से आकाश मंडल गुंजायमान होने लगता है, इसी प्रकार हम सब एक ही माँ के लाल हैं और वह है हमारी भारत माता। इसी माता की जय-जयकार करते हुए हम उसे नमन करते हैं। हम सभी ने इसी माटी का अन्न खाया है, इसी भारत माता के स्तनों का दुग्धपान किया है। हमारे तन और मन से भारत की माटी की खुशबू आती है। तब हमारा एक ही सच्चा धर्म है कि हम माँ के दूध की लाज रखें, उसका कर्ज अदा करें एवं उसके रक्षार्थ सदैव अपना बलिदान देने के लिए तत्पर रहें।

रिश्ते-नाते—आप सब किसी-न-किसी रूप में अंग्रेजी भाषा से परिचित हैं, हममें से कई लोग विदेशों की सैर पर गए हैं। पर क्या आपने कभी इस बात पर गौर किया है कि हमारे नाते रिश्तों की बुनियाद कितनी पक्की है, कितनी मजबूत है, कितनी विस्तृत है। अंग्रेजी के शब्द 'अंकल' से तो आप परिचित हैं, यह अति ही भ्रामक शब्द है एवं इससे वास्तविक रिश्ते का परिचय पाना दुष्कर है। अब हम अपने रिश्तों की बात करें तो यही अंकल का रिश्ता चाचा, ताऊ, मामा, मौसा और फूफा यानी पाँच प्रकार के अलग-अलग रिश्तों की व्यापकता धारण करता है। वाह! क्या बात है।

कर्म प्रधान—यह देश आदिकाल से सभ्य मानवों की कर्मभूमि रहा है, गीता का यह अमर संदेश आज भी सारे चराचर में गूँज रहा है—"कर्मण्येवाधि कारस्ते माँ फलेषु कदाचन" यानी कर्म करना हमारी नियति है। स्वयं हमारे शरीर के अंग प्रत्यंग अपना-अपना काम करते रहते हैं, सबके काम की अपने आप में एक महत्ता

है। कार्य की, परिश्रम की महिमा अपरंपार है। हमारे देश के महान् जननायक स्वामी विवेकानंद ने कहा है कि—

'कर्म ही पूजा है।'

अपनी-अपनी क्षमता के अनुरूप आप अपने कर्तव्य का निर्वाह करते रहें तो आपके कर्म रूपी पूजा के फूल आपके ईश के चरणों में स्वयं ही अर्पित हो जाएँगे। बस यदि हम इस मर्म को समझने में कामयाब हो जाएँ तो इस धरती पर बहारें फूल बरसाने लगेंगी, देश धन-धान्य से परिपूर्ण हो जाएगा।

राष्ट्रध्वज—हमारे देश का एक राष्ट्रध्वज है, जिसकी विजयगाथा हम गाते रहते हैं—'विजयी विश्व तिरंगा प्यारा झंडा ऊँचा रहे हमारा।' क्या आपने कभी इसकी शान देखी है? हम इसे तिरंगे के नाम से जानते हैं, इन सब रंगों का एक विशेष अर्थ है—

केसरिया बल भरने वाला सादा है सच्चाई,
हरा रंग है हरी हमारी धरती की अँगड़ाई
और चक्र कहता है कभी न रुकेगा,
हिंद देश का प्यारा झंडा ऊँचा सदा रहेगा।

चक्र के बीच में चौबीस लाइन हैं जो दिन और रात के चौबीस घंटों की प्रतीक हैं, यानी हर पल और हर क्षण की याद दिलाते रहते हैं। हम सब मिलकर इसकी शान में कसीदे गढ़ते रहते हैं, इसे हम तोपों की सलामी देते हैं। राष्ट्रगान से इसका विजयघोष किया जाता है। यह देश के हर वासिंदे की रगों में शक्ति का संचार करता है, हम सब मिलकर इसकी अभ्यर्थना करते हैं। यह हमारी शक्ति का परिचायक है, एकता का प्रतीक है।

संविधान—हमारा संविधान हम सबको एक समान अधिकार एवं कर्तव्य प्रदान करता है, कानून सबके लिए एक समान है। हाँ, कुछ अपवाद भी हैं, किसी जाति विशेष के नाम पर आरक्षण एवं धर्म के चोले में अलग कानून, पर जब सब लोग शिक्षित हो जाएँगे, अपने भले बुरे को पहचानने लगेंगे तो तब सब के लिए एक जैसी ही व्यवस्था होगी, देश का भी एक धर्म होगा और वो होगा राष्ट्रधर्म। जाति, गोत्र, लिंगभेद या अन्य किसी विविधता से समाज को तोड़ा नहीं जाएगा, राष्ट्रधर्म के नाम पर हमें सबकुछ कुरबान करना होगा।

सांस्कृतिक एकता—कई लोगों का मत है कि हम कभी एक थे ही नहीं। पर शायद ऐसे लोग यह भूल जाते हैं कि सभ्यता के प्रारंभ से ही अनेकानेक विविधताओं

के बाद भी हमारी एकता की जड़ें बहुत गहरी थीं। कई लोगों का मत है कि भला हो उन अंग्रेजों का जिन्होंने शासन की चाह में सारे देश को अपना गुलाम बना दिया था। पर सत्य यह है कि पूर्वकाल में चक्रवर्ती सम्राटों ने सारे देश को एक ही क्षत्र के नीचे एकत्र किया था। राजा राम ने इसी प्रयोजन से अश्वमेध यज्ञ का आयोजन किया था, तब क्या मजाल थी किसी की जो उनकी चुनौती स्वीकार कर रथ का घोड़ा पकड़ सके, परंतु राम के पुत्र लव एवं कुश ने उनकी चुनौती स्वीकार की थी जैसा बाप, वैसे थे वे बेटे, आगे का हाल तो आप जानते हैं। पांडवों ने भी कृष्ण की शह पर राजसूय यज्ञ का आयोजन किया था एवं युधिष्ठिर चक्रवर्ती सम्राट् के पद से विभूषित हुआ था। इस देश का नाम ही चक्रवर्ती सम्राट् भरत के नाम पर पड़ा है—भारतवर्ष। सब राज्य स्वतंत्र होते हुए भी एक ही छत्र के नेतृत्व में सुरक्षित रहते थे। चंद्रगुप्त मौर्य, समुद्रगुप्त, अशोक एवं अकबर ने भी सारे देश को एक ही सूत्र में बाँधा था।

संस्कृत भाषा—हमारी राष्ट्रीय भाषा हिंदी है, सरकारी कामकाज अंग्रेजी में होता है। देश में अनेक भाषाएँ एवं बोलियाँ हैं, पर समस्त भाषाओं की जननी संस्कृत है। कहते हैं कि यूरोप की सभी भाषाओं की जननी भी संस्कृत ही है, हमारा प्राचीन साहित्य संस्कृत भाषा में ही लिखा गया है—वेद ग्रंथों की ध्वनि कश्मीर से कन्याकुमारी तक एक समान गूँजती रहती है, हमारे नायक और महानायकों का चित्रण समस्त भाषाओं में एक जैसा ही है। यही देव भाषा संस्कृत देश की समस्त भाषाओं को, राज्यों को एवं देशवासियों को जोड़े रखती है।

कुंभ मेला—वैसे तो यह देश त्योहारों का देश है, मेलों का देश है, पर इस धरती पर प्रयागराज, हरिद्वार एवं उज्जैन में जो महाकुंभ के मेले लगते हैं, वह किसी चमत्कार से कम नहीं हैं। देश के ही नहीं अपितु सारे विश्व के लोग नदियों के इन घाटों पर आकर मानवता के परचम फहराते हैं। करोड़ों मानव मेले में शामिल होकर सारे विश्व को अमरत्व का संदेश देते हैं। प्रयागराज में गंगा, यमुना एवं सरस्वती के संगम पर जैसे मानवता की अमृतवर्षा होती है, उसके रसपान से यात्री धन्य हो जाते हैं।

भारतीय सेना—अनेकता में एकता के दिग्दर्शन करने हों तो अपनी फौज को पहचानें। देश के हर धर्म के लोग, हर जाति के लोग अपनी-अपनी भाषा, क्षेत्रीयता के साथ फौज में भरती होते हैं। विभिन्न बैकग्राउंड के लोगों को जब फौजी प्रशिक्षण दिया जाता है तो उनके अंदर एक नवीन संस्कृति का उदय होता है और वह सह-संस्कृति हमारे देश की विरासत है। उनके हर कार्य में, खान-पान में, बातचीत करने में एवं व्यवहार में तब एक भारतीय फौजी की झलक नजर आने लगती है। सेना में एक ही

भाषा बोली जाती है, लिखी जाती है और पढ़ी जाती है और वह भाषा है—राष्ट्रभाषा हिंदी या हिंदुस्तानी। दफ्तरों का सारा कामकाज अंग्रेजी भाषा में किया जाता है, परंतु देश के, फौज के हर सैनिक एवं अफसर को हिंदी भाषा में महारथ हासिल करनी पड़ती है। हमारी सेना शायद दुनिया की ऐसी बेमिसाल फौज है, जिसका हर सिपाही देश की आन-बान और शान के लिए अपने प्राणों की आहुति देने के लिए सदा तत्पर रहता है। हर फौजी टुकड़ी की अपने धर्म में पूरी आस्था होती है, हर फौजी बटालियन में सभी धर्मों के पूजास्थल होते हैं। इनमें मंदिर, मसजिद, गुरुद्वारे एवं गिरजाघरों में देश के रक्षार्थ पूजा अर्चना चलती रहती है। ऐसी अद्‌भुत मिसाल दुनिया के किसी अन्य कोने में दिखाई नहीं देती है।

एक जमाना था, जब हिंदुस्तान की सीमाएँ सुदूर उत्तर, पूर्व, पश्चिम एवं दक्षिण तक फैली थीं, पर 'बाँटो और राज करो' यानी Divde and Rule की चाल ने इस देश के दामन पर कभी न मिटने वाली कालिमा लगाई गई थी। अंग्रेजों की शह पर कुछ सनकी देशवासियों ने 'दो राष्ट्र के सिद्धांत' को हवा दी थी। सत्ता के लोलुप, गद्दी के लोलुप कुछ स्वार्थी चंद लोगों के कारण अंग्रेज अपनी चाल में कामयाब हुए। खोखली स्वतंत्रता के नाम पर अखंड भारत को दो टुकड़ों में बाँटा गया। नफरत की ऐसी आँधी चली कि देश लहूलुहान हो गया, खंडित हो गया। आज जो कुछ हमारे पास है, वो आधा-अधूरा है। दुश्मन आज भी अपनी चालों को चलने में मशगूल है, देश के चंद गद्दार देश से गद्दारी करने से परहेज नहीं करते हैं। अत: दुश्मन अपनी चालों में पुन: कामयाब न हो, हर देशवासी का कर्तव्य हो जाता है कि वह हमेशा सजग रहे। याद रहे कि यदि देश है तो हम हैं, हमारी जाति है एवं हमारा धर्म है, बिना देश के ये सब बातें मिथ्या हो जाती हैं। आज जरूरत है, अपने अतीत से सबक लेने की। हमें सावधान रहना है, घर के भेदियों से, आतंकवादियों से, हमें सावधान रहना है, देश के गद्दारों से। इन जहरीले नागों को खुदा भी कभी माफ नहीं करेगा। हम सबकी एक ही जाति है, वह है—भारतवासी, हम सबका एक ही धर्म है—राष्ट्रधर्म। बस! जिस क्षण देशवासियों ने इस मर्म को समझ लिया, पहचान लिया उसी क्षण से हमारे देश की गौरवमयी पताका सारे विश्व के आकाश पर फहराने लगेगी और तब सारे भारतवासियों के मुखारविंद से एक ही स्वर निकलेंगे—

'सारे जहाँ से अच्छा हिंदोस्तां हमारा'

□

भारत के सात आश्चर्य

चौंकिए मत, यह सारा जहाँ कई प्रकार के आश्चर्यों का एक अजायबखाना है। हम अपने वतन भारत की ही बात करें तो इसकी झोली सैकड़ों, हजारों आश्चर्यों से परिपूर्ण है। शायद हमारे लिए यह संभव नहीं कि हम अपनी लेखनी से इन तमाम आश्चर्यों का वर्णन कर सकें, परंतु कुछ चुनिंदा आश्चर्यों की चर्चा करना लाजमी हो जाता है। कैसे एक अदना से दिखनेवाले मानव की छैनी और हथौड़ी ने पत्थरों को तराश कर बेमिसाल वास्तुशिल्प के उच्च आयाम कायम किए थे, उनकी दिव्य कला-कौशल के सामने तो शायद देव शिल्पी विश्वकर्मा को भी अचंभित होना पड़ता। मानव परिकल्पना की ऐसे बेमिसाल शिल्प के वर्णन मात्र से ही मन मयूर रोमांचित हो जाता है। आज सारा विश्व भारत की गौरवशाली हस्तकला, वास्तुकला, शिल्पकला एवं वास्तुशास्त्र के सामने नत-मस्तक है। आज विश्व संगठन यू.एन.ओ. ने भारत के इन महान् आश्चर्यों को 'विश्व धरोहर' का दर्जा दिया है। आइए! हम सब मिलकर वास्तुशिल्प की इन बेमिसाल कृतियों का दीदार करें, जिनके कारण सारे विश्व में हमारा मस्तक ऊँचा हो पाया है।

खजुराहो

हिंदुस्तान की इस जमीन पर यहाँ के शिल्पियों, मूर्तिकारों एवं वास्तुशिल्पियों ने ऐसी-ऐसी कृतियों का सृजन किया है, जिनकी परिकल्पना करना भी साधारण मानव के बूते की बात नहीं है। उन्होंने अपनी छोटी सी छैनी एवं हथौड़ी से पत्थरों में जान डाल दी थी, उनमें बेपनाह हुस्न भर दिया था। कामदेव एवं रती जैसे इन पत्थरों के माध्यम से आपको मोहने लगते हैं। वे काम-क्रीड़ा के बाणों से हमें प्यार एवं मुहब्बत के जहान में पहुँचा देते हैं। खजुराहो के मंदिरों के पत्थर बोलते हैं, गीत गाते

हैं, थिरकते हैं, आपसे संवाद करते हैं, कहते हैं कि 'गीत गाया पत्थरों ने' पर यहाँ जो देखने में आता है, वह अविस्मरणीय है, बेपनाह हुस्न है, बेमिसाल चित्रकारी है और कामशास्त्र और रति-क्रिया की समस्त कलाओं की खुली नुमाइश है, सेक्स एजुकेशन की खुली किताब है। आप खजुराहो के बेपनाह हुस्न में डुबकी लगाते रहें, पर शायद ही आपकी मन की प्यास बुझ पाए, प्यार और मुहब्बत की तासीर बढ़ती जाती है, युगल प्रेमी जनों का तो यह इंद्रलोक है। यहाँ के पत्थरों में देव, दानव, मानव, यक्ष, गंधर्व, किन्नर, विद्याधर, दिगपाल, सुर-असुर कन्याएँ, नाग कन्याएँ, स्वर्ग की अप्सराएँ, नृत्यांगनाएँ, बेपनाह हुस्न की मलिकाएँ और नाज-नखरों वाली सुंदरियाँ जैसे सजीव होकर हुस्न की बहारें फैला रही हों।

मध्य प्रदेश से हम सब परिचित हैं, झाँसी के नाम को कौन नहीं जानता है। यहीं से करीब एक सौ किलोमीटर की दूरी पर खजुराहो नामक विश्व-विख्यात स्थान है, यहाँ मानव सभ्यता एवं संस्कृति के अलौकिक स्मारक हैं। वास्तव में ये स्मारक हिंदू एवं जैन मंदिर हैं। ऐसी मान्यता है कि सैकड़ों साल पहले यानी करीब दसवीं सदी के मध्यकाल में चंदेल वंशीय राजाओं ने करीब दो सौ सालों तक इन स्मारकों का निर्माण किया था। आश्चर्य की बात है कि इन स्मारकों में, यहाँ के पत्थरों में काम-कला के समस्त ज्ञात एवं अज्ञात और सारे गुप्त रहस्य समाहित हैं। आज सारा विश्व भारत के ताजमहल को प्रेम के प्रतीक के रूप में मानता है, ठीक इसी प्रकार

खजुराहो के स्मारक कामसूत्र का प्रयाय हैं, रति-क्रिया की जीती जागती मिसाल हैं। आज से कई शताब्दियों पहले हमारे विलक्षण शिल्पियों ने वात्स्यायन के कामसूत्र की हर भाव-भंगिमा, हर आसन को अपने पत्थरों में तराशा था, सँवारा था, अलंकृत किया था, सजीव और साकार किया था। आचार्य के रति-क्रिया के समस्त ज्ञान को, इन महान् शिल्पियों ने अपनी शिल्पकला में जैसे सजीव किया था। इस भू-मंडल में काम-कला की ऐसी अनोखी झाँकी केवल इन्हीं पत्थरों में परिलक्षित होती है। कहते हैं, अपने मूल रूप में यहाँ करीब पिचासी स्मारक थे, पर अब केवल बीस स्मारक अपने मूल रूप में विद्यमान हैं। यूनेस्को ने इन स्मारकों को 'विश्व धरोहर' का दर्जा देकर महिमामंडित किया है।

आज हमारे देश में 'सेक्स एजुकेशन' की चर्चा जोर-शोर से हो रही है। आज के युग के मानव के हाथों खजुराहो के स्मारकों के रूपों में जैसे खुशहाल एवं रंगीन जीवन जीने की कला की चाबी मिल गई है। मानव कोई जानवर तो है नहीं कि शरीर की प्यास बुझाई और अध्याय की समाप्ति। वास्तविक सेक्स तो मानसिक होता है—शरीर तो केवल एक माध्यम का काम करता है। पुरुष एवं नारी का महामिलन दुनिया की सबसे खुशहाल स्थिति है—पुरुष एवं नारी का महामिलन पूर्ण योग है, समाधि की पराकाष्ठा है—सुकून की पूर्ण अवस्था है। शिव, शिवा के बगैर शव समान है, ठीक इसी तरह सुंदरी के बिना जीवन नीरस है। नर और नारी के महामिलन से सृष्टि का संचार होता है—नर और नारी के समागम से प्रेम की प्रतिष्ठा स्थापित होती है। यही प्रकृति का विधान है, यही प्रकृति का रहस्य है। आप जीवन में कितना ही अधिक लिख-पढ़ लें, पर यदि आपको सौंदर्य का ज्ञान नहीं है, सुंदरी के नख-शिख, भाव-भंगिमाओं का ज्ञान नहीं है तो आपके जीवन में शायद ही कभी बसंत बहार आए, जीवन नीरस हो जाएगा, इसके लिए जरूरी है कि आप काम-क्रीड़ा के गहन रहस्यों को आत्मसात् करें, रति-क्रिया के भिन्न-भिन्न पहलुओं से परिचित हों, तब आप सेक्स के असली आनंद से आत्म-विभोर हो जाएँगे एवं आपकी प्रेयसी भी सदा-सर्वदा के लिए आपके मोहपाश में बँधकर आपकी जीवन की बगिया को फूलों से, फूलों की सुगंध से धन्य कर लेगी। बस! यही तो है परमानंद का रहस्य और इसी का सजीव चित्रण है—खजुराहो के पाषाण पत्थरों में।

मानव सभ्यता के आदि दस्तावेज वेदों में प्रकृति के गूढ़ रहस्य समाहित हैं—वेदों में भी रति-क्रिया के गूढ़ रहस्यों को परोक्ष रूप से इंगित किया गया है, परंतु जैसे आचार्य चाणक्य ने अपने अर्थशास्त्र के माध्यम से कूटनीति, राजनीति

एवं साम, दाम, दंड भेद का ज्ञान प्रदान किया, उसी प्रकार उनके समकालीन आचार्य वात्स्यायन ने कामशास्त्र पर अपनी अनूठी कृति 'कामसूत्र' का सृजन किया था। आश्चर्यजनक रूप से उन्होंने पुरुष के बजाय नारी को अपने काव्य की नायिका बनाया है, उन्होंने रति-क्रिया में नेतृत्व की बागडोर नारी के हाथों सौंपी है। आचार्य के काव्य की नायिकाएँ नारी हैं, वही पुरुषों के मनोभावनाओं की स्वामिनी है। उन्हीं के हाथों कामरूपी रथ की बागडोर रहती है। कामसूत्र ने तो जैसे कामदेव को शर्मिंदा कर दिया है। इस जगत् के समस्त प्राणियों के मैथुन के समस्त आसनों का वैज्ञानिक विश्लेषण केवल आचार्य की कलम से ही संभव हो पाया था। उन्होंने काम-क्रीड़ा की चौंसठ कलाओं का विशद वर्णन किया है। एक सुंदरी जब इन कलाओं में महारत हासिल करती है तो उसका प्रेमी, उसका साथी, उसका पति सदा-सर्वदा उसके मोहपाश में बँधा रहता है, तब उसका एवं उसके प्रेमी का जीवन खुशहाल रहता है। उन्होंने स्त्रियों की जरूरतों के मद्देनजर रति-क्रिया के चौसठ आसनों का वर्णन किया है, साथ ही वातावरण को संगीतमय बनाने के लिए उन्होंने गीत, वाद्य, बिंदी एवं सिंदूर लगाना, दर्पण में अपना प्रतिबिंब देखकर स्वयं की सुंदरता पर मोहित होना, नख-शिख वर्णन, केशों को सजाना-सँवारना, तेल-फुलेल क्रीम, कंघी से अपना श्रृंगार करना, बिस्तर पर गणिका की तरह अपने साथी को अपने नाज-नखरों से मदहोश करना, इन कलाओं की बदौलत प्रियतम अपनी प्रेयसी के मोहपाश में बँधा रहता है, वह नारी का सदा दास बना रहता है और तब दोनों के जीवन में सदा बसंत की बहारें बहती रहती हैं। तब जैसे पोजिटिव एवं नेगेटिव विद्युत् तरंगों के सम्मिलन से विद्युत् की तरंगें दौड़ने लगती हैं, ठीक उसी तरह नर एवं नारी के महामिलन से आनंद की सरिताएँ प्रवाहित होने लगती हैं। पुरुष एवं नारी की संयुक्त ऊर्जा से सृष्टि का संचालन हो रहा है। आचार्य रजनीश की पूर्ण समाधि का गूढ़ रहस्य यही है, पर यहाँ न तो कामशास्त्र की चर्चा हो रही है और न ही कामसूत्र की। यहाँ तो चर्चा शिल्पियों द्वारा तरासे गए उन पत्थरों की हो रही है, जहाँ इन कलाओं की, किताबों की, विषय की आत्मा बसती है। खजुराहो के स्मारकों का हर पत्थर जैसे—कामसूत्र का अमर संदेश दे रहा हो। इन पत्थरों पर काम-क्रीड़ा के चौंसठ कलाओं एवं समस्त आसनों का सजीव चित्रण किया गया है। इन स्मारकों के पत्थरों को देखने पर ऐसे लगता है, जैसे—ये पत्थर बोल रहे हों, नाच रहे हों, उनके रंध्रों से जैसे कामिनी के शरीर की दिव्य सुगंध प्रवाहित हो रही हो। अब

आखिर यह सवाल उठता है कि कामदेव एवं कामशास्त्र को विजय तिलक करने के पीछे स्मारक के निर्माणकर्ताओं एवं शिल्पियों की क्या मंशा थी? बात साफ है, जरूरत थी युवक एवं युवतियों को Mass Education प्रदान करने की। भारत आदि काल से ही सभ्य एवं सुसंस्कृत था—समाज को, भावी पीढ़ियों को इन स्मारकों के माध्यम से सेक्स एजुकेशन मिले, यही तो इनका असली मकसद था। यहाँ की एक अन्य विशेषता भी है। काम-क्रीड़ा की इन कला-कृतियों को देखकर आप कामोत्तेजित नहीं होते हैं, अपितु आपको एक अजीब सा सुकून मिलता है। आपका ज्ञानवर्धन होता है। आप तन, मन एवं मस्तिष्क से जैसे तृप्त हो जाते हैं, आनंद से सरोबार हो जाते हैं। पहले हमारे देश में देवदासी प्रथा का प्रचलन था, काम-कलाओं की प्रदर्शिनी का एक मकसद शायद यह भी रहा हो कि देवदासी प्रथा को समाप्त किया जा सके। जब सारे लोग इस गुप्त ज्ञान के प्रकाश से आलोकित हो तो फिर छुप-छुपकर आहें भरने की नौबत ही नहीं आएगी, 'शयनेषु रंभा' जब शैया पर आपकी अर्द्धांगिनी रंभा जैसे नाज-नखरों से आपको अपने मोहपाश में बाँध लेगी तो आपको वह दुनिया की सबसे सुंदर प्रियतमा लगने लगेगी। शायद इसी कारण स्मारकों के नजदीक चौंसठ योगिनियों के मंदिर भी बनाए गए हैं।

आज तक हम विश्व के कई भू-भागों में अवस्थित इंद्रलोकों के रहस्यमयी सौंदर्य के बारे में सुनते आए हैं। अब समय है इसी भारत के उस भव्य एवं रोमांचकारी इंद्रलोक के दीदार का, जिससे हम अपनी आँखों की प्यास बुझा सकें एवं बेपनाह हुस्न का दीदार कर सकें। खजुराहो के पत्थरों की इठलाती, शरमाती, अलसाई उन मांसल जवानियों को देखकर हम स्वयं ही उनके रूप-जाल में कैद हो जाते हैं। यहाँ की खूबसूरत बालाएँ नन्हे प्यारे शिशुओं को अपना स्तनपान कराने में मशगूल रहती हैं। कोई अपने आशिक की बाँहों में है तो कोई अपने प्रेमी में ही जैसे समा गई हो, कोई हसीना अपना सोलह श्रृंगार कर रही है तो कहीं प्रेमी एवं प्रेमिका एक दूसरे पर चुंबनों की झड़ी लगा रहे हैं, कोई जोड़ा इस दुनिया से बेपरवाह रहते हुए रति-क्रिया में मशगूल है। काम, प्रेम एवं आनंद की संगीत से माहौल खुशनुमा हो जाता है। उन अप्सराओं के होंठों की कातिल मुसकान से जैसे कयामत ही आ जाती है। सुंदरियों के मांसल स्तन हमें मदहोश कर देते हैं, यहाँ की जवानी जैसे दीवानी हो जाती है। सुंदरियों की भाव-भंगिमाएँ, उनके इठले एवं नाजुक बदन की अनोखी अदाएँ जैसे स्वयं कामदेव को भी लजा लेती हैं। यह रहस्यमयी सौंदर्य स्थान तांत्रिकों का सिद्धपीठ

है, वे यहाँ अपनी-अपनी तंत्र साधना में लीन रहते हैं। उनका अंतिम लक्ष्य होता है कि स्त्री एवं पुरुष की सम्मिलित ऊर्जा से महासमाधि की अवस्था को प्राप्त करना, उनकी भैरवी रति-क्रिया की जीती जागती अधिष्ठात्री है।

यहाँ के रहस्यमयी स्मारकों से जुड़ी कई किवदंतियाँ हैं। कहते हैं—एक समय चंद्रदेव, यानी चंदामामा ऊपर आकाश से इस भूमि के टुकड़े को निहार रहे थे, तभी उनकी नजर एक अत्यंत खूबसूरत सुंदरी पर पड़ी थी, जो हेमवती नदी के जल में मछली की तरह क्रीड़ा करने में मशगूल थी। तब चंद्रदेव इस धरती पर उतरे थे—सुंदरी भी उस कांतिवान पुरुष के रूप पर मर मिटी थी और तब उनका महामिलन हुआ था। उन दोनों के महामिलन के प्रसाद के रूप में एक शिशु का आविर्भाव हुआ था। तब चंद्रदेव ने उस सुंदरी को आश्वासन दिया था कि उनके इसी बालक के वंशज इसी स्थान पर उनके काम-क्रीड़ा के भव्य स्मारकों का निर्माण करेंगे। कुछ स्थानीय लोगों की धारणा है कि शिव एवं पार्वती का विवाह इसी स्थान पर हुआ था। यहाँ शिव, पार्वती एवं सूर्य के मंदिरों की प्रधानता है।

अतीत का यह बेपनाह हुस्न समय के थपेड़ों के साथ ही हमारी नजरों से जैसे ओझल हो गया था, परंतु सन् 1830 में एक स्थानीय निवासी की शह पर एक अंग्रेज सर्वेयर टी.एस. बर्ट ने इन स्मारकों को ढूँढ़ा था एवं सेक्स के इस रहस्यमयी इंद्रलोक को दुनिया के समक्ष पेश किया था।

वैसे तो यहाँ साल भर सैलानियों का ताँता लगा रहता है, परंतु साल के कुछ चंद लम्हें तो यहाँ अपना अलग ही समा बाँध देते हैं। हर साल 25 फरवरी से 2 मार्च तक यहाँ देश के कोने-कोने से कुशल संगीतवादक, नर्तक एवं नर्तकियाँ, संगीतज्ञ अपना कौशल प्रदर्शित करते हैं—तबले की थाप पर जब नर्तकियाँ थिरकने लगती हैं तो घुँघरवा मोरा छम-छम बाजे, छम-छम की डोर पर जिया मोरा नाचे, उनके घुँघरुओं के छम-छम की संगीत लहरों में सैलानी अपनी सुध-बुध खो बैठते हैं। इस खास मौके पर आधुनिक एवं शास्त्रीय नृत्यों का आयोजन किया जाता है। भरतनाट्यम, कथक, मणिपुरी, कथकली एवं आधुनिक कुचिपुड़ी नृत्यों का आनंद लेने पर मन-मयूर जैसे नाचने लगता है।

एक प्रसिद्ध गीत है 'गीत गाया पत्थरों ने।' वाकई यह कमाल यहाँ की पाषाण प्रतिमाओं को देखने पर मिलता है। हर पत्थर जैसे अपना सजीव चित्रण कर रहा हो, जैसे कुछ बोल रहा हो, यहाँ के हुस्न वैभव को देखकर मन में यह बात गहराई से बैठ जाती है कि नर एवं नारी एक ही सिक्के के दो पहलू हैं, दोनों के समागम से

जीवनरस की अमृतधारा प्रवाहित होती रहती है, यही अमृत रस यहाँ के स्मारकों में भी प्रवाहित हो रहा है, ऐसा लगता है कि यहाँ का हर पत्थर जैसे जीवन के आनंद का जश्न मना रहा है। धन्य थे, वे शिल्पी, जिन्होंने मानव कल्पना से परे इस रहस्यमयी इंद्रलोक के निर्माण से इस धरा पर आनंद-रस की धारा को प्रवाहित किया था।

कोणार्क का सूर्य मंदिर

हम सब भलीभाँति जानते हैं कि नवग्रहों का शहंशाह हमें रोशनी देने वाला सूरज है। भारतीय संस्कृति एवं सभ्यता के उदय से पूर्व या यों कहिए कि मानव सभ्यता के पूर्व सारे ब्रह्मांड में केवल एक ही ध्वनि के स्वर मुखरित होते थे, क्या आप जानते हैं कि वह कौन सी ध्वनि थी? लाखों साल पहले हमारे पूर्वजों ने सृष्टि रचना के आदि स्वरों के गूढ़ रहस्यों को आत्मसात् कर लिया था, वह दिव्य स्वर था 'ओम्'। आज तक विश्व ओम् शब्द के रहस्य से अनभिज्ञ था, परंतु अब वैज्ञानिकों ने इस शब्द के रहस्य से परदा उठा लिया है। हाल ही में नासा के वैज्ञानिकों ने सूर्य की ध्वनि को रिकॉर्ड करने में कामयाबी हासिल की है। यह ध्वनि ओम् शब्द ही है, यानी जब आप शुद्ध रूप से ओ३म् का उच्चारण करते हैं तो जो ध्वनि आपके मुखारविंद से प्रस्फुटित होती है, वही ध्वनि सूर्य की तरंगों से भी प्रस्फुटित होती है। आकाश मंडल के सारे ग्रहों का स्वामी हमारा अपना सूरज ही है, सारे ग्रह इसकी परिक्रमा करते हैं। परंतु यह केवल अपनी ही धुरी पर अंडे के आकार में प्रतिदिन करीब एक अंश आगे बढ़ता है, साल पूरा होने पर सूरज पुनः अपने शुरू वाले स्थान पर आ जाता है। जरा कल्पना कीजिए कि यदि आकाश मंडल में पृथ्वी को प्रकाशित करनेवाला सूरज न होता तो भला हमारा क्या अस्तित्व होता? वह हमारा जीवनदाता है, यह प्रकाशपुंज

सारे ब्रह्मांड को अपनी दिव्य किरणों से आलोकित करता है, मानव तो एक अदना सा प्राणी है—ब्रह्मांड के समक्ष ग्रह एवं नक्षत्र अपने सम्राट् की अभ्यर्थना करने में मशगूल रहते हैं, स्वयं सूर्य गतिमान है, ब्रह्मांड के समस्त ग्रह-नक्षत्र गतिमान हैं। पर राजा तो राजा होता है, वह क्यों किसी की परिक्रमा करे, पर वह कोई भूल-चूक नहीं करता है, हर दिन ठीक समय पर वह उदित होता है, हर दिन सूर्यास्त के पश्चात् रात की कालिमा हमें अपने आगोश में ले लेती है; पर पुनः भोर होते ही सूर्योदय की किरणें आपके जीवन को नव प्रकाश से आलोकित करती हैं। दुनिया के एक छोर पर सूर्य के प्रकाश के कारण दिन का अविर्भाव होता है और दूसरे छोर पर उसके सखा चाँद का साम्राज्य रहता है। कहते हैं कि अपने मालिक सूरज की भाँति उसका सारथी भी विलक्षण है एवं उसका रथ भी अद्भुत है। इस रथ में चौबीस पहिए हैं, जिन्हें अति वेगवान सात घोड़े आसमान में खींचते रहते हैं—'चरण विकलो सारथिरपि', यानी इनका सारथी पैरों से अपाहिज है, पर कमाल है, न सूरज का रथ कभी रुकता है, न उसका सारथी कभी थकता है, न उसे भूख सताती है, न प्यास सताती है, बस चलता ही रहता है और इसी के बलबूते पर समस्त चराचर भी गतिमान रहता है। वेदों का मर्म भी यही है, यानी चरैवेति-चरैवेति, चलते रहो, चलते रहो, यही तो चराचर का अमर मंत्र है। पर अब मैं आपको एक अचंभे की बात सुनाता हूँ। अब तक हम केवल यही जानते हैं कि आकाश के सूरज की किरणें इस धरती पर पड़ती हैं, परंतु हमारे देश के महान् वैज्ञानिकों ने, महान् वास्तुशिल्पियों ने, आज से कई शताब्दियों पहले आकाश के इस सूरज को भारत-भूमि में प्रस्थापित किया था। नभ-मंडल का वह बादशाह अपने अलौकिक रथ पर सवार होकर, इस भारत की धरती पर अवतरित हुआ था। यह इस धरती पर हमारी वास्तुकला एवं विज्ञान का एक अद्भुत चमत्कार था—"धन्यास्तु से भारत-भूमि भागे", जहाँ चराचर की ऊर्जा के स्रोत सूर्य पुरी नामक जिले में कोणार्क नामक स्थान पर अपने रथ पर आरुढ़ हैं।

इस अलौकिक सूर्य स्मारक की स्थापना गंगा वंशीय राजा नरसिंहदेव प्रथम ने सन् 1243 से सन् 1255 यानी बारह वर्षों में करवाई थी। ऐसी मान्यता है कि बारह हजार कुशल कारीगरों की सहायता से इस अद्वितीय स्मारक का निर्माण संभव हो पाया था। इसी दौरान राजा का निधन हो गया था और तब इस स्मारक का निर्माण कार्य अधूरा ही रह गया था। गुलामी के दिनों में विदेशी आतंकियों ने इसे लूटा, खसोटा एवं स्मारक के अति प्रसिद्ध भागों को ध्वस्त कर दिया था, पर धन्य थे वे कारीगर एवं शिल्पी जिनकी परिकल्पना की बदौलत स्मारक के बचे अवशेष भी

अपनी आन-बान शान के लिए विश्व में प्रसिद्ध हैं। आइए! एक नजर भर देख लो, इन बचे अवशेषों को, इनके भव्य नजारों को, जो इस तुच्छ लेखनी से बयान नहीं हो सकते हैं, फिर भी जब तक आप अपनी आँखों से इनका दीदार नहीं कर पाते हैं, तब तक के लिए मैं अपनी जुबाँ से बयान करने की जुर्रत कर रहा हूँ। कविवर टैगोर ने इसी तथ्य को कुछ इस प्रकार उजागर किया था—

"जो आदमी की जुबान नहीं बोल पाती है, वह यहाँ के पत्थर बोलते हैं।"

कोणार्क के स्मारक का निर्माण सूर्य के रथ के समान किया गया है, जिसमें सात वेगवान घोड़े बँधे हैं एवं सारथी रथ को हाँक रहा है। ग्रह सम्राट् सूर्य रथ पर आसीन है। स्मारक का मुख्य भाग गर्भ-गृह विमान के आकार जैसा है एवं इसकी ऊँचाई 229 फीट है। मुख्य स्मारक का निर्माण ज्यामित्तीय सिद्धांतों के आधार पर सूर्य के रथ एवं रथ के पहियों के समान बनाया गया है। इस रथ के पहिए साधारण रथ के पहिया मात्र नहीं हैं, अपितु ये समय की घड़ी का काम करते हैं, बेचारी आज की ज्ञात घड़ी का आविष्कार तो पंद्रहवीं सदी में हुआ था, पर उससे भी कई सौ साल पहले कोणार्क के सूर्य के रथ के पहियों को घुमाने पर पृथ्वी पर जो छाया रात या दिन में पड़ती थी, उसकी गणना के आधार पर हर पल, हर घड़ी, हर मिनट की सही एवं सटीक जानकारी प्राप्त हो जाती थी, वास्तव में असली मायने में यह सूर्य रथ सूर्य डायल है, जिसकी गणना हमेशा सही होती है।

स्मारक का दूसरा मुख्य आकर्षण यहाँ का नवग्रह स्मारक है। स्मारक के तीन दिशाओं में स्वयं सूर्यदेव विराजमान हैं। अचंभे की बात है कि इन तीनों प्रतिमाओं पर सूर्योदय, दोपहर एवं सूर्यास्त के समय सूर्य की किरणें पड़ती हैं। यहाँ का नट (नृत्य) मंडप एवं भोग मंडप आज भी अपने मूल स्वरूप में दर्शनीय है। अब आपको एक राज की बात बताऊँ, इस स्मारक की मुख्य प्रतिमा हवा में तैरती रहती थी प्रतिमा की नाभि पर कोहनूर से भी अधिक बेशकीमती हीरा जड़ा रहता था। सूर्य की किरणें नट मंडप से नृत्य करती हुई इस प्रतिमा का अभिषेक करती थीं और तब प्रतिमा की नाभि में जड़ा हीरा हमारी नजरों को परिलक्षित होने लगता था, पर क्या हम जानते हैं कि यह कमाल कैसे संभव हो पाया था ? कहते हैं कि मुख्य प्रतिमा के चारों दिशाओं में करीब पचास टन वजन के चुंबक के पत्थर लगे थे, परंतु अफसोस है कि गर्भ-गृह के ऊपर का गुंबद आज के दिन नदारद है, स्मारक के प्रवेश स्थल पर सूर्य के सारथी प्रतीक अरुण स्तंभ था, जिसे यहाँ से उठाकर विश्वविख्यात जगन्नाथपुरी के सिंह द्वार पर स्थापित किया गया है। स्मारक का निर्माण पत्थर की काली शिलाओं

द्वारा हुआ है और इसी कारण कोणार्क के सूर्य स्मारक को 'ब्लैक पगोडा' के नाम से भी जाना जाता है। स्मारक का मुख्य आकर्षण चौबीस पहियों वाला रथ है, जो स्मारक की आधार शिला है।

मुख्य द्वार पर दो विशालकाय शेर स्मारक के प्रहरी के रूप में खड़े हैं। दोनों शेरों ने हाथियों को दबोच रखा है, ये दोनों हाथी भी मानव शरीर को अपने पैरों तले दबोच रहे हैं। यह नजारा आँखों को कुछ विचित्र जैसा लगता है, परंतु इस दृश्य से मानव को एक नसीहत दी गई है। धन की चमक एवं सत्ता का घमंड मानव के विनाश का कारण है। शेर अपने मद में मदहोश है, हाथी को लक्ष्मी यानी पैसे का प्रतीक भी माना जाता है। पैसे की माया से बच के रहियो, यह कामिनी के समान होती है। घमंड भी एक दिन चूर हो जाएगा, अतः हमें इन दोनों से सतर्क रहने की जरूरत है, अन्यथा हमारा हश्र भी हाथियों के पैरों तले रौंदे जाने वाले मानव जैसा ही होगा।

इस स्मारक का निर्माण विशुद्ध वैज्ञानिक आधार पर किया गया है। स्मारक की दीवारों के दो पत्थरों के बीच में लोहे की प्लेट रखी गई है, गुंबद का निर्माण पचास टन चुंबक के पत्थरों से किया गया था। स्मारक का निर्माण इस प्रकार किया कि सूर्य की पहली किरण मुख्य प्रवेश स्थल पर पड़ सके।

स्मारक की सीढ़ियाँ चढ़ते समय आपको दीवारों पर बनी नृत्यांगना एवं वादक आपको अपने सुरताल एवं घुँघरवा मोरा छम-छम बाजे, छम-छम की डोर पर जिया मोरा नाचने के लिए जैसे विवश कर देते हैं। ऐसा प्रतीत होता है कि आप जैसे किसी स्वप्न लोक में पहुँच गए हों। स्मारक की दीवारों को देखकर आपको तांत्रिक क्रिया एवं नाग जीवन के दर्शन की झाँकियाँ देखने को मिलती हैं। इन दीवारों पर देव, दानव, पशु-पक्षी एवं अप्सराओं के चित्र बने हुए हैं। स्मारक के दूसरी तरफ काम-क्रीड़ा, यानी सेक्स जैसे अपनी काम लीला में सारी दुनिया की हया एवं शर्म को छोड़कर नंगा नाच कर रहा हो। काम-क्रीड़ा एवं मैथुन के समस्त आसनों को देखकर मन-मयूर भाव-विभोर हो जाता है। काम-क्रीड़ा के ऐसे सजीव आसनों का चित्रण तो दुनिया के किसी भी कामशास्त्र की किताबों में संभव नहीं है। यहाँ के पत्थरों की भाषा एवं भाव-भंगिमाएँ जैसे सारे संसार का सौंदर्य आप पर न्योछावर कर रही हैं। सौंदर्य के साथ-साथ यहाँ शौर्य के भी दर्शन होते हैं। युद्ध के वेगवान घोड़े और सुडौल हाथी आपके तन-मन में नव स्फूर्ति एवं प्राणों का संचार करते हैं। कई स्थानों पर राहु एवं केतु ग्रहों के चित्र बने हुए हैं। हर किसी नायाब नजारों के साथ कुछ किंवदंतियाँ भी जुड़ी हुई हैं। कहा जाता है कि कई कोशिशों के बावजूद मुख्य शिल्पी बीसु महाराणा

गुंबद को स्मारक के ऊपर चढ़ाने में नाकाब रहा था, तब राजा अत्यंत क्रोधित हुआ था और उसने आदेश जारी किया था कि तीन दिनों के अंदर स्मारक तोड़ दिया जाए, अन्यथा समस्त कारीगरों को मृत्युदंड दिया जाएगा। तब मुख्य शिल्पी का बारह वर्ष का पुत्र धर्मपद स्मारक के स्थान पर आया था। मुख्य शिल्पी ने इससे पूर्व अपने पुत्र को नहीं देखा था, क्योंकि वह अपनी पत्नी को गर्भावस्था में ही छोड़कर यहाँ आया था। तब उस नन्हे बालक ने पिता एवं कारीगरों को एक ऐसी तरकीब सुझाई थी, जिससे गुंबद को स्मारक के ऊपर चढ़ाया जा सके। परंतु सारे कारीगर प्राणदंड के भय से डरे थे, उनके लिए बालक की बातों पर विश्वास करना कठिन था। पर धन्य था, वह बालक जिसने अपने पिता एवं कारीगरों के प्राण बचाने की खातिर अपने प्राणों की आहुति दी थी, वह चुपचाप स्मारक के ऊपर चढ़ा एवं वहीं से समीप के पानी में कूदकर अपनी जान कुरबान कर दी। स्मारक के समीप उस समय वहाँ समुद्र का पानी था, पर अब यह पानी वहाँ से ओझल हो गया है।

आज जो कुछ हमें दिखाई देता है, वह मात्र स्मारक के अवशेष हैं अब न तो स्मारक की मुख्य प्रतिमा है, न पचास टन पत्थरों के चुंबक हैं। कहा जाता है क्रि चालाक अंग्रेजों ने इसे लूटा था, खसोटा था। यहाँ के चुंबक चोरी हो गए थे, मुख्य प्रतिमा भी नदारद है, गर्भ गृह की ऊपरी गुंबद भी नदारद है। कुछ लोगों का मत इस बाबत कुछ भिन्न है, उनके कथनानुसार स्मारक के चुंबक के आकर्षण के कारण नाविकों का दिशा-सूचक यंत्र काम नहीं कर पाता था, तब कुछ पुर्तगाली नाविकों ने यहाँ के चुंबक को नेस्तनाबूद किया था। अन्य कुछ लोगों का मत है कि सन् 1508 में बंगाल के नवाब सुल्तान सुलेमान ने स्मारक के मुख्य हिस्सों को ध्वस्त किया था।

स्थानीय लोगों का मत है कि इस दिव्य स्मारक का निर्माण कृष्ण के पुत्र सांबा ने किया था। कहते हैं कि एक बार सांबा भूलवश अपनी माताओं के स्नानागार में चला गया था, तब कृष्ण ने क्रोधित होकर उसे कोढ़ी होने का शाप दिया था; परंतु जब उन्हें ज्ञात हुआ कि वह भूलवश स्नानागार में गया था तो तब उन्होंने उसे सूर्यदेव की उपासना करने की सलाह दी थी। कहते हैं कि उसने तब सूर्यदेव की उपासना की थी और तब उनकी कृपा से उसका कोढ़ रोग ठीक हो गया था। तब उसने अपने आराध्य सूर्य के सम्मान में इस दिव्य एवं रहस्यमयी स्मारक का निर्माण करवाया था।

कोणार्क के ध्वस्त अवशेषों को विश्व प्रसिद्ध संस्था यूनेस्को ने विश्व-धरोहर के सम्मान से नवाजा है।

अजंता एवं एलोरा की गुफाएँ

विश्वप्रसिद्ध अजंता एवं एलोरा की गुफाएँ हमारे भारत देश के स्वर्णिम अतीत की गौरवगाथा का बखान अपनी अद्‍भुत चित्रकला एवं वास्तुकला के माध्यम से कर रही हैं। अजंता की गुफाओं को धरती का चाँद भी कहा जाता है, एलोरा की गुफाएँ भू-गर्भ विज्ञान की पराकाष्ठा हैं, वास्तुकला, शिल्पकला, भू-गर्भ विज्ञान एवं अंतरिक्ष विज्ञान की परिकल्पना भी इन प्राचीन गुफाओं के रहस्यों को समझने-बूझने में सक्षम नहीं है। अजंता की गुफाओं की रंगीन चित्रकला के सामने सारे जहाँ की ज्ञात चित्रकलाएँ बौनी लगती हैं। ये गुफाएँ कोई प्राकृतिक गुफाएँ नहीं हैं, अपितु इस यशस्वी देश के कुशल शिल्पकारों ने तो देव शिल्पी विश्वकर्मा को भी जैसे मात दी हो। एक अदने से दिखनेवाले मानव की हथौड़ी एवं छैनी ने सैकड़ों साल पहले जो करतब किए थे, वह आज के युग के विज्ञान एवं शिल्पकला की परिकल्पना के बूते के बस की बात भी नहीं है। इसी कारण आशंका जताई जाती है कि तब यहाँ के मानवों का संपर्क अंतरिक्ष के किसी अन्य ग्रह के प्राणियों के साथ था, जिसकी सहायता से एक ही पत्थर की चट्टान को काटकर इन रहस्यमयी बौद्ध गुफाओं का निर्माण संभव हो पाया था।

आश्चर्य की बात है कि 'धरती का यह चाँद' कई सालों तक पठारों की हरियाली

में छिप सा गया था, दुनिया की नजरों से ओझल हो गया था। सन् 1819 का किस्सा है, जब जॉन स्मिथ (John Smith) नामक अंग्रेज अफसर अपने शिकारी दल के साथ इन पठारों पर शेर के शिकार के लिए भटक रहा था, तब उसी समय उसे एक गुफा का प्रवेश द्वार दिखाई दिया था। जब उसने गुफा में प्रवेश किया तो वहाँ का नजारा देखकर उसकी आँखें चौंधिया गई थीं। बेपनाह हुस्न का ऐसा नजारा भला पहले कैसे देख पाता। पर जब उसने अपनी जुबाँ खोली तो दुनिया के कोने-कोने से कला प्रेमी हुस्न की इस नुमाइश को देखने यहाँ आने लगे थे। उन्होंने अपनी आँखों से जो नजारा यहाँ देखा, वह जुबान से तो बयान हो ही नहीं सकता है, जरूरत है उस जन्नत की सैर करने की, उसके रहस्यों को आत्मसात् करने के लिए, उनकी सूरत-मूरत को दिलो-दिमाग में उतारने की, तब ही उस हुस्न का आप सही मायनों में लुत्फ़ ले सकते हैं।

अजंता की गुफाएँ महाराष्ट्र राज्य के औरंगाबाद शहर के समीप हैं। ऐसा अनुमान है कि इन गुफाओं का निर्माण दो चरणों में किया गया है। प्रथम चरण में दो सौ वर्ष ईसा पूर्व से ईसा सन् चार सौ तक हीनयान से संबंधित बौद्ध मठों का निर्माण हुआ था एवं दूसरे चरण में बौद्ध धर्म की महायान शाखा से संबंधित बौद्ध गुफाओं के तीस बौद्धमठ एक ही पत्थर की चट्टान को काटकर अर्धचंद्राकार आकृति में निर्मित किए गए हैं। आज के दिन भी यहाँ की यह सजीव मूर्तियाँ गहनों से सजी-सँवरी रहती हैं। ये गुफाएँ बौद्धधर्म के अनेक पहलुओं को उजागर करती हैं। हीनयान के तहत बुद्ध की प्रतिमा के बजाय उनके प्रतीक चिह्नों को दर्शाया गया है जैसे उनके चरण चिह्न एवं उनका सिंहासन। महायान से संबंधित गुफाओं में बुद्ध की अनेकानेक प्रतिमाएँ हैं, साथ ही जातक कथाओं के माध्यम से उनके पूर्व दस अवतारों का वर्णन प्रतिमा एवं चित्रकारी के माध्यम से दर्शाया गया है। कहीं अपने पूर्व जन्म में उन्होंने जानवर का रूप धारण किया हुआ है, कहीं अर्द्धमानव का रूप धारण किया है, कहीं-कहीं अर्द्धजानवर का रूप धारण किए हुए हैं—विस्मयकारी ढंग से कहीं अंतरिक्ष यात्री का रूप धारण किया हुआ है। अंततः उन्हें यानी बुद्ध को मानव रूप में अवतरित होते हुए भी दिखाया गया है। पर आप शांतचित होकर गौर करें तो आपको मानव की उत्पत्ति के सारे तत्त्व का ज्ञान होने लगेगा। इन अवतारों के दिग्दर्शन से आपको मानव की उत्पत्ति के सारतत्त्व का बोध होने लगता है। आज के युग का विज्ञान भी इस बात से सहमत है कि मानव के विकास की एक अति लंबी दास्तान है और आज के दिन का मानव का विकास क्रमशः हुआ था। कई

गुफाओं में स्तूप बने हैं, जिनमें ऊपर अंतरिक्ष में जाने के लिए दरवाजे बने हैं। ऐसा प्रतीत होता है कि स्वयं बुद्ध आकाश मंडल में विचरण करने की क्षमता रखते थे एवं उनका घनिष्ट संबंध आकाश गंगा के अन्य सभ्य एवं विकसित प्राणियों के साथ था। उन्नीसवीं एवं छब्बीसवें स्तंभों की बनावट इस प्रकार है कि शीतकाल एवं ग्रीष्मकाल में सूर्य की रोशनी छनकर इन पर पड़ती है, तब ऐसा प्रतीत होता है कि ये स्तंभ प्रकाश में नहा रहे हों और तब आश्चर्यजनक रूप से इन स्तंभों के प्रकाश से सारी गुफाएँ प्रकाशित हो जाती हैं। यहाँ यदि आप गिनती करने लगें तो आपको तीस गुफाएँ मिलेंगी, इन गुफाओं को बकायदा नंबरों से चिह्नित किया गया है।

ऐसा अनुमान है कि वर्षा काल में बौद्ध भिक्षु इन्हीं गुफाओं में साधना-रत रहते थे। इन गुफाओं में प्रार्थना स्थल भी है और विहार भी हैं, जहाँ सैकड़ों बौद्ध भिक्षु एवं बौद्ध भिक्षुणियाँ निवास करती थीं। इन गुफाओं के दीदार मात्र से प्राचीन भारतीय संस्कृति से परिचय हो जाता है—मानव की सुंदरता के दिग्दर्शन होते हैं। नृत्यकला, वाद्ययंत्र, केश-विन्यास, श्रृंगार, रस, नख-शिख वर्णन, अर्द्धनग्न राजकुमारियाँ एवं अप्सराएँ, गदराया एवं मतवाला यौवन, उस काल के सामाजिक रीति-रिवाज, शिल्पकला, मानव जीवन-दर्शन से आपको परिचित होने का सौभाग्य प्राप्त होता है। उस समय के राजा-महाराजाओं के शिलालेख, भू-गर्भ विज्ञान के चमत्कारों का यहाँ दीदार होता है। गुफाओं की हजारों सफेद, काली एवं रंग-बिरंगी झाँकियों का दीदार यदि घर बैठे करना हो तो आप वेबसाइट पर देखकर फूले नहीं समाएँगे।

पहली गुफा का वैभव तो निराला है, ऐसी मान्यता है कि इस गुफा का निर्माण सबसे आखिर में किया गया था। सारी गुफा रंगीन है, केवल फर्श रंगीन नहीं है, गुफा का हर इंच का हिस्सा रंग एवं रोगन के कारण जगमगाता रहता है। वहाँ जातक कथाओं के माध्यम से बुद्ध के पूर्व जन्मों को दर्शाया गया है। इन गुफाओं में कई सौ कविताएँ लिखी हुई हैं। गुफा के भीतरी भागों में भी सूर्य का प्रकाश पड़े, इसके लिए यहाँ शीशे लगाए गए हैं। इन गुफाओं में कुल पाँच प्रार्थना-स्थल हैं एवं शेष बौद्ध विहार हैं। एक गुफा में महात्मा बुद्ध के चचेरे भाई की पत्नी नंदा का चित्र है, जिसको सारे विश्व का सबसे हसीन चित्र माना जाता है। गुफाओं की दीवारों पर कई प्रकार की रंगीन चित्रकारी की गई है, यहाँ की दीवारों पर देव, दानव, मानव, यक्ष, गंधर्व, किन्नर, अनेक प्रकार के घरेलू एवं जंगली जानवर एवं पौराणिक प्राणियों को दर्शाया गया है।

सत्रहवीं गुफा अत्यंत रहस्यमयी है, इसमें प्राकृतिक रंगों में बेमिसाल चित्रकारी

की गई है। इस गुफा में राजकुमार की लंका यात्रा का सजीव चित्रण किया गया है, जिसमें समुद्री जहाज एवं आकाश में उड़ने वाले पंख वाले घोड़ों का सजीव चित्रण किया गया है। ऐसा कहा जाता है कि कुछ कला प्रेमी अंग्रेजों ने यहाँ के चित्रों की प्रदर्शनी इंग्लैंड के राजमहल में लगाई थी। इन रहस्यमयी एवं अद्‌भुत पेंटिंग की बदौलत कहीं हमारे पुरातन भारत की महान् संस्कृति का दुनिया का ज्ञान न होने पाए, कहीं अंग्रेजों का लिखा इतिहास ही झूठा न साबित हो, इसी आशंका के कारण इन गुफाओं की अधिकांश पेंटिंग को अंग्रेजों ने आग के हवाले कर दिया था। जॉन स्मिथ नाम के अंग्रेज ने गुफा के मुहाने पर अपना नाम खुदवाया है। भारत के हजारों-लाखों साल के इतिहास को अपनी ही नजरों से पढ़ने की, देखने की चेष्टा करें तो न जाने और कितने रहस्य हमारे हाथों लगेंगे और तब शायद हम जान पाएँगे कि हम उस देश के वासी हैं, जहाँ पहले प्रथम जगत् में एक सभ्य एवं महान् संस्कृति ने अँगड़ाई ली थी।

एलोरा की गुफाएँ

आपने पौराणिक कथाओं में पाताल लोक का नाम तो सुना ही है, पर हम यहाँ उस पाताल लोक की चर्चा नहीं कर रहे हैं, जहाँ दानवीर बलि का एकक्षत्र राज था, हम यहाँ चर्चा कर रहे हैं अपनी इस भारत-भूमि के उस भू-गर्भ की जिसका

सृजन हमारे महान् वास्तु-शिल्पकारों ने किया था। उन्होंने एक पत्थरों की चट्टान को काटकर चौंतीस बौद्ध, हिंदू एवं जैन मंदिरों का निर्माण जमीन के अंदर की ओर किया था। सर्व-धर्म-समभाव एवं धार्मिक सहिष्णुता का यह एक बेमिसाल उदाहरण है, जहाँ सारे धर्मों का एक समान आदर किया जाता था। इन धर्मों का आपस में चोली-दामन का साथ था। एलोरा की गुफाएँ विश्व की स्थापत्य कला का सार हैं। एक ही चट्टान की फलक को काटकर इन अद्भुत मंदिरों, गुफाओं का जमीन के भीतर ऊपर से नीचे की ओर निर्माण किया गया है। कहते हैं कि इन गुफाओं का निर्माण पाँच से दसवीं शताब्दी के दरम्यान हुआ था। इनमें बारह बौद्ध गुफाएँ, सत्रह हिंदू गुफाएँ एवं पाँच जैन गुफाएँ हैं। एलोरा की ये गुफाएँ करीब दो किलोमीटर के क्षेत्र में हैं, इन्हें खड़ी पत्थर की चट्टान को काटकर बनाया गया है। ये गुफाएँ न केवल उत्कृष्ट कलात्मक सृजन एवं तकनीकी दक्षता को ही उजागर करती हैं, अपितु अतीत के तेजवान, यशस्वी, धैर्यवान एवं वीर्यवान भारत के चरित्र की व्याख्या भी करती हैं। यहाँ के कैलाश पर्वत पर नटराज की प्रतिमा की भाव-भंगिमा आज भी सारे विश्व को अपने तांडव-नृत्य से आविभूत कर रही है। यहाँ शिव-पार्वती का विवाह का चित्र भी मौजूद है। बौद्ध काष्ठ-कला युक्त शिल्प गुफा, यक्षिणी का चित्र एवं जैन गुफा अति प्रसिद्ध हैं। यहाँ के पत्थरों पर की गई नक्कासी का दुनिया में कोई सानी है ही नहीं।

एलोरा की सोलहवीं गुफा अत्यंत लोकप्रिय होने के साथ ही अत्यंत रहस्यमयी भी है, इसे हम कैलाश मंदिर के नाम से भी जानते हैं। एक ही पत्थर की चट्टान को काटकर इस अलौकिक एवं भव्य मंदिर का निर्माण किया गया था। यह दुनिया का एक ही पत्थर से बना सबसे बड़ा मंदिर है। यह करीब एक सौ चौंसठ फीट गहरा एवं एक सौ नौ फीट चौड़ा है। ऐसी मान्यता है कि इस मंदिर का निर्माण राष्ट्रकूट वंशीय राजा कृष्ण ने करवाया था। यह द्रविड़ वास्तुकला की बेमिसाल सौगात है, जो सजीव है। ऐसी मान्यता है कि इस मंदिर के निर्माण में दस हजार कारीगर लगे थे एवं इसे बनाने में एक सौ पचास वर्ष लगे थे। कैलाश मंदिर का निर्माण कैलाश पर्वत पर किया गया है। यह स्वयं हिमालय के कैलाश पर्वत का प्रतिबिंब है। उस जमाने में भी हमारे पूर्वजों को सृष्टि की उत्पत्ति के रहस्य का ज्ञान था। उन्होंने कैलाश पर्वत को इस धरती का मेरुदंड माना था, पहले यहाँ के कैलाश पर्वत पर सफेद प्लास्टिक लगा था, जिससे ऐसा आभास होता था कि यह पर्वत कैलाश की भाँति हिमाच्छादित है। मंदिर के चारों ओर का नजारा भी देखने

लायक है। ऐसा प्रतीत होता है कि शिल्पियों की मंशा आकाश गंगा एवं नक्षत्र ज्ञान को कैलाश मंदिर की वास्तुकला के माध्यम से उजागर करना था, तभी तो यहाँ की गुफाएँ किसी विशेष संख्या के नाम पर जानी जाती हैं। आश्चर्यजनक तथ्य है कि यह संख्या एक जैसे क्रम में नहीं है। यहाँ के कैलाश शिखर पर जब सूर्य की रोशनी पड़ती है तो सूर्य का प्रकाश विभिन्न माध्यमों से अन्य गुफाओं में भी फैल जाता है। यहाँ की एक अन्य विशेषता भी है, यहाँ दस शीशों वाला लंकाधिपति रावण कैलाश पर्वत को अपने हाथों उठाने की मुद्रा में है। ऐसा प्रतीत होता है कि उस समय के भू-गर्भ वैज्ञानिकों का जैसे कोई विशेष मकसद रहा हो। शायद नक्षत्र विज्ञान की कोई गुत्थी सुलझाती हो। रावण के दंभ के मान-मर्दन से सारे विश्व को एक नैतिक शिक्षा मिलती है। कहते हैं कि अहंकार ही नाश का कारण है। कैलाश मंदिर की एक छत पर चारों कोनों में एक-एक बलशाली हाथी विद्यमान है। मंदिर के गर्भ-गृह में स्वयं शिवलिंग स्थापित किया गया है, मंदिर के प्रांगण में नंदी महाराज विराजमान हैं।

यहाँ का सबसे विचित्र रहस्य है इन गुफाओं में किसी भी प्रकार का मलबा न होना एक मोटे अनुमान के हिसाब से अकेले कैलाश मंदिर के निर्माण करने में करीब चार लाख टन कूटे पत्थरों का मलबा हुआ होगा। यह अभी तक एक पहेली ही बनी हुई है कि आखिरकार यहाँ का मलबा कहाँ गायब हो गया था ? क्या इस मलबे को जमीन सूँघ गई थी या आसमान निगल गया था ? शायद ही आज का विज्ञान इस रहस्य का पर्दाफाश करने में कभी कामयाबी हासिल कर पाए।

वैसे तो इन गुफाओं के कई रहस्य हैं, पर जो सबसे अधिक चौंकाने वाला रहस्य है, वह है यहाँ के अंदर की कई सुरंगें। एक सुरंग तो चार सौ फीट गहरी है और इसके पश्चात् दाईं ओर मुड़ जाती है, जहाँ से एक भूमिगत रास्ता आगे जाता है। आप इस रास्ते यदि रेंग कर भी जाने चाहें तो आप कदाचित् ही कामयाब हो पाएँगे। यह भूमिगत रास्ते कहाँ-कहाँ जाते हैं, कोई नहीं जानता है। कुछ लोगों का मत है कि कई बौद्ध भिक्षुओं का संबंध अन्य ग्रह के कुछ सभ्य प्राणियों से था और उन्हीं की सहायता से इन भिक्षुओं ने जमीन के अंदर इन सुरंगों को खुदवाया था। ऐसी भी मान्यता है कि शायद इन गुफाओं के भू-गर्भ में इन अंतरिक्ष के प्राणियों की कोई बस्ती रही होगी। ऐसा अनुमान इस कारण भी लगाया जाता है कि सामान्य मानवों की हथौड़ी एवं छैनी में वह जादू कहाँ है कि वह ऐसी रहस्यमयी सुरंगों का एवं रास्तों का निर्माण कर पाएँ। इन गुफाओं का निर्माण अलग-अलग

राजाओं एवं प्रसिद्ध सामंतों ने करवाया था, उनके शिलालेख आज भी इन गुफाओं में दृष्टिगोचर होते हैं।

तकरीबन ईसा की सातवीं शताब्दी तक बौद्धधर्म की महत्ता लगभग समाप्ति पर थी, तब शायद अचानक बौद्ध भिक्षुओं ने अजंता की गुफाओं का किसी विशेष कारणवश त्याग कर दिया था एवं वे सब एलोरा की गुफाओं के सान्निध्य में आ गए थे।

यहाँ की बत्तीस नंबर की गुफा में भगवान् महावीर विराजमान हैं, इस गुफा के स्तंभों पर कमल की सुंदर एवं मनोहारी पंखुड़ियाँ बनी हैं। इसी कारण इस गुफा को इंद्र सभा के नाम से भी जाना जाता है।

दसवीं गुफा को विश्वकर्मा, चंद्रशाला एवं कारपेंटर गुफा के नामों से भी जाना जाता है। अजंता एवं एलोरा की गुफाएँ केवल हमारे भारत देश की धरोहर ही नहीं हैं, अपितु समस्त मानव मात्र की धरोहर हैं। इसी कारण विश्व संगठन यूनेस्को ने इन रहस्यमयी गुफाओं को विश्व धरोहर घोषित किया है।

ताजमहल

बेपनाह हुस्न का नमूना, प्यार का प्रतीक, इक शहंशाह ने बनाकर हंसी ताजमहल, हम गरीबों के प्यार का मजाक उड़ाया है, सफेद धवल तराशे गए बेहतरीन संगमरमर के पत्थरों से निर्मित हमारा अपना ताजमहल विश्व के आठ महान् आश्चर्यों में सबसे ऊँचे शिखर पर आरुढ़ है। यह केवल इस भारत की धरती की कोई सांस्कृतिक धरोहर ही नहीं है, अपितु सारे विश्व के प्यार करनेवाले जोड़ों की एक अनमोल धरोहर है, प्यार का ही दूसरा नाम ताजमहल है। इन्हीं कारणों ने विश्वप्रसिद्ध सांस्कृतिक संस्था यूनेस्को ने हमारे ताजमहल को विश्व की धरोहर के ताज से नवाजा है। अब इस बेमिसाल हुस्न के नमूने की कहानी मेरी जुबानी सुनें, इसका दीदार मेरी आँखों से करें तो घर बैठे ही आप स्वयं को धन्य समझने लगेंगे, यकीनन यह मेरा अपना विश्वास है।

प्यार का नशा बड़ा अजीब होता है, हुस्न की अदाओं पर सबकुछ लुटाकर भी आज तक किसे होश आया है। आज सब जानते हैं कि इस धरती पर एक सुई की नोंक के टुकड़े के लिए, एक बूँद पानी के लिए एवं एक सुंदरी के चुंबन के लिए आदिकाल से ही लड़ाइयाँ होती थीं, हो रही हैं एवं होंगी। इनके लिए अब तक हमने न जाने कितने मानवों का रक्त बहाया है, न जाने कितने आशिकों ने अपनी प्रियतमा

को आसमान के चाँद एवं तारों को तोड़कर भेंट करने की पेशकश की है, पर दिल के अरमान कब आँसुओं में ढल गए, कब ये पेशकशें खयाली पुलाव साबित हुए हैं, पर गौरतलब बात है कि एक आशिक मिजाज शहंशाह ने अपनी महबूबा की याद में आसमान की जन्नत को इस धरती पर उतारकर उसकी चिरंजीवी आरामगाह बना दिया था, जहाँ वह सुकून से सदा-सर्वदा के लिए एक गहरी नींद में सोयी रहे। तब इस जहाँ में प्यार नाम का लफ्ज एक जुमला मात्र न रहकर ताजमहल के नाम से साकार हो गया था, सजीव हो गया था, अमर हो गया था। यह उस शहंशाह एवं उसकी प्रिय बेगम के अमर प्रेम का प्रतीक ही नहीं, अपितु दुनिया में दो प्यार करनेवाले युगलों के प्रेम का प्रतीक भी बन गया है। वह शहंशाह राजाओं का भी राजा था—बादशाह था और यथा नाम तथा गुण यानी अपने नाम के अनुरूप ही उसने दुनिया के सारे महलों के सरताज का सृजन कर इस मोहब्बत से पूर्ण दुनिया को अचंभित कर दिया था। हुस्न के सजीव महलों के सरताज को 'हीरों का हीरा' के नाम से नवाजा गया है, यानी महलों का शहंशाह, महलों का बादशाह यानी हमारा 'ताज' जो ताजमहल के नाम से सारे विश्व में मशहूर है। यह आशिकों का मक्का-मदीना है, परमधाम है हमारे देश की आन-बान-शान एवं पहचान है, आज भी दुनिया हिंदुस्तान को ताजमहल के कारण अधिक जान पाई है।

यह मुगल बादशाह शाहजहाँ अपनी तीसरी बेगम मुमताज महल से बेपनाह मुहब्बत करता था, उसने अपनी उस प्रेयसी से एक वायदा भी किया था कि वह उसकी यादगार में उसके हुस्न को, उसके प्यार को सदा-सर्वदा के लिए ताजमहल की सूरत में सजीव कर देगा। उसने अपना वायदा निभाया भी एवं अपने प्यार को सदा-सदा के लिए अमर कर दिया। आज ताज के बेपनाह हुस्न से सारी दुनिया रू-ब-रू हो रही है, मदहोश हो रही है।

यह वाकया सत्रहवीं सदी के मध्यकाल का है, बादशाह ने दुनिया के कोने-कोने से चुनिंदा शिल्पकारों को आगरा में आमंत्रित किया था। उनमें से कई लोग पत्थर तरासने की कला में माहिर थे, कोई पत्थर को गड़ने में, कोई पत्थरों पर नग लगाने में निपुण थे, कोई चित्रकारी के विशेषज्ञ थे, कोई वास्तुकला के धनी थे, कोई इबादत लिखने में उस्ताद थे। उस समय दुनिया के सबसे बेहतरीन सैंतीस शिल्पियों ने सारे जहान की कला को, बेपनाह हुस्न को, पत्थरों को तराश कर इस ताज में कैद कर लिया था। देश-परदेश के बीस हजार कारीगरों ने करीबन बाईस साल तक अपने पसीने की खुशबू से इन पत्थरों में जैसे जान डाल दी थी। महल का निर्माण कार्य रात एवं दिन चलता रहता था। उस समय के मशहूर शिल्पियों एवं कलाकारों को नया आयाम देने के लिए बगदाद, इस्तंबूल एवं समरकंद से बुलाया गया था। लाहौर के प्रसिद्ध वास्तुकला सम्राट् उस्ताद महमूद के तत्त्वाधान एवं नेतृत्व में तब सफेद एवं श्वेत-धवल निर्मल, विशुद्ध संगमरमर से एक नायाब नगीने को ताज के रूप में गढ़ा गया था, सजाया-सँवारा गया था, तराशा गया था; जो आज ताज-महल के रूप में यमुना के किनारे आगरा नामक शहर से सारे जहाँ में अपनी छटा बिखेर रहा है। यहाँ के संगमरमर के पत्थर कोई साधारण पत्थर मात्र नहीं हैं, बल्कि सारे जहाँ के बेहतरीन किस्म के संगमरमर के पत्थर हैं, जिन्हें राजस्थान, अफगानिस्तान, तिब्बत एवं चीन से लाया गया था। अपने मूल रूप में महल की दीवारों पर हीरे, मोती, पन्ना एवं बहुमूल्य पत्थरों के नग जड़े हुए थे, पर अंग्रेजों के सैनिकों की आँखों में यह खटक रहे थे। वे इस अपार हुस्न को पचा न सके और तब अपनी झोली मालामाल करने के लिए उन्होंने इन बेशकीमती नगों को लूटा, खसोटा एवं हमसे हमारी अपार संपदा छीनकर अपने साथ अपने देश ले गए, परंतु धन्य थे हमारे वह महान् शिल्पी, नगों की चोरी के बाद भी ताज का हुस्न बरकरार रहा, इस पर किसी प्रकार की आँच नहीं आई, पर अंग्रेजों की भी कई भले मानस हुस्न के पुजारी थे, ऐसे ही एक अंग्रेज लॉर्ड कर्जन ने उन्नीसवीं सदी में इस

ताजमहल को नव-यौवन प्रदान किया था। उसकी ताज को सौगात 'चिमनी' आज भी महल में उसके प्रशंसनीय कार्य के गीत गाती रहती है।

महल का मुख्य गुंबद करीब साठ फीट ऊँचा एवं अस्सी फीट चौड़ा है सारी दीवारों पर एवं छतों पर बेमिसाल नक्काशी की गई है। हुस्न की मल्लिका बेगम एवं उसके सरताज बादशाह की कब्र महल का मुख्य आकर्षण है। ऐसा प्रतीत होता है कि उनकी कब्रगाहों पर दुनिया का सारा हुस्न समा गया हो, दोनों जैसे चैन एवं सुकून की नींद में सो रहे हों। ऐसा लगता है कि आज भी उनके दिल की धड़कनों से सारा महल प्यार के आगोश में समा गया हो। बगल में यमुना नदी का पानी कलकल की संगीत लहरों से माहौल को खुशनुमा बना देता है।

चाँदनी रात में जब हमारे चंदा मामा की शीतल किरणें इस महल पर पड़ती हैं तो सारा ताज जैसे दूधिया रंग में नहाने लगता है। खुदा खैर करे, इस घड़ी यदि यहाँ के नजारे का लुत्फ ले रहे हो तो कहीं वह एक-दूसरे में ही न समा जाएँ, तब नर-नारी का भेद मिट जाएगा एवं दो प्रेमी सदा-सदा के लिए एक-दूसरे की बाँहों में समा जाएँगे। ऐसे कातिल माहौल से सावधान रहने की जरूरत भी है, दुनिया बड़ी निर्मम है, लाज-शर्म की बेड़ियों में हम सब बँधे हैं, मकसद आप समझ ही गए होंगे। कहते हैं कि सुंदरी के मनोभावों की तरह ताजमहल का रंग, रूप एवं मिजाज भी बदलता रहता है। माह की पाँच चाँदनी रातों में ही आप इसकी बदलती छटा का लुत्फ उठाने में कामयाब हो पाते हैं, माह की पूर्णमासी की रात यानी जब चाँद अपने पूरे शबाब पर होता है और उसकी दूधिया रोशनी अपनी पूरी छटा बिखेर रही होती है तो उस समय ताज की सुंदरता देखने लायक होती है। पूर्णमासी से पूर्व की दो रातें एवं बाद की दो रातें भी ताज के हुस्न को चार चाँद लगा देती हैं। हाँ! सप्ताह के एक दिन शुक्रवार को हमारा ताजमहल आम व खास लोगों के लिए बंद रहता है, यानी केवल चुनिंदा लोगों को ही ताज के बगल की मसजिद में जाने के लिए प्रवेश की अनुमति दी जाती है, शायद उस दिन मसजिद में नमाज पढ़ी जाती है।

दुनियाँ के इस बेहतरीन महल को बनाने में बादशाह ने सारे हिंदुस्तान का खजाना लुटा लिया था। हजारों कारीगरों ने अपने खून एवं पसीने से यहाँ के संगमरमर के पत्थरों में प्राण फूँक दिए थे। अब सबका नजरिया एक जैसा तो होता नहीं है। कुछ लोगों का मत है कि उस ऐयाश शहंशाह ने गरीबों के खून पसीने की कमाई पर डाका डालकर अपने प्यार की नींव रखी थी। कविवर रवींद्रनाथ टैगोर ने तो इस भव्य एवं आलीशान महल के बारे में अपनी बेबाक राय दी थी—"यह (ताजमहल)

समय के गाल पर आँसू की बूँद है।"

खैर! चाँद पर भी दाग है, दुनियाँ की हर नायाब चीज के साथ कुछ रहस्य भी जुड़े रहते हैं। ताजमहल भी इससे अछूता नहीं है। खुदा जाने कि सच क्या है, पर कुछ लोग आशंका जताते हैं कि महल बनने के पश्चात् उस सनकी बादशाह ने मुख्य शिल्पी के हाथ काट दिए थे। बादशाह को आशंका थी कि वह कहीं ताजमहल जैसे कोई अन्य बेमिसाल महल ईजाद न कर बैठे। शिल्पी भी छुपा रुस्तम था। उसने बादशाह से मिन्नत की थी कि उसे महल को देखने का एक आखिरी मौका दिया जाए, जिससे यदि भूल-चूक वश कहीं त्रुटि रह गई हो तो वह उसे सुधार सके। बादशाह की आज्ञा मिलने पर वह गुंबद पर चढ़ा था एवं तब उसने अपनी छैनी से वह एक छोटा सा छिद्र बना दिया था। कहते हैं कि आज भी उस छेद से महल के भीतर पानी की बूँदें जैसे आँसू बनकर टपकती रहती हैं। यदि आप कभी ताज देखने गए हों तो आपने नदी के दूसरे छोर पर काले पत्थरों के ढेर अवश्य देखे होंगे, कहते हैं कि बादशाह की मंशा काले संगमरमर के पत्थरों से ताज जैसे ही एक अन्य महल को बनाने की थी, पर अपने ही विद्वान् भाई के कातिल उस जालिम औरंगजेब ने अपने ही वालिद को कैदखाने में डाल दिया था एवं खुद तख्तो-ताज पर आसीन हो गया था, बादशाह की दिल की तमन्ना उसके दिल में ही दफन हो गई थी।

महल में प्रवेश से पूर्व जरूरी है कि आप अपने जूते उतारें, कोई भी आला से आला अफसर भी जूते पहनकर महल में प्रवेश नहीं कर सकता है। यह एक बड़े ताज्जुब की बात यह है कि क्या आप किसी मकबरे पर नंगे पाँव गए हैं, दीवार की नक्कासी पर 'ओ३म्' शब्द अंकित है, गुंबद के ऊपर का निशान अर्द्ध चंद्राकार है। गुंबद के ऊपर कमल का फूल चित्रित है, गढ़ा गया है। महल की भीतरी दीवारों पर कलश एवं पत्तों की नक्काशी सबको विस्मित कर देती है। कई लोगों का मत है कि मूल रूप से यह एक शिव मंदिर था, जिसे तोड़कर आज के ताजमहल का निर्माण किया गया था। एक वर्ग का यह भी कहना है कि बादशाह ने अपनी बेगम मुमताज महल की ममी बनाकर उनके मकबरे में रखी हुई है। एक और अचरज देखने को मिलता है, महल की बाहरी दीवारों पर उर्दू के कुछ अल्फाज लिखे हुए हैं। इन्हें नीचे से ऊपर समानांतर रूप में लिखा हुआ है, पर आश्चर्यजनक रूप से आपकी नंगी आँखों को ऊपर से नीचे एवं नीचे से ऊपर के सब अक्षरों का साइज एक जैसा ही लगता है, इस पहेली को शायद ही आज का विज्ञान भी सुलझा सके। धन्य थे वह शिल्पी, जिन्होंने यह करिश्मा किया था। यहाँ एक अन्य रहस्य का खुलासा

करना भी लाजिमी है। महल के बाहर के कई कमरे आज भी सीलबंद हैं, इन कमरों का रहस्य शायद 'आर्केलॉजी सर्वे ऑफ इंडिया' के गुप्त दस्तावेजों में कैद हो।

महल के बाहरी चारों कोनों पर एक-एक मीनार खड़ी है, इन मीनारों को अपनी निर्धारित जगहों से कुछ आगे की तरफ बनाया गया है। खुदा खैर करे, कभी कोई अनहोनी न हो, यदि किसी भी कारणवश ये मीनारें नीचे गिरती हैं तो महल के बाहर की तरफ ही गिरेंगी, मुख्य महल को कोई भी ठेस नहीं पहुँच पाएगी?

सारे जहाँ के सैलानी लाखों की तादात में प्रतिवर्ष हुस्न के प्रतीक, प्यार के प्रतीक इस ताज को देखने आते हैं एवं इसकी बेपनाह सुंदरता को दिलो-दिमाग में कैद कर सदा-सर्वदा के लिए अपने आपको धन्य करते हैं।

साँची का महान् स्तूप

स्तूप शब्द की उत्पत्ति संस्कृत भाषा के 'स्तु' शब्द से हुई है, जिसका अर्थ है प्रार्थना, सम्मान एवं जयघोष। स्तूप शब्द श्रेष्ठता का एवं सम्मान का प्रतीक है। इस विश्व में अनगिनत स्तूप शान से खड़े हैं, सबकी एक गौरवशाली गाथा है, पर सारे स्तूपों का सरताज तो कोई एक ही हो सकता है और वह है आपके एवं हमारे हिंदुस्तान का साँची का महान् स्तूप। इस महान् स्तूप को कई सम्राट् एवं चक्रवर्ती सम्राटों ने अलग-अलग समयों में सजाया एवं सँवारा है। इसक निर्माण महामानव गौतम बुद्ध के सम्मान में किया गया था वह मानवों में एक श्रेष्ठ मानव थे, उन्हीं

की याद में, उन्हीं के सम्मान में बना एक स्तूप भी उन्हीं की भाँति एक श्रेष्ठता का प्रतीक है। यह केवल वास्तुशिल्प कला एवं अभियांत्रिक कला का चमत्कार मात्र ही नहीं है, अपितु परममोक्ष एवं मुक्ति का भी प्रतीक है। यह सच्चे अर्थों में बुद्ध की भाँति ही आत्म-बोध प्राप्ति का शक्ति स्थल है। बस! आप महात्मन् के समान ही इस महास्तूप के नीचे ध्यानमग्न होकर अपने चित्त को स्थिर करें तो सारे जहाँ का सुकून एवं चैन आपके हाथों लग जाएगा, आप आत्म-बोध के प्रकाश से प्रकाशित हो जाएँगे और तब जैसे आपके मोक्ष के दरवाजे स्वयं खुल जाएँगे, सीधे अर्थों में आप स्वयं को पहचानने लगेंगे एवं आपका आत्मबोध ही आपकी नैया को इस भव-सागर से पार लगा पाएगा, यानी यथा नामों तथा गुणों के अनुरूप ही इस स्तूप को महान् स्तूप के नाम से महिमामंडित किया गया है।

अब सुनिए इसके निर्माण की रहस्यमय गाथा। सिकंदर महान् भारत-विजय के अपने सपने को हृदय में संजोए हुए ही अपने देश वापस लौट रहा था, पर दिल के उसके अरमाँ दिल में ही दफन हो गए थे। बेचारा रास्ते में ही ऐसा बीमार पड़ा कि उसे अंततः काल के मुँह में जाना पड़ा था। बेचारा खाली हाथ आया था एवं खाली हाथ ही इस दुनिया से रुखसत हुआ था। उसका प्रधान सेनापति सिल्यूकस स्वयं भारत विजय के सपनों को संजोए हुए था। बस! उसने इस मौके का फायदा उठाया एवं अपनी सेना को भारत विजय के लिए ललकारा था। तब वह अपनी विशाल सेना के साथ आधे रास्ते से ही भारत विजय हेतु मैदाने-जंग के लिए लौट पड़ा था। तब उसका मुकाबला चंद्रगुप्त मौर्य से हुआ था। इस महान् सम्राट् ने अपने गुरु आचार्य चाणक्य की रणकौशल एवं कूटनीतिक दाँव-पेचों से सिल्यूकस एवं उसकी सेना का मानमर्दन किया था, तब यूनान की उस विश्व-विजयी सेना को धूल चाटनी पड़ी थी। चंद्रगुप्त की सेना ने उन्हें बुरी तरह हरा दिया था। भारतीय परंपरा के तहत विजयी सम्राट् चंद्रगुप्त ने सिल्यूकस एवं उसकी सेना को क्षमादान प्रदान किया था। कृतज्ञ सिल्यूकस ने भी सम्राट् की गरिमा के निमित्त अपनी लाड़ली पुत्री एवं अनन्य सुंदरी हेलना को सम्राट् के सुपुर्द किया था और तब यूनान की सुंदरी ने सम्राट् का वरण किया था। इसी चक्रवर्ती सम्राट् चंद्रगुप्त का पुत्र बिंबसार महात्मा बुद्ध के जीवन एवं उनके दर्शन से अत्यधिक प्रभावित था और तब उसने उस महामानव के सम्मान में उनके ही अनुरूप इस महान् स्तूप का शिलान्यास किया था। पिता के समान बिंबसार के पुत्र अशोक ने संपूर्ण भारतवर्ष पर विजय हासिल की थी, परंतु कलिंग के युद्ध की भयानकता ने उस चक्रवर्ती सम्राट् अशोक के हृदय को छलनी-छलनी कर दिया

था, तब वह सम्राट् बुद्ध की शरण में चला गया था 'बुद्धं शरणं गच्छामि' ही उसकी नियति बन गई थी, तब उसने यथार्थ में बौद्धमत की विधिवत् शिक्षा ग्रहण की थी और तब उसने बुद्ध के सम्मान में पिता के शिलान्यास के पश्चात् एक भव्य एवं विशाल स्तूप का निर्माण करवाया था। ईसा पूर्व दो सौ और तीन सौ शताब्दियों के मध्य अशोक की प्रेरणा से उसकी चहेती रानी देवी ने इस महान् स्तूप के निर्माण की बागडोर स्वयं अपने में हाथों ली थी। रानी को अपनी जन्म भूमि की माटी से अत्यंत लगाव था, वह यहीं इस महान् स्तूप की नगरी साँची में ही पैदा हुई थी और इसी नगरी में राजा एवं रानी विवाह सूत्र में बँधे थे। उसके यानी रानी के अथक प्रयासों के फलस्वरूप ही इस अमरकृति महान् स्तूप का निर्माण संभव हो पाया था।

उस जमाने के राजे-महाराजे उच्च कोटि महात्माओं के निधन पर उनके अवशेषों को कलशों में रखकर मिट्टी के टीलों पर सुरक्षित रखते थे। सम्राट् अशोक ने महात्मा बुद्ध के अवशेषों के कलशों को टीले से निकालकर नव-निर्मित स्तूपों में सुरक्षित ढंग से रखवाया था। उसने हमारे देश भारत की समस्त दिशाओं में, स्थानों में, कई स्तूपों का निर्माण करवाया था। साँची का स्तूप इस संदर्भ में अपना विशेष दर्जा रखता है। ऐसी मान्यता है कि इस महान् स्तूप में महात्मन के शरीर की पवित्र राख के साथ-साथ उनके दाँत एवं अस्थियाँ भी अति पवित्र कलश में संजोकर रखी हुई हैं। इसी कारण यह केवल सारे विश्व के स्मारकों में न केवल सबसे अधिक लोकप्रिय है, अपितु शांति, सौहार्द, प्रेम एवं अध्यात्म का भी द्योतक है। यह स्तूप महात्मा बुद्ध के निर्वाण का प्रतीक है। इस रहस्यमयी स्तूप के नीचे ध्यान लगाने पर मन एवं मस्तिष्क को एक अनूठा सुकून मिलता है—बुद्ध की तरह ही आप 'आत्म-बोध' के प्रकाश से अविभूत हो जाते हैं और इसी कारण इस स्तूप को 'योग स्तूप' के नाम से भी विभूषित किया गया है। ऐसी आशंका जताई जाती है कि इस महान् स्तूप के कुछ भाग को ईसा पूर्व दूसरी शताब्दी में कुछ क्षति पहुँचाई गई थी, तब शुंगवंशीय राजा अग्निमित्र ने इन क्षति-ग्रस्त भागों का पुनर्निर्माण करवाया था। उसने स्तूप के ऊपर एक के ऊपर एक पत्थर के छत्र भी लगवाए थे, इन छत्रों के शिखर पर धर्म चक्र का प्रतीक चिह्न विधि चक्र आरुढ़ है। स्तूप के आधार धरातल पर पाषाण परिक्रमा एक पत्थर के घेरे से घिरी हुई है।

यह स्तूप पत्थर से निर्मित दुनिया का सबसे बड़ा स्तूप है, इसकी गुंबद अर्द्धगोलाकार ईंटों से बनाई गई है। स्तूप की परिधि साढ़े छत्तीस मीटर है एवं ऊँचाई सोलह मीटर से कुछ अधिक है, इसकी गुंबद गोलाकार है, इसका ताज इसके छत्र

हैं एवं छत्र पर आरुढ़ धर्म चक्र जो वास्तव में विधि चक्र का प्रतीक है, समस्त चराचर को संचालित करने में सक्षम है। यह स्तूप केवल वास्तुकला का चमत्कार मात्र ही नहीं है और न ही केवल पवित्र अवशेषों की स्थली है, अपितु समस्त जीवन-दर्शन एवं ज्ञान-विज्ञान का भी प्रतीक है। जब इसका निर्माण प्रारंभ हुआ था, तब हीनयान का बोलबाला था, जिसके मत के अनुसार बुद्ध को मानव प्रतिमा के रूप में नहीं दिखाया गया है, अपितु उनके प्रतीक चिह्नों के रूप में उन्हें दर्शाया गया है। इसी कारण स्तूप की दीवारों पर बोध वृक्ष, कमल, हाथी, चरणचिह्न, सिंहासन, स्तूप, स्तंभ, चक्र, विधि-चक्र, वेदियाँ, छत्र, परिक्रमा पथ, चबूतरा एवं तोरणों के माध्यम से बुद्ध के जीवन के सारतत्त्व को दर्शाया गया है। मुख्य स्तूप का आकार अंडे जैसा है और इसी कारण इसे अंडे के नाम से भी जाना जाता है। अंडा सृजन का प्रतीक है, इसी प्रकार अंडे की शक्ल वाली गुंबद भी सृजन का ही प्रतीक है। इसके ऊपर के तीन छत्र जो एक-दूसरे पर रखे हुए हैं, समस्त ब्रह्मांडों के प्रतीक हैं। पृथ्वी की उत्पत्ति ब्रह्मांडों का मात्र एक भाग है, सब एक-दूसरे को बल प्रदान करते हैं। हमारा विश्व इसी चराचर का एक अंगमात्र है। यह महान् स्तूप हमारे विश्व के समान है—शिखरारुढ़ विधि चक्र से यह समस्त चराचर संचालित होता है। यह स्तूप प्रकृति के पाँच तत्त्वों का भी प्रतीक है, गुंबद जल का प्रतीक है कमल, क्षत्र एवं अर्द्धचंद्र वायु, सूर्य एवं अनंत ब्रह्मांड के प्रतीक हैं। यह स्तूप जन्म एवं पुनर्जन्म के बंधनों से मुक्त है, यह निर्माण एवं आत्मबोध का प्रतीक है, अज्ञानता पर विजय पाने का प्रतीक है और इसी कारण विश्व में इसका कोई सानी नहीं है।

कमल एवं हाथी भारतीय संस्कृति एवं सभ्यता के प्रतीक हैं। महात्मा बुद्ध के जीवन में इन दोनों का अपना एक विशेष महत्त्व है। एक रोचक किंवदंती है कि जब महात्मा बुद्ध अपनी माँ की कोख में थे, तब संयोगवश एक सफेद हाथी ने अपनी सूँड़ में पकड़े कमल से उनकी माँ की कोख का अभिनंदन किया था। इससे तो यही प्रतीत होता है कि उस दिव्य हाथी ने गर्भ में विराजमान उस महामानव को पुष्प अर्पित कर उनकी अभ्यर्थना की थी। इसी के प्रतीक स्वरूप स्तूप की दीवारों पर उनके जन्म के करिश्मों को दर्शाया गया है।

इस स्तूप के निर्माण के बावत एक अन्य किंवदंती प्रसिद्ध है, तब महात्मा बुद्ध जीवन की अंतिम साँसें ले रहे थे, अपनी इसी अवस्था में उन्होंने अपने शिष्यों को आज्ञा दी कि उनकी मृत्यु के पश्चात् उनके शरीर को जलाया जाए एवं उनके अवशेषों को पवित्र कलश में रखकर स्तूपों में सुरक्षित रखा जाए। तब उनके शिष्यों

ने उनसे आग्रह किया कि वह बताने की कृपा करें कि स्तूपों का डिजाइन किस प्रकार का हो। तब मौन धारण किए हुए उस महात्मन् ने अपने भिक्षापात्र एवं अंग वस्त्र के संयोग से स्तूप का आकार बनाकर अपने शिष्यों को दिखाया था। कहते हैं कि गुरु के द्वारा सुझाए गए आकार के अनुसार ही स्तूपों का निर्माण करवाया गया था। महायान चरण में स्तूप के नीचे के भाग में चार बौद्ध प्रतिमाएँ स्थापित की गई थीं, जो कभी भी मूल स्मारक का अंग नहीं थीं।

इस महान् स्तूप का गौरव तब अधिक बढ़ गया था, जब स्तूप की चारों दिशाओं में ईसा पूर्व प्रथम शताब्दी में चार तोरण द्वारों का निर्माण किया गया था। इन तोरण द्वारों का निर्माण सूर्य की चाल के अनुरूप किया गया था। प्रथम तोरण द्वार पूर्व दिशा में है; दूसरा दक्षिण दिशा में, तीसरा पश्चिम दिशा में एवं चौथा, उत्तर दिशा में उपस्थित है। यह वास्तव में सूर्य की चार अवस्थाओं का प्रतीक है—सूर्योदय, दोपहर, सूर्यास्त एवं भोर। इन भव्य एवं विशाल तोरण द्वारों का निर्माण सातवाहन वंशीय राजाओं ने करवाया था। यहाँ एक शिलालेख के अनुसार दक्षिण के तोरण द्वार की सर्वोच्च चौखट सातवाहन वंशीय राजा सतकर्मी की ओर से यहाँ उपहारस्वरूप प्रदान की गई थी। यहाँ की परिक्रमा पथ का निर्माण भी शायद इसी वंश के शासकों ने किया था। यहाँ स्तूप तो पाषाण निर्मित है, पर काष्ठशैली में गढ़े हुए तोरण शिल्पकला की पराकाष्ठा के जीते जागते नमूने हैं। इन तोरणों की नक्का शियों में महात्मा बुद्ध को मानव के रूप में नहीं दिखाया गया है, उन्हें अपने पिता के राजमहल को छोड़ते हुए एक घोड़े के रूप में दर्शाया गया है। उन्हें पद चिह्नों के माध्यम से दर्शाया गया है, उन्हें बोधि वृक्ष के नीचे बैठकर आत्मबोध हुआ था और इसी कारण उन्हें बोधि वृक्ष के नीचे चूबतरे के रूप में दर्शाया गया है। साँची की दीवारों पर बने चित्रों में यूनानी पहनावा मनमोहक लगता है, इनमें यूनानी वस्त्र मुद्रा एवं वाद्ययंत्रों को अलंकरण के रूप में प्रयोग किया गया है। इन चारों तोरण द्वारों की शिल्पकला अनूठी है, बेमिसाल है। इन तोरण द्वारों की नक्काशी, लेख एवं सजावट में जैसे महात्मा बुद्ध स्वयं सजीव हो गए हों, ऐसा प्रतीत होता है। ऐसी मान्यता है कि दक्षिण का द्वार बुद्ध के जन्म का प्रतीक है, इसके माथे का विधिचक्र स्वयं धर्म चक्र का प्रतीक है। जातक कथाओं के माध्यम से बुद्ध के जन्म के रहस्यमयी करिश्मों को सुंदर ढंग से दर्शाया गया है। पूर्वी द्वार पर राजकुमार सिद्धार्थ के प्रतीक घोड़े को राजमहल की शानो-शौकत वाले जीवन को त्यागकर सत्य की खोज में जाते हुए दिखाया गया है, पश्चिमी द्वार पर उनके पूर्व जन्म से संबंधित

झाँकियाँ हैं। जातक कथाओं के माध्यम से उनके पूर्व सात जन्मों की झाँकियाँ हैं, इन्हें चार पवित्र वृक्षों एवं तीन स्तूपों के माध्यम से दर्शाया गया है। तोरणों के भीतरी भाग पर बुद्ध की माता माया के उन स्वप्नों को दिखाया गया है, जो उसने अपनी गर्भावस्था में देखे थे, यानी जब बुद्ध अपनी माँ की कोख में थे। साँची के बुद्ध के चरणचिह्न एवं सिंहासन तो इतिहास के पन्नों से ओझल ही हो गए थे, पर भला हो उस अंग्रेज जनरल टेलर का जिसके अथक प्रयासों से सन् 1818 में इन्हें जमीन के अंदर सुरक्षित अवस्था में बाहर निकाला गया था।

यहाँ का प्रसिद्ध अशोक स्तंभ भी सारनाथ के अशोक स्तंभ की तरह ही विश्वविख्यात था। कहते हैं कि ईसा पूर्व इस खंभे को यहाँ खड़ा किया गया था। खंभे को संतुलित करने के लिए इनके शिखरों को चार शेरों के ताज से महिमामंडित किया गया था। शेरों का यह ताज खंभे को जमीन के ऊपर खड़ा रखने में सक्षम था, परंतु अफसोस? अब यह स्तंभ अपने मूल स्थान पर नहीं है। सिंहों का ताज पुरातत्त्व सर्वेक्षण विभाग के म्यूजियम की शोभा बढ़ा रहा है एवं खंभा अब तोरण द्वार पर खड़ा दिखाई देता है। साँची का यह महान् स्तूप शायद दुनियाँ की नजरों से ओझल ही हो जाता, यदि कुछ विदेशी लुटेरे खजाने के लोभ में यहाँ खुदाई नहीं करते। अब तो यह मात्र एक रहस्य ही बनकर रह गया है कि क्या यहाँ लुटेरों के हाथों कोई खजाना लगा था। हाँ, हमारी इस दुनिया को यह स्तंभ रूपी बेमिसाल खजाना अवश्य हाथ लगा है। सन् उन्नीस सौ बारह में पुरातत्त्व विभाग के मुखिया सर जॉन मार्शल (Sir John Marshal) ने इस महान् स्तूप का जीर्णोद्धार किया था, उसे इस कार्य को करने में कई साल लग गए थे। साँची के स्मारकों की एक अन्य खास विशेषता भी है। इन स्मारकों में मौर्य काल के रहस्यमयी रंगों का इस्तेमाल किया गया है। स्तूप की चारों दिशाओं में भव्य तोरण द्वार बुद्ध के निर्वाण की गाथा गा रहे हैं। इस स्तूप के सान्निध्य मात्र से आप बुद्ध की तरह आत्म बोध से जगमगाने लगते हैं। यहाँ के स्मारक केवल मौर्य एवं गुप्त काल के प्रतिबिंब मात्र नहीं हैं, अपितु विश्वास एवं सम्मान की जीती जागती तसवीर प्रस्तुत करते हैं। इस महान् स्तूप की हू-ब-हू प्रतिकृति हमारी भारत सरकार ने अपने पड़ोसी देश चीन को भेंट की है। साँची के महान् स्तूप एवं सारनाथ के स्मारक की प्रतिकृति को चीन के प्रथम बौद्ध मंदिर 'सफेद घोड़े के मठ' में निर्मित कर भारत सरकार ने इस महान् सौगात को चीन के वासियों को समर्पित किया है।

हंपी के स्मारक

आप सबने रामायण में वर्णित किष्किंधा पर्वत का नाम तो सुना ही है। इसी पर्वत की एक गुफा के अंदर अग्नि की साक्ष्य में पवनपुत्र हनुमान ने राम एवं सुग्रीव को मित्रता के सूत्र में बाँधने का स्तुत्य कार्य किया था। वानरराज बाली एवं सुग्रीव के राज्य की राजधानी किष्किंधा थी, जहाँ राम अपने सहोदर लखन के साथ सीता को ढूँढ़ते हुए पहुँचे थे। ऐसी धारणा है कि आज का हंपी ही किष्किंधा नगरी थी, पर यह तो हजारों साल पहले की कहानी है। हम यहाँ चर्चा कर रहे हैं विजयनगर की, जो आज के कई राज्यों को अपने में समेटे हुए था, यानी यहाँ चर्चा विजयनगर नामक साम्राज्य की हो रही है। इसी विशाल साम्राज्य की राजधानी थी हंपी नगर, जो आज के कर्नाटक नाम के राज्य के बिल्लोरी जिले में अवस्थित है। कहते हैं कि प्रसिद्ध हिंदू सम्राट् कृष्णदेव राय ने इस नगरी का निर्माण चौदहवीं शताब्दी में करवाया था। विशाल चट्टानों एवं टीलों के मध्य तुंगभद्रा नदी के समीप करीब पाँच सौ से अधिक स्मारकों एवं चिह्नों के अवशेष आज भी विश्व को अचंभित कर रहे हैं। अपने गौरवशाली काल में इन स्मारकों का दुनिया में कोई सानी है ही नहीं। एक से बढ़कर एक स्मारक अपने आप में अपनी गौरवगाथा गा रहे हैं, पर तब कुछ सनकी मुसलमान शासकों को इस साम्राज्य का यह परम वैभव बरदाश्त नहीं

हो पाया और उन्होंने इन अनूठे स्मारकों को नष्ट-भ्रष्ट करने में कोई कसर बाकी नहीं रखी थी। परंतु धन्य थी, वह हंपी नगरी और धन्य थे, वे वास्तुकार, शिल्पी एवं इंजीनियर जिन्होंने इस नगरी का निर्माण किया था। अपनी खंडित अवस्था में भी यहाँ के स्मारकों के अवशेष उन शिल्पियों के जादुई हाथों की कला को बयान कर रहे हैं। हर पत्थर, हर शिला, हर चिह्न जैसे अपनी कोई कहानी बयान कर रहा है, शायद उनके बयान के अलावा भी कई राज की बातें वह अपने आप में समेटे हुए हैं। यहाँ की धरती पर पैर रखते ही कि शायद इस धरती की यदि कोई स्वर्ग नगरी है तो यही वह नगरी है। ऐसा लगता है कि आप जैसे हमारी कल्पना के इंद्रलोक पहुँच गए हैं। अपनी उच्च कोटि की शिल्पकला एवं इंजीनियरिंग के चमत्कारों के कारण आज भी दुनिया के कई विशेषज्ञ एवं जिज्ञासु शोधकर्ता इन अवशेषों का बारीकी से अध्ययन कर रहें हैं। विश्व संस्था यूनेस्को ने हंपी के स्मारकों के अवशेषों को 'विश्व धरोहर' का दर्जा दिया हुआ है। अब जरा गौर फरमाइए, जब ये स्मारक एवं नगर अपने मूल रूप में विद्यमान रहा होगा तो उसकी अपनी क्या शान होगी, क्या वैभव होगा। ऐसी मान्यता है कि जब यह शहर लुट रहा था तो यहाँ के बाजारों में, यहाँ की गलियों में हीरे, मोती, सोना एवं चाँदी तब कौड़ियों के भाव बिक रहे थे। स्वयं साम्राज्य के राजा एवं रानी अपने बहुमूल्य रत्नों को 'पान वाली गली' में कौड़ियों के भाव बेच रहे थे। इस पान वाली गली के अवशेष आज भी यहाँ मौजूद हैं।

यहाँ कई हिंदू एवं जैन मंदिरों के अवशेष हैं, कई महल, तहखाने, रानियों के स्नानागार, जल खँडहर, शाही मंडप, शानदार तराजू, चबूतरे, तोरणद्वार, राजकोष, बाजार, हाथियों के हस्तबल, घोड़ों के अस्तबल एवं असंख्य शानदार इमारतें हैं। रानियों के नहाने के गलियारे, झरोखेदार छज्जे, कमल के समान छतों की बनावट और फव्वारों से सुसज्जित स्वीमिंग पूल अपने आप में बेमिसाल हैं। स्वीमिंग पूलों की चौड़ाई करीब पंद्रह मीटर है एवं गहराई दो मीटर के करीब है।

यहाँ का कमल महल तो जैसे एक जीता जागता ग्रीन हाउस है। आज विश्व में चर्चाएँ हो रही हैं—रेन हारवेस्टिंग की पर हंपी नगर के उस यौवन काल में तब केवल संबंधित चर्चाएँ ही नहीं होती थीं, अपितु रेन हारवेस्टिंग की तकनीक का भरपूर इस्तेमाल किया जाता था, जब इस महल के कमरों का तापमान बढ़ने लगता था तो धरातल यानी बेस के तल पर पानी स्वत: ही ऊपर के कमरों की दीवारों को भिगोता रहता था, जिससे कमरों का तापमान स्वयं ही नीचे खिसक जाता था—सामान्य तापमान होने पर बेस का पानी चढ़ना स्वयं ही बंद हो जाता था। वाह ? क्या सुंदर

तकनीक ईजाद की गई थी। कहते हैं कि इस महल का निर्माण ज्योमितीय सिद्धांतों के आधार पर किया गया था। ऐसी मान्यता है कि इस महल का विशाल एवं आलीशान कमरा या तो प्रधान सेनापति का कार्यालय था, स्वयं राजा एवं उसकी रानी की सैरगाह था। कमरे का तापमान इस विलक्षण कूलिंग सिस्टम की बदौलत सदा ही खुशमिजाज रहता था। यहाँ कई नहरों के खँडहर आज भी विद्यमान हैं, तब शायद सारे साम्राज्य एवं शहर के कई भागों को इन्हीं नहरों की सहायता से पानी उपलब्ध कराया जाता था।

यहाँ का विट्ठल मंदिर दुनिया के बीस आश्चर्यों में एक है। इस मंदिर के सभागार में छप्पन स्तंभ हैं। इन स्तंभों को छूने मात्र से ही सारा माहौल संगीतमय हो जाता है। इन स्तंभों को थपथपाने से संगीत लहरी के स्वर गूँजने लगते हैं। सभागार के एक कोने में एक अलौकिक रथ है। इस रथ के पहिए पत्थरों के हैं, यह कोई साधारण रथ नहीं है, अपितु पत्थरों के पहिए वाला यह रथ चलने में भी समर्थ है। इस रथ का निर्माण वास्तुकला का कमाल है। यहाँ का 'विरुपाक्ष' मंदिर भी अपने आप में एक मिसाल है। इस मंदिर में शिव एवं भुवनेश्वरी की प्रतिमाएँ हैं। ऐसी मान्यता है कि मंदिर में विराजमान भुवनेश्वरी स्वयं पम्मा यानी तुंगभद्रा नदी का प्रारूप है और इसी कारण इसे पम्मावती के मंदिर के नाम से भी जाना जाता है। लक्ष्मी एवं नरसिंह स्वामी के मंदिर तो एक ही शिला को तराश कर बनाए गए हैं। अति उग्र नरसिंह के बगल में दिव्य शिवलिंग के भग्नावेश अवस्थित है। यहाँ के राजसी हाथियों के हस्तबल उस जमाने के राजाओं के वैभव की गाथा बखान कर रहे हैं। शाही प्रवेशद्वार पर राम मंदिर है। यहाँ का तोरण द्वार करीब दो सौ फीट ऊँचा है। इसके अलावा यहाँ एक नीचे की तरफ जानेवाली सीढ़ियों की बाबरी भी है, जिसकी अद्वितीय शिल्पकला आपका मन मोह लेती है। यहाँ हर साल नवंबर के महीने के पहले सप्ताह एक भव्य मेले का आयोजन किया जाता है तब रात्रि बेला में बिजली की रोशनी में साँची के ये स्मारक, चट्टानें एवं टीले जगमगाने लगते हैं, तब ऐसा प्रतीत होता है कि रहस्यमयी इंद्रलोक जैसे हंपी की इस धरती पर उतर आया हो। सोने में सुहागे का काम करते हैं, यहाँ आयोजित नृत्य एवं वाद्य, जिनके संगीत से यहाँ लहरों से खँडहर प्राणवान हो उठते हैं। तब यहाँ आए सैलानी मंत्रमुग्ध हो जाते हैं, अपने होश गवाँ बैठते हैं। तब हंपी का वैभव जैसे पुनः सजीव हो उठता है।

यहाँ के ऊँचे-ऊँचे टावर बिना किसी आज की क्रेनों एवं मशीनों की सहायता के बिना ही बनाए गए हैं, बिना दर्पण के अपना प्रतिबिंब नजर आना, यहाँ की वाटर

- सप्लाई एवं सिंचाई की माकूल पद्धति, स्तंभों को थपथपाने पर संगीत लहरी के स्वरों का सृजन एवं कमरे के तापमान को कंट्रोल करने की अति वैज्ञानिक पद्धति यहाँ के कुछ विस्मयकारी राज हैं। यहाँ का गोपुरम टावर नौ मंजिला है, इस टावर की ऊँचाई बावन मीटर है। गोपुरम की उल्टी छाया मंदिर के उत्तरी-पश्चिमी किनारे पर पड़ती है, जो अपने आप में एक महान् आश्चर्य है। यहाँ की सीढ़ीनुमा बाबरी में शायद तुंगभद्रा नदी का पानी आता रहता था। यहाँ के प्रत्येक स्मारक एवं चिह्नों के पीछे विज्ञान के महान् चमत्कारों का हाथ था, परंतु ये चमत्कार आज के विज्ञान के लिए भी अभी तक एक पहेली ही बने हुए हैं। उस अतीत में हमारे महान् शिल्पियों एवं वैज्ञानिकों ने इन फुलप्रूफ सिस्टमों को कैसे ईजाद किया था, यह आज गहन शोध का विषय है। आज सैटेलाइट का जमाना है, हमारे पास अत्याधुनिक अल्ट्रासोनिक डिटेक्टर हैं, क्या यह संभव नहीं कि विज्ञान के इन उपकरणों की मदद से हम इन खँडहरों की तसवीर लें और यह जानने की कोशिश करें कि बिना बिजली के शहर को कैसे पानी पहुँचाया जाता था। महलों के निर्माण में कौन सी तकनीक अपनाई गई थी कि झुलसती धूप में भी कमरों का तापमान खुशनुमा रह सके। यदि हम कभी इस शोध में कामयाब हुए तो हमें बिजली की किल्लत से सदा-सर्वदा के लिए छुटकारा मिल जाएगा। आज हम पर्यावरण के संरक्षण की बात करते हैं, पर यदि आप हंपी के कुछ महान् तकनीकी आश्चर्यों पर गौर करें तो शायद हम अपने पर्यावरण को सुरक्षित रखने में कामयाब हो पाएँगे।

दिल्ली का लौह स्तंभ

हमारे भारत देश की राजधानी दिल्ली अपने पुरातन एवं ऐतिहासिक स्मारकों के लिए विश्वप्रसिद्ध है, परंतु इस शहर के कुतुब मीनार परिसर में स्थापित लौह स्तंभ तो आज भी दुनिया के लिए एक पहेली ही बना हुआ है। यह स्तंभ खुले आसमान के तले सीना तानकर खड़ा है। आँधी, तूफान, सर्दी, गरमी एवं वर्षा का जैसे इस पर कोई प्रभाव ही नहीं पड़ता है। कहते हैं कि इसका निर्माण शुद्ध स्टील से किया गया है। सैकड़ों साल गुजरने के बाद भी इस लौह स्तंभ पर कभी जंग नहीं लगी है। विश्व भर के विद्वान, शोधकर्ता, धातु विशेषज्ञ, वैज्ञानिक एवं पुरातत्त्ववेता आश्चर्यचकित हैं कि इस भारत देश में हजारों साल पहले लोहा और स्टील प्रोसेस करने की तकनीक उपलब्ध थी। आज विज्ञान के इस युग में समस्त संसाधनों के होते हुए भी इस प्रकार के बेहतरीन किस्म के स्टील का उत्पादन असंभव जैसा लगता है। इस स्तंभ की

रहस्यमयी उच्च कोटि की क्वालिटी के साथ कई पहेलियाँ भी जुड़ी हुई हैं। कहते हैं कि ईसा सन् चौथी शताब्दी में भारत के महान् सम्राट् चंद्रगुप्त विक्रमादित्य ने इस रहस्यमयी लौह स्तंभ का निर्माण करवाया था। अन्य कुछ लोगों का मत है कि इस स्तंभ का निर्माण ईसा सन् के पूर्व हुआ था। स्तंभ पर संस्कृत भाषा में गुप्त राजा की वीरगाथा लिखी हुई है। संभवत: उसने किसी परम प्रतापी राजा को युद्ध में पराजित किया था। तब उसने अपने ईष्ट देव को प्रसन्न करने के लिए उनके 'ध्वज स्तंभ' का निर्माण करवाया था। पर आज जो लौह स्तंभ आपको नजर आता है, वह वास्तव में खंडित अवस्था में है। ऐसा कहा जाता है कि स्तंभ के शिखर पर विष्णु का वाहन गरुड़राज विराजमान रहते थे। कई पुरातत्त्ववेता एवं विद्वानों का मत है कि खजाने के लोभ में किसी राजा या सुल्तान ने स्तंभ के ताज को चुराया था। अब गरुड़राज के स्थान पर छह सौ चालीस किलो वजन की संतरे की आकारनुमा घंटी है। यह स्तंभ अपने मूल रूप में इस स्थान पर था ही नहीं। ऐसी धारणा है कि यह स्तंभ

मूलत: मध्य प्रदेश के विदिशा नामक क्षेत्र के उदयगिरी पर्वत पर आरुढ़ किया गया था। स्तंभ पर बाद में लिखे अभिलेखों से ज्ञात होता है कि इसे तोमर वंशीय राजा अनंगपाल ने ईसा सन् 1020 में इसे यहाँ खड़ा करवाया था।

ऐसी मान्यता है कि हमारे देश के करीबन एक सौ बीस धातु विशेषज्ञों ने कई सालों में इस अद्भुत लौह स्तंभ का निर्माण किया था। कहा जाता है कि इस स्तंभ के निर्माण में अधिक फासफोरस का प्रयोग किया गया था। हमारी तकनीकी संस्थाओं ने भी इस लौह स्तंभ पर कई शोध किए हैं और तब जो रहस्य उजागर हुए वह कम चौंकाने वाले नहीं हैं। कहा जाता है कि इस स्तंभ पर एक रहस्यमयी लेप लगा हुआ है, जो इसे जंग लगाने से बचाता आ रहा है। शायद यही कारण है कि स्तंभ का ऊपरी हिस्सा कांस्य धातु की तरह लगता है। ऐसा अनुमान है कि स्तंभ पर केवल इस लेप को लगाने में तीन वर्षों का समय लग गया था। इस लौह स्तंभ का वजन करीब सात टन है। स्तंभ का कुछ हिस्सा जमीन के नीचे है, इसकी ऊँचाई करीब बाईस फीट है अपने आधार पर इसकी गोलाई अड़तालीस सेंटीमीटर है। आपकी नजर जैसे-जैसे स्तंभ की ऊपर की ओर जाती है तो इस खंभे की गोलाई कम होने लगती है। खंभे के सबसे ऊपरी भाग की गोलाई मात्र उन्नतीस से.मी. रह जाती है। सन् 1871 में स्तंभ के स्थान पर खुदाई की गई थी। कहते हैं कि इस लौह स्तंभ को प्याज की शक्ल के आकार के ऊपर खड़ा किया गया है। इस प्याज की शक्ल के आधार को आठ लोहे की छड़ों से बाँधा गया है। यहाँ एक आम प्रचलित परंपरा है कि हर दर्शक अपने भाग्य को आजमाने के लिए स्तंभ की तरफ पीठ करके अपने हाथों को उल्टा कर खंभे की परिधि को नापने की कोशिश करता है। यदि अपनी इस कोशिश में खंभे को घेरते हुए उसको दोनों हथेली एक-दूसरे को स्पर्श करती हैं तो इसे शुभ माना जाता है। यह उसको भाग्यशाली होने का प्रतीक भी माना जाता है। जब इस लौह स्तंभ को इस स्थान पर लगाया गया था तो इसे यहाँ के उस समय के मंदिरों के परिसर में खड़ा किया गया था, जिन्हें कुछ जालिम शासकों ने ध्वस्त कर दिया था।

हममें से कई लोगों ने इतिहास का जरूर अध्ययन किया होगा। अब यह तथ्य प्रमाणित हो गया है कि स्टील बनाने की तकनीक सन् उन्नीस सौ में ईजाद हुई थी। परंतु सत्य ही कहा गया है कि प्रत्यक्षं किम परिमाणम् ? यानी जो चीज आप स्वयं अपनी नजरों से देख रहे हैं, उसको प्रमाणित करने के लिए सबूत की जरूरत ही कब होती है ? हमारे देश का लौह स्तंभ इस बात का प्रमाण है कि हमारे भारत ने आज से हजारों साल पहले ही स्टील बनाने की तकनीक में महारत हासिल कर

ली थी, परंतु अफसोस! हमारे देशवासी अपने गौरवशाली अतीत को कभी ठीक से समझ ही नहीं पाए हैं, तब एक ब्रिटिश पुरातत्त्ववेता जेम्स प्रिंसेस ने सन् 1838 में इस लौह स्तंभ पर गहन शोध किया था। उसके प्रयत्नों के फलस्वरूप ही विश्व को इस तथ्य का इल्म हुआ कि फौलाद एवं स्टील बनाने की कला का सबसे पहले इसी भारत देश को इल्म हुआ था। कुछ पुरातत्त्ववेताओं का मत है कि यह लौह स्तंभ हकीकत में 'सन् डायल' है या जिसके बल पर ग्रह एवं नक्षत्रों का अध्ययन किया जाता था—समय का पता लगाया जाता था, कहते हैं कि जब सूर्य की प्रथम किरण इसके ऊपर आरूढ़ ताज पर पड़ती थी तो उसकी सहायता से समय के हर पल की गणना की जाती थी।

कुछ विद्वानों का मत है कि यह लौह स्तंभ मूलत: एक 'ध्वज स्तंभ' था, जिसको भगवान् विष्णु के प्रांगण में खड़ा किया गया था। आज इसका ताज नदारद है, परंतु यह स्तंभ आज भी अपने अंदर कई रहस्यों को छिपाए हुए है। भले ही इसका निर्माण किसी की प्रशंसा के लिए किया गया हो, परंतु इससे यह सनातन सत्य तो उजागर होता ही है कि जब विश्व के अन्य कोनों पर मानव पाषाण युग में चलना फिरना सीख रहा था, तब हमारा भारत सभ्यता के ऊँचे सोपानों को नाप रहा था, अनेकानेक अन्य अद्भुत रहस्यों की तरह ही हम भारत के धातु विज्ञान को कोरी कल्पना का नाम देने की धृष्टता नहीं कर सकते हैं। आप एवं हम सब स्वयं को गौरवशाली समझें, क्योंकि मानव संस्कृति एवं सभ्यता का उदय इसी शस्य-श्यामला भारत-भूमि में हुआ था।

□

आयुर्वेद

आयुर्वेद अत्यंत प्राचीन भारतीय चिकित्सा पद्धति है, यह बात कुछ हजार साल पुरानी ही नहीं है, अपितु लाखों साल पुरानी है। इसका प्रमाण है—समुद्रमंथन से अमृत की प्राप्ति। स्वयं अश्वनी कुमार अमृत के कलश से विभूषित थे। रामायण काल में लंकाधिपति रावण के राजवैद्य ने हिमालय से प्राप्त संजीवनी बूटी के बल पर मृतप्राय: लक्ष्मण एवं वानरों की सेना में नव-प्राणों का संचार किया था, बूढ़े एवं जर्जर शरीर वाले च्यवन ऋषि ने च्यवनप्राश औषधि की बदौलत पुन: नवयौवन प्राप्त किया था। अश्विनी कुमारों ने दधीचि के कटे हुए मस्तक को पुन: उनके धड़ पर प्रत्यापित किया था। शल्य चिकित्सा का ही कमाल था कि बालक गणेश के मस्तक विहीन धड़ पर हाथी का मस्तक लगाया गया था। दक्ष यज्ञ में वीरभद्र ने राजा दक्ष के मस्तक को काट दिया था, पर देवों की प्रार्थना पर शल्य चिकित्सा के शहंशाह

शिव ने उसके धड़ पर बकरी का मस्तक लगाकर उसमें नव-प्राणों का संचार किया था। बालक कार्तिकेय का जन्म परखनली शिशु से भी अधिक रहस्यमय था। ऐसे असंख्य उदाहरणों से हमारे इतिहास के पन्ने भरे पड़े हैं। महाभारत एवं विष्णु पुराण में समुद्र मंथन का विशद वर्णन है, दुग्ध के समान श्वेत समुद्र के मंथन से चौदह अलौकिक रत्नों की प्राप्ति हुई थी। अंत में देवों के प्रमुख डॉक्टर धन्वंतरि अमृत कलश के साथ प्रकट हुए थे। यही अमृत कलश स्वयं आयुर्वेद का स्रोत है। समुद्र से प्रकट चौदह रत्नों का वर्णन बहुत ही सुंदर ढंग से किया गया है।

लक्ष्मी कौस्तुभपारिजात सुरा धन्वन्तरिश्चंद्रमाः।
गावः कामदुहाः सुरेश्वरगजो रंभादिदेवांगनाः।
अश्वः सप्तमुखो विषं हरिधनुशङ्खोऽमृं चाम्बुधे।
रत्नानीह चतुर्दश प्रतिदिनं कुर्यात्सदा मङ्गलम्।

कहा जाता है कि विष्णु का वाहन गरुड़ पक्षी अमृत कलश को अपनी चोंच में पकड़कर जब आकाश में उड़ रहा था तो अमृत को कुछ बूँदें प्रयागराज, हरिद्वार, उज्जैन एवं नासिक की नदियों के पानी पर गिरी थीं। नक्षत्रों के संयोग होने पर आज भी हर बारह वर्ष में इन नदियों के किनारे विश्व प्रसिद्ध कुंभ के मेले लगते हैं और तब विश्व भर के लाखों लोग नदी में डुबकी लगाकर अपना जीवन धन्य करते हैं।

वेद मानव मस्तिष्क की पहली उपलब्धि है—विश्व के सबसे प्राचीन ग्रंथ ऋग्वेद में चिकित्सा एवं शल्य चिकित्सा की चर्चा की गई है। एक समय अति प्राचीनकाल में रानी विषमला युद्ध में अत्यधिक घायल हो गई थी, उसके शरीर के नीचे के अंग नष्ट हो गए थे; परंतु उस जमाने के कुशल शल्य चिकित्सकों ने कुछ ही दिनों में उसके नष्ट-भ्रष्ट अंगों का शल्य चिकित्सा के द्वारा उपचार कर लिया था। तब वह रानी न केवल अपनी रुग्ण शैया से उठ बैठी थी, अपितु वह पुनः अपने सैनिकों की अगुवाई करने के लिए युद्ध क्षेत्र में कूद पड़ी थी। इसी प्रकार इसी ग्रंथ में एक ऋषि के मस्तक के इलाज का वृहत वर्णन है। अश्विनी कुमारों ने इस ऋषि के मस्तक को इलाज के लिए उसके धड़ से काट लिया था एवं ऋषि के धड़ पर कुछ समय के लिए घोड़े का मस्तक लगा दिया था। उन्होंने ऋषि के कटे हुए मस्तक का उपचार किया था एवं पुनः इसे ऋषि के धड़ पर लगाया था। यह मानव सभ्यता की विस्मयकारी घटनाएँ थीं, जो हजारों लाखों साल पहले इस भारत-भूमि में घटित हुई थीं, परंतु आज की आयुर्वेदिक चिकित्सा पद्धति का स्रोत अथर्ववेद है। ऐसी मान्यता है कि सृष्टिकर्ता ब्रह्मा ने सबसे पहले आयुर्वेद का ज्ञान देव चिकित्सक धन्वंतरी

को प्रदान किया था। अथर्ववेद के एक सौ चौदह श्लोकों के माध्यम से हरबल मेडिसिन, खनिज, धातु, रसायन एवं शल्य चिकित्सा का विशद विवरण मिलता है। आयुर्वेद शास्त्र में तीन प्रधान तत्त्व होते हैं—वात, पित्त एवं कफ। इन तत्त्वों को वात दोष, पित्त दोष एवं कफ दोष के नाम से जाना जाता है। इन तीन दोषों का संतुलन ही अच्छे स्वास्थ्य की कुंजी है और असंतुलन बीमारियों की जड़ है।

आयुर्वेद का असली तात्पर्य है आयु + ज्ञान यानी आप एक लंबा एवं स्वस्थ जीवन कैसे जिएँ। इसके हर सवाल का जवाब है आयुर्वेद चिकित्सा पद्धति। आधुनिक युग के शल्य चिकित्सा की नींव महर्षि सुश्रुत ने ईसा पूर्व पंद्रहवीं सदी में डाली थी—शल्य चिकित्सा का सर्वोत्कृष्ट ग्रंथ 'सुश्रुत संहिता' के रचनाकार स्वयं ऋषिवर सुश्रुत थे और इसी कारण उन्हें शल्य चिकित्सा का पितामह कहा जाता है। पुनः आयुर्वेद एवं शल्य चिकित्सा पर ईसा से आठ सौ शताब्दी पूर्व काशिराज दिवोदास धन्वंतरी के शिष्य महर्षि चरक ने 'चरक संहिता' के माध्यम से समस्त ज्ञात एवं अज्ञात बीमारियों के वर्णन एवं उपचार पर प्रकाश डाला है। कुछ लोगों का मत है कि महर्षि चरक ईसा से दो सौ साल पूर्व थे, वह एक महान् रचनाकार थे। महर्षि ने सारे विश्व का भ्रमण किया था एवं अपने अनुभवों को एक दृढ़ आधार प्रदान कर चिकित्सा के महानतम् ग्रंथ 'चरक संहिता' को मानव कल्यणार्थ विश्व को उपहार दिया था। इससे पूर्व ऐतरेय उपनिषद् में शिशु के जन्म का रहस्य निहित है। इस ग्रंथ में इस तथ्य को भलीभाँति उजागर किया गया है कि माता के पेट में भ्रूण कैसे आकार लेता है, पहले मुँह फिर नास्ट्रिल, आँख, कान, हृदय, नाभि एवं अंत में गुप्तांग आकार लेते हैं। भागवत पुराण में भी कुछ इसी प्रकार का वृत्तांत लिखा मिलता है। इसमें वर्णन आता है कि माता के पेट में गर्भावस्था के पहले माह के अंत में भ्रूण मस्तक आकार लेता है, आज का विज्ञान भी इस तथ्य की पुष्टि करता है कि नास्ट्रिल (Nostril) के साथ वोकल कॉर्ड (Vocal Cord) भी विकसित होती है, यही वोकल कॉर्ड प्राण संचारक की भूमिका निभाती है।

चरक संहिता में संस्कृत के आठ हजार चार सौ श्लोक हैं। इन सबका सारतत्त्व आपके पेट की जठराग्नि पाचनतंत्र है। अष्टांग हृदयम, अष्टांग संग्रह एवं भागवत में भी इन्हीं सारतत्त्वों का वर्णन मिलता है।

सुश्रुत संहिता ने विशेष तौर पर शल्य चिकित्सा पर प्रकाश डाला है। इस ग्रंथ में ग्यारह सौ बीस बीमारियों का वर्णन किया गया है। चौंसठ दवाइयों का स्रोत खनिज है एवं सतावन औषधियों के निर्माण के स्रोत जानवरों से संबंधित हैं। आयुर्वेद के

'अष्टांग' हैं, यानी इसके आठ प्रमुख अंग हैं। यह आठ अंग हैं—

- काया चिकित्सा (सामान्य चिकित्सा) (Internal Medicines)
- बालरोग (Pediatries)
- भूत विद्या (PSYCHIATRY)
- शलस्य तंत्र (Orthamolody) आँख, कान, नाक
- शल्यतंत्र (Surgery)
- रसायन तंत्र (Rejuvenaton)
- वाजिकरण तंत्र (Revetalization)
- जच्चा बच्चा चिकित्सा (Pregnancy)

आयुर्वेदिक चिकित्सा पद्धति व्यक्ति के शारीरिक, मानसिक एवं व्यक्तित्व को एक इकाई मानकर उपचार प्रस्तुत करती है। इसमें रोग निदान के आठ प्रकारों का भी वर्णन है—नाड़ी, पेशाब, मल, जीभ, स्पर्श, शब्द, खून एवं व्यक्ति की शक्ल की आकृति।

आयुर्वेदिक दवाइयाँ बनाने के लिए जड़ी-बूटियों, पेड़-पौधों के पत्ते, छाल, फल, फूल एवं बीजों का प्रयोग किया जाता है। दवाइयों के साथ-साथ घूमना-फिरना, सोना एवं चित्त लगाकर ध्यान लगाना भी स्वास्थ्य के लिए उपयोगी माने जाते हैं। आयुर्वेद चिकित्सा पद्धति में कहीं-कहीं शराब के सेवन को भी सुझाया गया है। साथ ही ऐसा वर्णन भी किया गया है कि शराब के सेवन से पित्त बढ़ता है, जिससे कफ कंट्रोल में रहता है एवं कम होता है। इसी प्रकार पंचकर्म चिकित्सा पद्धति से नवस्फूर्ति एवं नव-प्राणों का संचार होता है—खोया यौवन पुनः प्राप्त होता है। आयुर्वेद का केवल एक ही महामंत्र है—

अपने शरीर को पहचानो,
अपने भोजन को पहचानो।

बस! यदि इतनी सी बात हमारे पल्ले पड़ गई तो निस्संदेह हम एक स्वस्थ एवं लंबी आयु जी पाएँगे। आयुर्वेद का ही कमाल है कि दादा-दादी के नुस्खे कमाल का काम करते हैं। हम भारतवासियों का किचन तो स्वयं एक दवाखाने के समान है। भारतीय मसाले केवल मसाले मात्र नहीं हैं, अपितु इनको प्रयोग करने की संस्तुति हमारे महान् आयुर्वेदाचार्यों ने की थी। आप स्वयं हर चीज आजमाकर देखें तो आपको अत्यधिक फायदा होगा। आपके किचन की हल्दी, लहसुन, मेथी, प्याज, नीबू, मोटी इलायची, जीरा, अजवाइन, तेजपत्ता, जायफल, सेंधा नमक, धनिया पाउडर, राइ,

सौंप, हिमालयन चोरु, हरड़, मुलेठी, लोंग एवं काली मिर्च में अनेकानेक औषधियों के गुण विद्यमान हैं। आपके आँगन की तुलसी करीब दो सौ बीमारियों के इलाज में काम आती है। सबसे अनोखी बात तो यह है कि आयुर्वेद की औषधियों के सेवन से कभी कोई साइड इफेक्ट होता ही नहीं है।

आज जरूरत इस बात की है, हम अपने पुरातन ग्रंथों की मदद से आज के वैज्ञानिक यंत्रों की सहायता से आयुर्वेद, वेद एवं उपनिषदों में सुझाई गई जड़ी-बूटियों पर पुनः शोध करें, गहन अध्ययन करें और शायद तब इस धरती पर संजीवनी बूटी एवं सोमरस जैसी दिव्य औषधियों से आज के मानव को पुनः एक वीर्यवान जीवन प्राप्त हो। मानव समाज के कल्याणार्थ आज पुनः जरूरत है—प्राकृतिक चिकित्सा की, आयुर्वेद औषधि की जो बीमारी को जड़ से मिटाने में समर्थ है—पेड़-पौधों के रूप में सर्वत्र विद्यमान है। स्वस्थ जीवन जीने के लिए दादा-दादी के नुस्खे आजमाएँ, तब आपके जीवन में पुनः बसंत बहार आ जाएगी।

□

भारतीय योग

योगम् शरणम् गच्छामि

आज के मानव ने इस सत्य को आत्मसात् कर लिया है कि जीवन के लक्ष्य को प्राप्त करने के लिए न केवल शरीर का तंदुरुस्त होना जरूरी है, अपितु बुद्धि एवं मन का स्वस्थ होना भी जरूरी है। आप अपने शरीर को चुस्त-दुरुस्त रखने के लिए जिम में प्रैक्टिस करते हैं, सड़कों एवं पार्कों पर दौड़ लगाते हैं; स्वीमिंग पूल में गोते लगाते हैं। पहलवान टाइप के लोग तो रात-दिन अपना पसीना बहाते रहते हैं, पर यह तो हुई कोरी शारीरिक कसरत। व्यायाम करना अच्छी बात है, पर तन के साथ मन भी स्वस्थ रहे, बुद्धि का भी विकास हो तो सोने पे सुहागा की कहावत चरितार्थ हो जाती है। पर यह कैसे संभव हो पाएगा? आधुनिक युग में यह संभव हो पाया है। हमारे कई योग गुरुओं के प्रयासों से, जिन्होंने भारतीय योग को विश्व के कोने-कोने में पहुँचाने का प्रशंसनीय कार्य किया है। आज हम हर घर में योग की चर्चा करते हैं। हमारे सामने योग गुरु रामदेव कई योग के करतब से हमें चकित कर देते हैं, हमें धीरेंद्र ब्रह्मचारी की भी याद आती है। इन योगियों ने हमारे प्राचीन योग के ज्ञान से सारी वसुंधरा को आलोकित किया है। स्वयं योगिराज कृष्ण ने गीता में योग के गुण गाए हैं—'योग: कर्मसु कौशलम्' (योग ही कुशल कर्म है)। गीता का यह सनातन संदेश आज भी मानव जाति को उसके कर्तव्य बोध के लिए प्रेरित कर रहा है।

आज न केवल भारत अपितु विश्व के कोने-कोने में भारतीय योग की धूम

मची हुई है। हमारे देश की वर्तमान सरकार की कोशिशें भी रंग लाई हैं और अंततः सामूहिक प्रयास के फलस्वरूप विश्व संस्था यू.एन.ओ. ने हर वर्ष इक्कीस जून को विश्व योग दिवस के रूप में मनाने की घोषणा की है। आप यशस्वी हैं, भाग्यवान हैं; क्योंकि आप उस देश के वासी हैं, जहाँ हमारे महान् पूर्वजों ने अपनी अथक योग-साधना से स्वयं के अंदर छिपे हुए—'अहं ब्रह्मास्मि' के सारतत्त्व को आत्मसात् कर लिया था। आइए! हम सब मिलकर उस अलौकिक ज्ञान से रू-ब-रू हों, जिसकी बदौलत आप स्वयं की सुंदरता का रसपान कर सकें।

जब हम योग की चर्चा करते हैं तो उसके मूल क्रम को समझने के लिए हमें अपने प्राचीन योग ग्रंथों के सारतत्त्व को जानना जरूरी है, साथ ही हमें अपने प्राचीन दर्शनों का साक्षात्कार करना भी लाजिमी हो जाता है; क्योंकि सारा योगदर्शन इन महान् ग्रंथों के मूल तत्त्वों से कहीं-न-कहीं प्रभावित होता रहता है। भारत के छह दर्शन ग्रंथ मानव इतिहास के पहले दर्शन हैं। इनमें योग, सांख्य, वेदांत, न्याय, पूर्व मीमांसा एवं उत्तर मीमांसा प्रमुख दर्शन हैं। आज से कई हजार साल पहले स्वयं योगिराज कृष्ण ने कई प्रकार के योगों का वृहत वर्णन किया था, उन्होंने कर्मयोग, भक्तियोग, ज्ञानयोग एवं संन्यास योग की मार्मिक व्याख्या की है। महर्षि कपिल ने ईसा से कई शताब्दियों पूर्व इस विश्व को सांख्य दर्शन का ज्ञान प्रदान किया था। सांख्य योग बताता है कि इस दुनिया में हमें जो भी परेशानियाँ नजर आती हैं, उनके मूल में तीन तत्त्व विद्यमान रहते हैं, वह तीन तत्त्व हैं—

- स्वयं के कारण
- प्रकृति के मूल तत्त्व के कारण
- दैविक ताकत के कारण

इन कारणों से हमारे जीवन में दु:खों का समावेश होता है। इसे ही आध्यात्मिक, आधि-भौतिक एवं आधि-दैविक के नाम से जाना जाता है। बुद्ध दर्शन का मूल भी यही सांख्य दर्शन है। वास्तव में हमारा परिचय हमारे भौतिक शरीर से होता है, पर वह तो प्रकृति तत्त्व है। हमारे अंदर की 'चेतना' हमारे अंदर का 'पुरुष' तत्त्व ही वास्तव में हमारा असली रूप है और इसे पहचानने के लिए हमें योग शास्त्र के साधनों की जरूरत होती है। आज से कई शताब्दियों पहले इस भारत-भूमि पर महर्षि पातंजलि का अवतरण हुआ था, जिन्होंने विश्व को योगसूत्र नामक अमर ग्रंथ उपहारस्वरूप भेंट किया था। आज जिस योग की हम चर्चा कर रहे हैं, उसका स्रोत पातंजलि का योगसूत्र ही है। महर्षि के द्वारा सुझाई गई योग साधना की सहायता से हम अपना लक्ष्य

पाने में कामयाब हो सकते हैं। एक साधन है तो दूसरा साध्य, ये दोनों एक-दूसरे के पूरक हैं—दोनों मतों का, दर्शनों का चोली दामन का साथ है। यहाँ हमारे लिए सबसे पहले यह जानना जरूरी है कि आखिर योग क्या है ? आपने कई प्रकार के योगों का नाम भी सुना ही है, जैसे—शुभ योग, धन योग, राज योग, परंतु क्या ये वास्तव में योग हैं ? असल में योग साधन एवं साध्य दोनों का प्रतिनिधित्व करता है। योग का अर्थ है—'मिलन' यानी आपके अंदर ऐसी क्षमता विकसित हो सके, जिससे आप 'कस्तूरी कुंडलि बसे' के अपने असली आंतरिक रूप को पहचान सकें। योग का मतलब है कि तन एवं बुद्धि से परे आप अपने अंदर के पुरुष को पहचान सकें। तन एवं हमारी बुद्धि कई प्रकार के दूषित विचारों से ग्रसित रहती है, आप अपने शरीर एवं बुद्धि को ही 'स्वयं' को समझने की भूल कर बैठते हैं। योग साधना के बल पर आप अपने तन, मन एवं मस्तिष्क के दूषित तत्त्वों की सफाई करने में कामयाब होते हैं। एक प्रसिद्ध कहावत है कि जब योगी सोता रहता है तो तब वास्तव में वह जाग्रत् अवस्था में रहता है, पर हम भोगी लोगों की तो बात ही कुछ और है। कहा जाता है कि जब योगी जागा रहता है तो वास्तव में यह सोता रहता है। योगाभ्यास से जब हमारा तन, मन एवं बुद्धि के नकारात्मक तत्त्व दूर होंगे तो तब हमारा तन भी स्वस्थ होगा, बुद्धि भी स्वस्थ होगी और सोच भी सकारात्मक होगी। तब बुरे विचार हमसे कोसों दूर भागेंगे एवं हमारा शरीर भी पुष्ट होगा, दिमाग भी दुरुस्त होगा एवं मन भी चंगा होगा। योग करने से दिमाग की शुद्धि होती है। योग साँस को संतुलित करने की प्रक्रिया है, जिसको हम साधारणत: 'प्राणयाम' के नाम से जानते हैं। आप योग का प्रयोग मनोवांछित फल प्राप्त करने के लिए कर सकते हैं। यह एक प्रकार की 'सफाई प्रणाली' है, जो आपके तन, मन, बुद्धि एवं आत्मा को शुद्ध रखती है।

अष्टांग योग

आजकल अनेकानेक योगों की चर्चा होती है, उनको करने के भी कई तरीके हैं, कई विधियाँ हैं; पर इन सबका आधार हमारा पुरातन अष्टांग योग ही है, जिसमें पाँच बाह्य एवं तीन आंतरिक योग क्रियाओं की चर्चा की गई है। इन योगों के निरंतर अभ्यास से आप अपने जीवन के चारों पुरुषार्थों की प्राप्ति कर सकते हैं, यानी धर्म, अर्थ, काम एवं आत्मबोध। यहाँ धर्म का असली अर्थ है—सही कार्यों को करना। पातंजलि ने योग के आठ भागों पर प्रकाश डाला है—

- **यम**—अहिंसा, ब्रह्मचर्य, सत्य बोलना एवं चोरी न करना।

- **नियम**—व्यक्तिगत अनुशासन जैसे शौच, तप एवं स्वाध्याय।
- **आसन**
- **प्राणायाम**—अपनी साँस पर नियंत्रण रखने की कला, इससे प्राणों का संचार होता है।
- **प्रत्याहार**—अपनी इंद्रियों को नियंत्रण में रखना।
- **धारण**—किसी चीज पर अपना ध्यान केंद्रित करना।
- **ध्यान**—प्रार्थना करना।
- **समाधि**—स्वयं के साथ एकाकार, स्वयं से मिलन यानी आत्मबोध।

उपनिषदों एवं भगवत् गीता में ग्यारह आसनों का वर्णन है, इनमें छह आसन प्रमुख हैं—

1. पद्मासन
2. दंडासन
3. सुखासन
4. मुद्रासन
5. स्वास्तिकासन
6. वज्रासन

प्राणयाम का सीधा मतलब है—साँस रोकना एवं छोड़ना, यानी अपनी साँस को नियंत्रित करना। महर्षि पातंजलि के निर्देशों के अनुसार आसन के बाद ही प्राणायाम किया जाता है।

जहाँ एक ओर महर्षि कपिल का सांख्य दर्शन बाहरी जगत् यानी प्रकृति एवं पुरुष के तात्त्विक स्वरूप का विवेचन करता है, वहीं योगशास्त्र भीतरी जगत् यानी चित्त एवं उसकी कृतियों की व्याख्या करता है। वास्तव में योगशास्त्र सांख्य का क्रियात्मक रूप है।

योग कई प्रकार के होते हैं, जैसे—हठयोग, विन्यास योग, कुंडलिनी योग, अष्टांग योग एवं जिह्वामुखी योग।

आसन भी कई प्रकार के होते हैं, इनकी संख्या एक सौ से भी अधिक है। हर आसन का अलग अपना विशेष महत्त्व है। कुछ आसन स्वास्थ्य के लिए बहुत उपयोगी होते हैं। जो व्यक्ति नित्य मत्सेंद्रासन करता है, उसे कभी भी शुगर की बीमारी नहीं होती है। शीर्षासन के कारण आपकी बुद्धि प्रखर होती है। शवासन से शरीर को सुकून मिलता है एवं आपको निंद्रादेवी अपने आगोश में ले लेती है। सुखासन में सारा

रोम-रोम आनंद में सराबोर हो जाता है—पद्मासन में ध्यान लगाने पर शांति प्राप्त होती है, यानी हर आसन करने पर हमें कुछ-न-कुछ प्राप्त होता है।

लगातार योगाभ्यास से हमें न केवल नई-नई बीमारियों से छुटकारा मिलता है, अपितु इसके कारण हमारी त्वचा दमकने लगती है। क्या आपने कभी योगियों के ललाट को देखा है? उनका ललाट प्रकाश की तरह दमकता रहता है, उनके माथे पर अलौकिक तेज रहता है। यदि आप नियमित योगाभ्यास करते हैं तो जोड़ों का दर्द काफूर हो जाता है। अनुलोम विलोम के नाम से तो हर भारतवासी परिचित है। मुन्ना भाई लगे रहो, की तरह यदि नियमपूर्वक आप अनुलोम-विलोम करते हैं तो आपको प्रदूषण से होनेवाले खतरों से निजात मिल जाएगी। यदि आपको ब्लड-प्रेशर की बीमारी है तो आप दाएँ नाक को अपनी अंगुली से दबाकर रखें एवं केवल बाईं नाक से साँस लें एवं छोड़े। विश्वास कीजिए, आपको उच्च रक्तचाप की बीमारी से स्वतः ही छुटकारा मिल जाएगा। जो कार्य विश्व के चिकित्सा जगत् के बड़े-बड़े तथाकथित लोग नहीं कर पाए, वह योग की बदौलत स्वतः ही सिद्ध हो जाता है, इससे बड़े-बड़े काम करवाए जा सकते हैं। आपका ब्लड प्रेशर इस योगाभ्यास के कारण हमेशा कंट्रोल में रहेगा। शर्त एक ही है कि इस अभ्यास को प्रतिदिन करना होगा। आप यदि नित्य कपाल-भाति करते हैं तो आपकी किडनी हमेशा स्वस्थ रहेगी, तंदुरुस्त रहेगी एवं आपकी आधी बीमारियाँ स्वयं ही काफूर हो जाएँगी।

रोज कुछ शारीरिक व्यायाम हो और साथ ही कुछ योग क्रिया की जाए तो आपका तन भी बलिष्ठ होगा, दिमाग स्वस्थ होगा, आत्मा शुद्ध रहेगी एवं आपका जीवन आनंदमय हो जाएगा। भारत देश ने योग एवं आयुर्वेद के माध्यम से मानव जगत् को अनमोल सौगातें प्रदान की हैं। आइए? हम सब मिलकर योग के ज्ञान से, योग के अभ्यास से स्वयं को वीर्यवान बनाए, तेजवान बनें, यहीं अपेक्षा है, कामना है।

हाँ, हमारे लिए यह जानना भी जरूरी है कि आखिर वे क्या तथ्य हैं, जिनके कारण योग को व्यायाम की तुलना में ऊँचा दर्जा प्राप्त है। यहाँ हम उन वैज्ञानिक पैमानों की बात कर रहे हैं, जिनके कारण योग को देवत्व से महिमामंडित किया गया है।

- व्यायाम करने पर ऑक्सीजन की खपत बढ़ती है, इसके विपरीत योग करने पर ऑक्सीजन की खपत सामान्य से भी कम हो जाती है।
- व्यायाम करने पर शरीर का तापमान बढ़ जाता है, परंतु योग करने पर शरीर का तापमान कम हो जाता है।

- यौगिक क्रियाओं से आंतरिक चेतना जाग्रत् होती है, परंतु व्यायाम करने से यह संभव नहीं है।
- योग आपको नए परिपेक्ष्य में ढालने की क्षमता रखता है, पर व्यायाम के यह वश की बात है ही नहीं।
- योग की मदद से सकारात्मक दृष्टिकोण विकसित होता है।
- व्यायाम करने पर विषाक्त पदार्थ पैदा होते हैं, परंतु योग की सहायता से विषाक्त पदार्थ बाहर निकलते हैं।
- व्यायाम करने पर रक्तचाप एवं हृदय की धड़कनें बढ़ जाती हैं, पर योग करने पर यह दोनों कम हो जाते हैं।
- व्यायाम करने पर मेटाबोलिक दर बढ़ जाती है, योग से कम होती है।

हमारा देश सनातन काल से ही योगियों का देश रहा है। आइए! हम सब मिलकर अपने पूर्वजों के बताए मार्ग का अनुसरण करते हुए एक योगी के सदृश जीवन जिएँ, जिससे हमारा जीवन रसमय बना रहे।

□

प्रथम परखनली शिशु की उत्पत्ति

यह सत्य है कि आधुनिक युग में दुनिया के प्रथम परखनली शिशु (टेस्ट ट्यूब बेबी) का जन्म 25 जुलाई, सन् 1978 में हुआ था। उस शिशु का नाम जॉय ब्राउन था, यह सारी दुनिया के लिए एक चौंकाने वाली खबर थी। मेडिकल साइंस

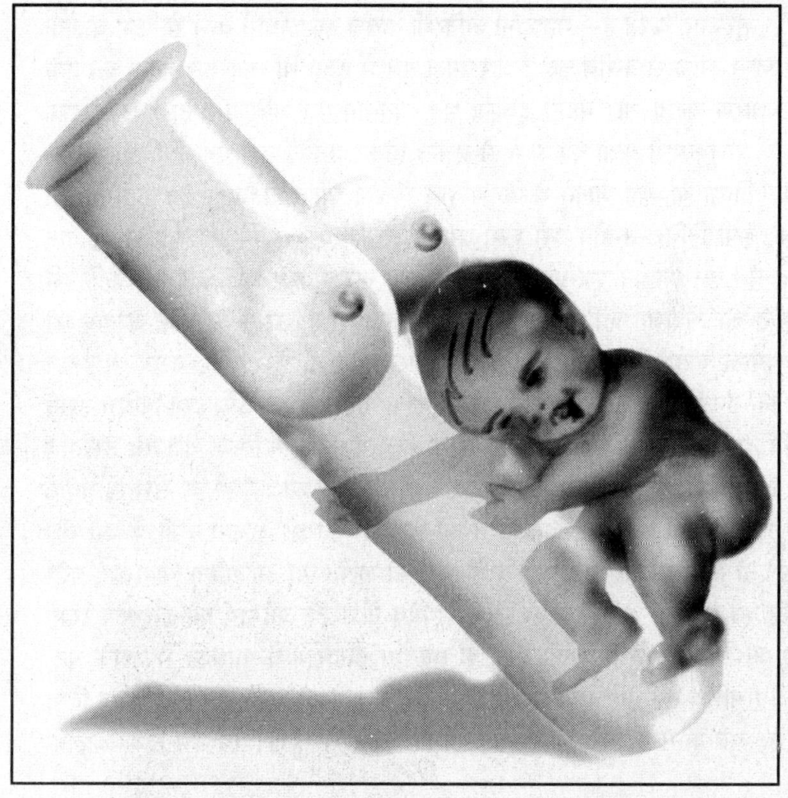

के क्षेत्र में यह एक बेमिसाल कामयाबी थी। इस खोज से दुनिया की कई भावी माताओं की उम्मीदें जाग्रत् हो गई थीं, परंतु क्या यह खोज, यह सफलता विश्व की पहली सफलता थी? हजारों सालों से शायद कौरव माता गांधारी की तरह हमारी आँखों पर एक काली पट्टी बँधी थी—हम स्वयं के इतिहास को मात्र एक कपोल-कल्पित पौराणिक कथा या कहानी ही समझने की भूल करते आ रहे हैं या हम सत्य को शायद जानना ही नहीं चाहते हैं। हम तो इतिहास को, अपने महान् कारनामों को किसी दैवी कृपा का फल मात्र समझने की मूर्खता करते आए हैं, परंतु विज्ञान की आधुनिक खोजों से, आविष्कारों से, कारनामों से, कामयाबियों से अब हमें आभास होता है कि आज के युग का विज्ञान शायद ऊँचाइयों के उस सोपान तक नहीं पहुँच पाया है, जहाँ हमारे पुरातन विज्ञान ने अपनी पताकाएँ फहराई थीं। जरा मुड़कर अपने अतीत में झाँकें और उन रहस्यों पर से परदा उठाएँ, जो अब तक पौराणिकता के नाम पर केवल हमारी कोरी कल्पना से ही अलंकृत थे।

शुरुआत करते हैं—महादानी अतिरथी कवच कुंडलधारी कर्ण से, उस बालक का जन्म आज से करीब छह हजार साल पूर्व में हुआ था, यह उस काल की एक असाधारण घटना थी। महर्षि दुर्वासा भूत, वर्तमान एवं भविष्य द्रष्टा थे और इसी कारण राजकुमारी कुंती की सेवा से प्रसन्न होकर उन्होंने उसे एक विचित्र महामंत्र प्रदान किया था, वह जानते थे कि भविष्य में क्या घटित होनेवाला है। कुंती माँ बन सके, इसी निमित्त उन्होंने उसे ऐसा वरदान दिया था, जिसकी सहायता से वह मन चाहे देव का आह्वान पुत्र प्राप्त करने के लिए कर सकती थी। कुंती को ऋषि की ताकत का अंदाजा नहीं था, तब कुँवारी अवस्था में ही उसने ऋषि के वरदान को आजमाना चाहा था। ब्रह्मांड का सबसे तेजस्वी देव तो सूर्य ही है, उसने भी इच्छा की कि उनकी तरह ही वह किसी दिव्य बालक की माता बने और इसी निमित्त उसने ऋषि द्वारा प्रदान उस महामंत्र के जरिए सूर्यदेव का आह्वान किया था। तब उस मंत्र के प्रभाव से सूर्यदेव अपने समस्त तेज एवं वैभव के साथ कुंती के सम्मुख प्रकट हुए थे एवं कुंती को पुत्र प्रदान करने की पेशकश की थी, बेचारी कुंती कुँवारी थी। उसने तो निमित्त जिज्ञासावश ऋषि के मंत्र की शक्ति को आजमाना चाहा था, परंतु ऋषि का वरदान कैसे निष्फल होता, सूर्यदेव ने उसके कौमार्य को अक्षुण्ण रखते हुए, अपने शरीर के वीर्य को कुंती के बदन के ब्रह्मरंध्रों के माध्यम से उसके पेट, यानी गर्भाशय तक पहुँचाया था, तब सूर्यदेव ने कुंती को एक और आश्वासन दिया था कि पुत्र जन्म के बाद भी उसका कौमार्य अक्षुण्ण रहेगा। तब उस दिव्य बालक

का जन्म योनिद्वार के बजाय उसके कान से हुआ था और इसी कारण उसका नाम कर्ण पड़ा था। वह महाभारत काल का पहला परखनली शिशु था। कुंती के पति पांडु को ऋषि का शाप था, जब कभी वह किसी स्त्री से सहवास करने की चेष्टा करेगा तो निश्चित ही उसे मृत्यु का वरण करना पड़ेगा। इसी कारण पांडु कुमार से विवाह के उपरांत पति की शह पर उसने अपने मन पसंद तीन देवों का अलग-अलग समय पर आह्वान किया था और तब उनकी कृपा से उसे तीन वरदानी पुत्रों की माता बनने का सौभाग्य प्राप्त हुआ था। उसने अपनी बहन माद्री को जो पांडु की दूसरी पत्नी थी, को भी ऋषि द्वारा प्रदत्त महामंत्र प्रदान किए थे, जिसके फलस्वरूप माद्री दो पुत्रों की माँ बन पाई थी।

महाभारत काल में ही बलराम के जन्म का रहस्य भी एक अविस्मरणीय घटना थी। शिशु बलराम अपनी माँ देवकी के गर्भ में थे तो उन्हें मामा कंस से बचाने के लिए संकर्षण विधि द्वारा माँ के गर्भ से निकालकर रोहिणी के गर्भ में स्थापित किया गया था। ऐसी घटना 'न भूतो, न भविष्यति' यानी न तो इससे पहले घटी थी और न भविष्य में इसकी संभावना है। आज के विज्ञान के बूते की तो यह बात है ही नहीं कि वह संकर्षण के द्वारा एक शिशु को माँ के गर्भ से निकालकर दूसरी स्त्री के गर्भ में स्थापित कर पाए।

महाभारत काल एवं मानव सभ्यता के प्रथम आचार्य वेदव्यास का जन्म भी एक रहस्यमयी गुत्थी है। कहते हैं कि एक समय महान् कृषि वैज्ञानिक ऋषि पाराशर एक नदी में नौका विहार कर रहे थे। उस नौका को मत्स्यगंधा नाम की एक कुँवारी कन्या चला रही थी। ऋषि उसकी सुंदरता पर मर मिटे थे और तब उनके मन में खयाल आया था कि यही सुंदरी उनके बालक की माँ बनने के योग्य है। कन्या कुँवारी थी, तब ऋषि ने उसके कौमार्य को भंग किए बगैर उसे अपने वीर्य से गर्भवती बनाने का सौभाग्य प्रदान किया था। वीर्य को युवती के उदर में पहुँचाते समय कोई अन्य प्राणी इस पद्धति एवं दृश्य को न देख पाए, इस कारण उन्होंने अपने तपोबल से आकाश मंडल को घनघोर कोहरे से ढक लिया था। दोनों के वीर्य से पैदा हुए भ्रूण को ऋषि ने कलश में अनेक रसायनों के साथ सुरक्षित रखा था एवं उस कलश को अपने साथ ले गए थे। तब मत्स्यगंधा से प्रसन्न होने के फलस्वरूप ऋषि ने उसे वरदान दिया था कि उसके बदन से हमेशा एक दिव्य सुगंध निकलती रहेगी और तब उस सुगंध के कारण कोसों दूरी तक सारा वातावरण सुगंधित हो जाएगा। बाद में यही परम सुंदरी मत्स्यगंधा रानी सत्यवती के नाम से जगत् में प्रसिद्ध हुई थी। ऋषि प्रवर

ने जड़ी-बूटियों एवं रसायनों की मदद से कलश में रखे भ्रूण से अपने एवं मत्स्यगंधा के बालक को विकसित किया था, यही बालक विश्व का प्रथम आचार्य हुआ था एवं 'वेदव्यास' के नाम से जग में विख्यात हुआ था।

स्वयं आचार्य वेदव्यास एक महान् वैज्ञानिक भी थे। शायद पिता पाराशर ने भी उन्हें परखनली शिशु से अधिक विकसित विधि का पुत्र को ज्ञान प्रदान किया था। माता गांधारी प्रसव थी, परंतु दो साल बीत जाने पर भी वह शिशु गर्भावस्था में ही उदर के अंदर ही रहा। उधर कुंती ने युधिष्ठिर को जन्म देकर उसके युवराज के पद पर आरुढ़ होने का रास्ता प्रशस्त कर दिया था, तब बेचारी गांधारी करती भी तो क्या करती। उसने तब झल्लाहट में अपने ही पेट पर मुष्टि प्रहार करना प्रारंभ कर दिया था। उसकी पुष्टि प्रहार का आघात इतना अधिक था कि उसके उदर से एक मांस पिंड बाहर निकल गया था। राज्य में तब सर्वत्र हाहाकर मच गया था। बात आचार्य वेदव्यास के कानों तक पहुँची और उन्होंने धृतराष्ट्र को ढाढ़स प्रदान किया था। ऋषि ने उस मांस पिंड के सौ टुकड़े किए थे एवं उन्हें कुछ रसायनों एवं जड़ी बूटियों के साथ अलग-अलग घड़ों में रखकर जमीन के अंदर गाड़ दिया था। ऋषि ने राजा को आश्वस्त किया था कि एक साल पूरा होने पर इन्हीं घड़ों से सौ कौरव राजकुमारों का प्रादुर्भाव होगा। राजा एवं रानी एक कन्या पाने की भी मंशा रखते थे, उनकी प्रार्थना पर ऋषि ने एक घड़े में रखे हुए मांस के पिंड के दो भाग कर दिए थे, दूसरे भाग को भी एक घड़े में रखकर जमीन के अंदर रख दिया था। ऋषि के वचनों के अनुसार एक साल पूरा होने पर इन घड़ों से सौ नन्हे राजकुमार शिशुओं का जन्म हुआ था, साथ ही एक घड़े से बालिका का जन्म हुआ था, जो दुशाला के नाम से विख्यात हुई। आज के विज्ञान ने भी हमारे अतीत से प्रेरणा लेकर 'स्टीम सेल तकनीक' से शिशु पैदा करने के नए तरीके आयाम कर दिए हैं, परंतु उन्हें भी हमारे प्राचीन स्तर तक पहुँचने के लिए न जाने कितने हजारों वर्ष लग जाएँ या शायद ही वह इस मुकाम तक पहुँच पाएँ।

महाभारत काल से भी हजारों, लाखों साल पहले देवताओं के सेनापति कार्तिकेय के जन्म की घटना भी विज्ञान की पराकाष्ठा थी। ऐसा मत है कि एक बार शिव-पार्वती, जब गंधमादन पर्वत पर एक-दूसरे में खोए हुए थे तो उसी समय देवताओं की शह पर अग्निदेव ने भिक्षु के रूप में उस स्थान पर प्रवेश किया था। महाशिव एवं शिवा एक-दूसरे के सौंदर्य में खोए हुए थे, तब उस भिक्षु ने माँ पार्वती से अपनी हथेली आगे कर भिक्षा देहि, यानी भिक्षा माँगी थी, तब पार्वती ने वहाँ जमीन पर गिरे

हुए शिव के वीर्य में से एक बूँद वीर्य निकालकर अग्निदेव की हथेली पर रखा था। तब अज्ञानवश अग्निदेव ने उस वीर्य की बूँद को निगल लिया था, जिसके कारण अत्यधिक गरमी से उसका बदन ताप से झुलसने लगा था, जो अग्निदेव समस्त ब्रह्मांड को अपनी अग्नि से जलाने की क्षमता रखता था, वह शिव के एक बूँद वीर्य से तपने लगा था, झुलसने लगा था। उसकी दयनीय स्थिति एवं प्रार्थना पर शिव ने उस पर कृपा की थी एवं राय दी थी कि वह राह में मिलने वाली पहली स्त्री के गर्भ में इस वीर्य को पहुँचाएँ। रास्ते में जब अग्निदेव एक तालाब के किनारे बैठे थे तो इतने में उन्हें तालाब में स्नान करती हुई छह कीर्तिकाएँ दिखाई दी थीं। जब वह तालाब से स्नान कर अग्निदेव के समीप आ रही थीं तो ठंड से उनका सारा बदन ठिठुर रहा था। उन्हें देखकर जैसे अग्निदेव के मन की मुराद पूरी हो गई थी। उन्होंने अपने तेज से शिव के वीर्य को अपने उदर से निकालकर ब्रह्मरंध्रों के द्वारा उन छह कीर्तिकाओं के उदर में पहुँचाया एवं तब वह उस प्रचंड ताप से मुक्ति पा सके थे। आश्चर्यजनक रूप से वह छह-की-छह कीर्तिकाएँ कुछ समय पश्चात् गर्भवती हो गई थीं, परंतु जब उनके पतियों को यह ज्ञात हुआ कि उनकी पत्नियाँ किसी अन्य पुरुष का गर्भ धारण किए हुए हैं तो उन्होंने उन्हें तारा बनने का शाप दे दिया था। तारा बनने से पूर्व वे छह कीर्तिकाएँ हिमालय क्षेत्र की मंदाकिनी घाटी के समीप पहुँची थीं। वहाँ नदी के किनारे कुछ औषधियुक्त पत्तों का जंगल था, उन्होंने उसी पत्तों वाले स्थान पर अपने पेट के भ्रूणों को जन्म दिया था। तब उन औषधियुक्त पत्तों के संपर्क में आने पर छह मुखी बालक कार्तिकेय का जन्म हुआ था। वास्तव में वह छह भ्रूण आपस में मिल गए थे एवं तब कार्तिकेय का इस धरा पर एक शिशु के रूप में आगमन हुआ था। यह सारा वृत्तांत स्कंद पुराण में लिखा हुआ है। महाभारत काल के द्रुपद पुत्र धृष्टद्युम्न एवं उसकी बहन द्रौपदी के जन्म का रहस्य भी प्राचीन भारत के विज्ञान की पराकाष्ठा थी। राजा द्रुपद अपने बचपन के मित्र गुरु द्रोण से अपने अपमान का बदला लेना चाहता था। उसने एतदर्थ संकल्प किया था कि उसका एक ऐसा महापराक्रमी पुत्र पैदा हो जो द्रोण का वध कर सके। तब अपने संकल्प की पूर्ति के लिए उसने सारे देश का भ्रमण किया था, जिससे वह किसी ऐसे महान् वैज्ञानिक की खोज कर पाए, जिसकी सहायता से उसे एक प्रतापी पुत्र प्राप्त हो सके। अंततः वह अपनी इस खोज में सफल रहा था। वह पहले जग नामक ऋषि के पास पहुँचा था, जो परखनली विधि से शिशु पैदा करने में महारत रखते थे, परंतु उन्होंने द्रुपद द्वारा सुझाए गए यज्ञ विधि द्वारा बच्चा पैदा करने के काम को अनैतिक कार्य

करार दिया था। तब द्रुपद उसी ऋषि के कनिष्ठ भ्राता उपजय नामक वैज्ञानिक ऋषि के पास गया था। राजा की वेदना को समझते हुए, उस महान् ऋषि ने पुत्र प्राप्ति हेतु यज्ञ प्रारंभ कर दिया था। सबसे पहले उसने यज्ञ की पवित्र अग्नि की सहायता से राजा के वीर्य का शुद्धीकरण किया था, तब उन्होंने उस वीर्य को एक कलश में संग्रह कर रानी के उदर में योनि मार्ग से डालना चाहा था, परंतु रानी को यह विधि लज्जाजनक लगी एवं वह वीर्य धारण करने के लिए आना-कानी करने लगी थी। तब उस यशस्वी ऋषि ने कलश के वीर्य को योनिमार्ग से गाय के गर्भाशय में पहुँचाया था, तब गाय एवं राजा के वीर्य के संयोग से गाय के पेट से एक शिशु के भ्रूण की उत्पत्ति हुई थी। ऋषि ने गाय के पेट से निकले उस भ्रूण को यज्ञ कुंड के ऊपर एक कलश में रख दिया था। तब यज्ञकुंड के ऊपर रखे उस कलश से महारथी धृष्टद्युम्न एवं महातेजस्वनी द्रौपदी का जन्म हुआ था। यही द्रुपद पुत्र महाभारत युद्ध में पांडवों की सेना के सेनानायक थे। इसी द्रुपद पुत्र ने अपनी तलवार से गुरु द्रोण के मस्तक को उनके धड़ से अलग किया था।

रामायण काल की इसी संदर्भ वाली एक घटना भी कम चौंकाने वाली नहीं है। लंकादहन के पश्चात् वीर हनुमान अपनी पूँछ की आग बुझाने समुद्र में कूद पड़े थे। पूँछ की आग की तपन के कारण उस बाल ब्रह्मचारी की वीर्य की बूँद एक मछली के मुँह में पड़ गई थी। पाताल लोक के राजा अहिरावण ने रावण की प्रार्थना पर राम एवं लखन को छल से अपहरण कर लिया था एवं उन्हें अपने लोक में बंदी बना दिया था। तब हनुमान उन दोनों की खोज में पाताल लोक पहुँचे थे। परंतु वहाँ पाताल लोक के द्वार पर एक अत्यधिक शक्तिशाली वीर पहरा दे रहा था। उसका ऊपर का शरीर मानव का था एवं नीचे का शरीर मछली के रूप जैसा था। उस शक्तिशाली वीर ने हनुमान को प्रवेश करने से रोका था। परंतु जब हनुमान ने उससे उसका परिचय पूछा तो उसने स्वयं को वीरवर हनुमान का पुत्र बताया था, उसी का नाम मकरध्वज था। तब पिता-पुत्र में भयंकर युद्ध हुआ था, पुत्र को हराकर हनुमान ने राम-लखन को अहिरावण की कैद से मुक्त किया था। अहिरावण वध के पश्चात् राम, लखन एवं हनुमान ने मकरध्वज को पाताल लोक के सिंहासन का स्वामी बनाया था। यह आज के विज्ञान के शोध का विषय है। यह कोई कोरी गप्प नहीं है, अपितु हमारे इतिहास का सच है, हमारे स्वर्ण युग की उपलब्धि है।

□

परमाणु संपन्न प्राचीन भारत

हम सब जानते हैं कि द्वितीय विश्वयुद्ध की समाप्ति दो परमाणु बमों के धमाके से हुई थी। जापान देश के हिरोशिमा एवं नागासाकी शहर कुछ ही क्षणों में नेस्तनाबूद हो गए थे। इन विनाशकारी बमों के जनक थे—अमेरिका के प्रसिद्ध परमाणु वैज्ञानिक रॉबर्ट ओपेनहाइमर, जो अति गोपनीय प्रोजेक्ट मैनहटन के डायरेक्टर थे। 16 जुलाई, सन् 1945 में इसी महाशय के नेतृत्व में न्यू मैक्सिको नामक स्थान पर पहला एटमी परीक्षण किया गया था। उस समय वहाँ उपस्थित पत्रकारों ने जब उस वैज्ञानिक से यह सवाल किया था कि क्या यह इस विश्व का पहला एटमी परिक्षण है, धमाका है तो क्या आप जानते हैं कि उस महान् वैज्ञानिक ने उनके सवाल का क्या जवाब दिया था। उसने तब पत्रकारों से कहा था कि यह आधुनिक समय का प्रथम परमाणु परीक्षण है, परंतु इस एटमी धमाके को अपनी आँखों से देखने पर उसके जेहन में गीता के वे बोल याद आ रहे थे, जिसमें कहा गया है कि मैं मृत्यु के समान अत्यंत भयानक हूँ,

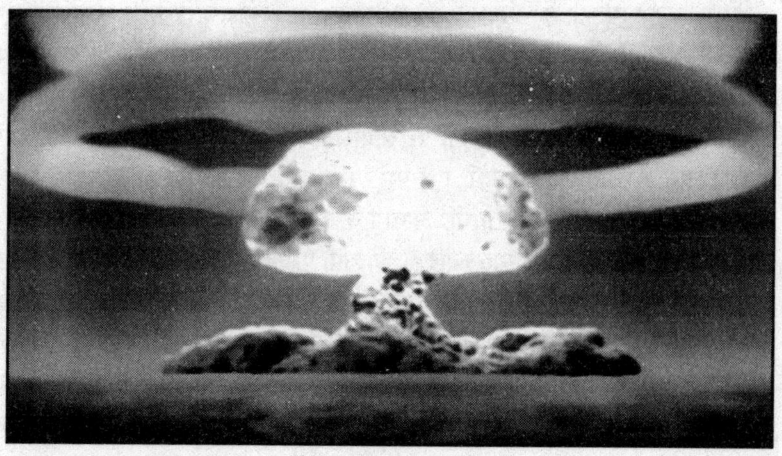

मैं सृष्टि की समस्त चीजों को नष्ट करने में समर्थ हूँ, मेरे पराक्रम से शत्रु का कोई भी योद्धा बच नहीं पाएगा। उस महान् अमेरिकन वैज्ञानिक ने गीता के गूढ़ मर्म को आत्मसात् किया था। गीता के इन वचनों से परमाणु बम की भयानकता का अंदाजा लगता है। उसने पुनः कहा था कि जैसे आकाश में हजारों सूर्य फट गए हों, ऐसा ही था—वह एटमी धमाका एवं कुछ ऐसा ही हमारे प्राचीन ग्रंथों में भी लिखा हुआ है। निम्न श्लोक में इस एटमी ताकत की भयानकता का विवरण है—

कालोऽस्मि लोकक्षयकृत्प्रवृद्धो
लोकान् समाहर्तुमिह प्रवृत्तः।
ऋतेपि त्वां न भविष्यन्ति सर्वे
ये वास्थिताः प्रत्यनीकेषु योद्धाः॥

उस महान् अमेरिकन वैज्ञानिक के कथन से दुनिया के तमाम वैज्ञानिकों की आँखें खुली-की-खुली रह गई थीं। स्वयं हम भारतवासी जिन बातों को पौराणिक किस्से एवं कहानियों के रूप में समझते थे, वे वास्तव में यथार्थ वैज्ञानिक चमत्कार थे, तब इस देश के वैज्ञानिकों ने जिन्हें हम प्रायः ऋषियों के नाम से जानते हैं, मानव कल्पना के भी परे वैज्ञानिक आविष्कार किए थे। आप सबने ब्रह्मास्त्र का नाम तो सुना ही है, कहते हैं कि जब कोई ब्रह्मास्त्र का अनुसंधान करने लगते थे तो पर्वत काँपने लगते थे, समुद्र हिलोरे लेने लग जाता था, आकाश में बिजली कड़कने लगती थी, तब ऐसा प्रतीत होने लगता था कि सृष्टि का विनाश निश्चित है। वास्तव में हमारे अमर साहित्य, ग्रंथ एवं इतिहास में वर्णित ये ब्रह्मास्त्र उस जमाने के एटमी बम थे, अणुबम थे, परमाणु बम थे, हाइड्रोजन बम थे। महाभारत नामक ग्रंथ में इन विनाशकारी अस्त्रों के बारे में विस्तृत वर्णन मिलता है। ब्रह्मास्त्र रॉकेट लॉन्चर या मिसाइलों के द्वारा अत्यधिक वेग से अपने लक्ष्य की ओर छोड़े जाते थे। इनके धमाकों से हजारों सूर्यों के प्रकाश के समान प्रकाश सारे नभ-मंडल में फैल जाता था। ब्रह्मास्त्र की ध्वनि मात्र से पृथ्वी में कंपन होने लगता था। जिन स्थानों पर ब्रह्मास्त्रों का धमाका होता था, वहाँ की सारी चीजें नष्ट हो जाती थीं। आदमी एवं पशु-पक्षी यदि बचे भी रहे तो पहचान में नहीं आते थे, जमीन बंजर हो जाती थी, आदमी के बाल साफ हो जाते थे, नाखूनों का रंग बदल जाता था। आज हम मोहनजोदड़ो की वर्षों पुरानी सभ्यता की बात करते हैं, जहाँ की सभ्यता आसमान की बुलंदियों को छूती थी, शायद एटमी शस्त्रों के कारण ही उस समृद्ध सभ्यता का अंत हुआ था। यहाँ खुदाई करने पर रेडिएशन पाया गया है, जो इस बात का सबूत है कि एटमी हथियारों के प्रयोग से इस सभ्यता का नाश हुआ था। महाभारत महाकाव्य में ब्रह्मास्त्र की भयानकता के बारे में वर्णन किया गया है कि यह

अस्त्र सारे विश्व को मटियामेट करने में सक्षम था। इसके प्रयोग करने पर भयानक ध्वनि पैदा होती थी एवं आकाशमंडल धुआँ एवं आग की लपटों से घिर जाता था।

परंतु इन ब्रह्मास्त्रों का ज्ञान अत्यंत गोपनीय रखा जाता था, साथ ही साधारण परिस्थितियों में इनका प्रयोग वर्जित था। इनका प्रयोग सत्य की रक्षा के लिए अंतिम हथियार के बतौर किया जाता था। गुरु इस अस्त्र का गोपनीय ज्ञान केवल सुपात्र को ही देते थे। यही कारण है कि महाभारत युद्ध के पश्चात् यह गुप्त ज्ञान लुप्त हो गया था। पर आज हम पुनः एक एटमी ताकत बन गए हैं, परंतु अफसोस, हम दुनिया की महाशक्तियों की तुलना में अभी भी काफी पीछे हैं। अपने देश की आन, बान, शान एवं अक्षुणता के लिए आज हमें जरूरत है कि हम अपने अतीत के रहस्यमयी एटमी फार्मूलों पर रिसर्च करें तो निस्संदेह हम दुनिया की सबसे बड़ी एटमी ताकत बन जाएँगे। एटमी ताकत बनने के साथ-साथ लक्ष्मण रेखा की तरह हमें अपनी सीमाओं को सुरक्षित रखने के लिए ऐसे हथियारों का निर्माण करना है, जिससे दुश्मन के परमाणु शस्त्र निरस्त हो सके। ब्रह्मर्षि वसिष्ठ ने एक ब्रह्म दंड के बूते पर विश्वामित्र द्वारा छोड़े गए ब्रह्मास्त्र को जला डाला था, यानी तब हमारे महान् ऋषि वैज्ञानिकों के पास एटमी हथियारों का तोड़ उपलब्ध था।

हमारा पुरातन विशाल भारत केवल ब्रह्मास्त्रों से लैस ही नहीं था, अपितु हमारे वैज्ञानिकों के पास इन अस्त्रों को निरस्त करने का भी ज्ञान था। आइए! हम अपने अतीत के उन स्वर्णिम लम्हों को याद करें, जिनके कारण तब एवं अब सारा विश्व गौरवान्वित हो रहा है। हमारे पास ब्रह्मास्त्र, पाशुपत अस्त्र, नारायण अस्त्र, ब्रज, वरुण अस्त्र, अग्नि अस्त्र, नाग अस्त्र, नागपाश, वायु अस्त्र, सम्मोहन अस्त्र, मोहिनी अस्त्र, पर्वत अस्त्र, वैष्णवी अस्त्र, शिव धनुष एवं त्रिशूल एवं चंद्रहास समान तलवार अस्त्र थे। ये कोई साधारण अस्त्र नहीं थे, इनकी मारक क्षमता अचूक थी। यह शस्त्र साधारण अस्त्रों की तरह आपके तूणीर में रहते थे या गुप्त रहते थे, जिन्हें समय आने पर अभिमंत्रित किया जाता था। अश्वत्थामा ने तो एक तिनके को अभिमंत्रित कर उसे ब्रह्मास्त्र के रूप में छोड़ा था। अभिमंत्रित होने पर साधारण से दिखनेवाले अस्त्र भी एटमी ताकत से असाधारण हो जाते थे। एक और अन्य विशेषता भी थी, यह अस्त्र लक्ष्य भेदन के पश्चात् पुनः आपके पास वापस आ जाते थे।

ब्रह्मास्त्र से चार गुणा अधिक शक्तिशाली अस्त्र था ब्रह्मशीर्ष अस्त्र, ऐसी मान्यता है कि इस अस्त्र का ज्ञान केवल परशुराम एवं गुरु द्रोण को था। ऐसे कहा जाता है कि महाभारत युद्ध का अंत गुरु द्रोण इसी भयानक अस्त्र की सहायता से करना चाहते थे, पर सप्तर्षियों के मना करने पर उन्हें अपना इरादा बदलना पड़ा था। सप्तर्षियों ने गुरु

द्रोण को समझाया था कि इस अस्त्र का प्रयोग मर्यादा के विरुद्ध है, इसी कारण प्राचीन काल में इस अस्त्र का कभी भी प्रयोग नहीं किया गया था। महाभारत में वर्णन किया गया है कि जब दो ब्रह्मास्त्र आकाश में एक-दूसरे से भिड़ते हैं तो सूर्य के गोले के समान एक विशाल एवं ज्वलंत गोला बनता है, जो पृथ्वी, आकाश, समुद्र एवं समस्त ब्रह्मांड को कवर कर लेता है, घेर लेता है। इस भू-मंडल पर शायद सबसे पहले परम प्रतापी सम्राट् विश्वामित्र ने ब्रह्मर्षि वसिष्ठ पर ब्रह्मास्त्र का प्रयोग किया था। वास्तव में उस शक्तिशाली राजा के समस्त सैनिकों को नंदिनी गाय से प्रकट कुछ सैनिकों ने धराशायी कर दिया था, तब राजा इस जिल्लत को बरदाश्त नहीं कर सका था और तब उसने अपने अनेकानेक अस्त्रों से यानी भाला, तलवार, तीर, गदा से ध्यानमग्न उस ऋषि प्रवर की प्राण लीला समाप्त करनी चाही थी, परंतु धन्य थे वह ब्रह्मर्षि जिनके एक साधारण काष्ठ दंड ने राजा के समस्त हथियारों को जैसे निगल लिया था। इस दोहरे अपमान से राजा तिलमिला गया था एवं तब उसने अपना विवेक खो दिया था। मरता क्या न करता, अपनी झूठी शान के लिए उसने निहत्थे ध्यानमग्न ब्रह्मर्षि पर ब्रह्मास्त्र छोड़ दिया था, पर तब एक महान् घटना हुई थी, उस ब्रह्मास्त्र ने ब्रह्मर्षि को समाप्त करने के बजाय उनकी प्रदक्षिणा की और यह अस्त्र स्वयं ही प्रभावहीन हो गया था। राजा कौशिक का मान-मर्दन हो गया था, तब सारा राजपाठ त्यागकर जंगल में एक तपस्वी की तरह दिव्यास्त्रों के शोध में लग गया था। यही राजा बाद में ऋषि विश्वामित्र के नाम से जग में प्रसिद्ध हुए। इनके शोध से घबराकर देवताओं ने एक षड्यंत्र रचा एवं परम सुंदरी अप्सरा मेनका को ऋषि के कार्य में व्यवधान डालने के लिए भेजा। ऋषि तो आखिर थे एक मानव, उस रूपसी के जाल में फँस गए एवं अपने होश खो बैठे थे। परंतु भारतवर्ष के लिए उस ऋषि एवं अप्सरा का मिलन एक वरदान साबित हुआ। उन्हीं की पुत्री शकुंतला ने भारत को एक चक्रवर्ती सम्राट् प्रदान किया था। उसी चक्रवर्ती राजा भरत के नाम पर हमारे देश को भारतवर्ष के नाम से विभूषित किया गया था। इसी महान् ऋषि ने पुन: वर्षों के शोध के पश्चात् ब्रह्मशीर्ष एवं ब्रह्म दंड जैसे अस्त्रों का सृजन किया था, जो ब्रह्मास्त्र से कहीं अधिक शक्तिशाली एवं भयानक थे। इसी महामुनि ने राम एवं लखन को जिम्मा सौंपा था कि इस अति गोपनीय शोधशाला की वह बाहरी आक्रमणों से रक्षा कर सकें, जिससे उनका ध्यान अपने शोध एवं आविष्कारों पर ही केंद्रित रह सके। दोनों राजकुमारों के समर्पित भाव से प्रसन्न होकर उस महामुनि ने उन्हें समस्त गोपनीय अस्त्र प्रदान किए थे। इसी महामुनि ने मंत्रों में श्रेष्ठ गायत्री मंत्र का सृजन किया था, तब उनके प्रयासों

से प्रसन्न होकर ब्रह्मर्षि वसिष्ठ ने विश्वामित्र को ब्रह्मर्षि के पद से विभूषित किया था। ऐसी मान्यता है कि गायत्री मंत्र में ब्रह्मास्त्र को अभिमंत्रित करने की क्षमता है। कहते हैं कि यदि आप शुद्ध रूप से गायत्री मंत्र का उल्टा जाप करने में कामयाब हो जाएँ तो ब्रह्मास्त्र के अनुसंधान करने की कुंजी आपके हाथों में आ जाएगी। इसी मंत्र में ब्रह्मास्त्र को अनुसंधान करने की कुंजी निहित है।

अमर काव्य रामायण इतिहास का प्रथम गीतिकाव्य है। रामायण में वर्णन आता है कि राम ने लंका जाने के लिए समुद्र को सोखने के लिए ब्रह्मास्त्र का अनुसंधान किया था, परंतु तब वरुणदेव प्रकट हुए थे और उन्होंने राम से प्रार्थना की थी कि वह समुद्र सोखने का इरादा त्याग दें; क्योंकि जिस निमित वह समुद्र सुखाना चाहते थे, उसका हल तो स्वयं उनके पास था। तब वरुण ने उन पर यह रहस्य प्रकट किया था कि उनकी सेना में नल एवं नील नामक दो महान् इंजीनियर थे, जो समुद्र में पुल बाँधने की कला में निष्णात थे। पर धनुष पर तीर चढ़ चुका था, अस्तु वरुण के अनुरोध पर उन्होंने उस ब्रह्मास्त्र को उत्तर दिशा की ओर छोड़ दिया था, तब वह ब्रह्मास्त्र आज के राजस्थान नामक राज्य के एक भाग पर गिरा था। राजस्थान का वह बड़ा हरा-भरा क्षेत्र रेगिस्तान में तब्दील हो गया था। उधर नल एवं नील ने श्वेतबंधु रामेश्वर से लंका तक तीस किलोमीटर पुल का निर्माण किया था, जिसे हम सेतु समुद्रम के नाम से जानते हैं। यह विश्व का पहला समुद्री पुल था, जिसके अवशेष आज भी विद्यमान हैं। संयोगवश इसी राजस्थान की धरती पर भारत ने अपने पहले दो परमाणु परीक्षण किए हैं, जो पोखरण परमाणु परीक्षण के नाम से भी जाने जाते हैं। यह शायद एक सुखद संयोग था कि उसी धरती पर हमने भी एटमी परीक्षण किए, जहाँ राम ने अपना ब्रह्मास्त्र छोड़ा था। रामायण के महानायक राम ने रावण के साथ हुए युद्ध में भी ब्रह्मास्त्र का प्रयोग नहीं किया था, क्योंकि वह एक मर्यादा पुरुष थे। मेघनाथ ने लक्ष्मण पर ब्रह्मास्त्र का अनुसंधान किया था, परंतु लक्ष्मण के पास इसका तोड़ था, उसने उस ब्रह्मास्त्र को प्रभावहीन कर दिया था, तब क्रोधित लक्ष्मण ने मेघनाथ एवं लंका देश को नेस्तनाबूद करने के इरादे से ब्रह्मास्त्र को छोड़ना चाहा था, परंतु बड़े भाई राम ने उसे ऐसा करने के लिए मना किया था; क्योंकि यह मर्यादा के विरुद्ध था। राम मिसाइल अस्त्रों का ज्ञान भी रखते थे। दंडकारण्य वन में उन्होंने नकली स्वर्ण मृग को अपनी मिसाइल से भारत से कोसों दूर बिना उसे कुछ क्षति पहुँचाए लंका भेज दिया था। वह स्वर्ण मृग और कोई नहीं, अपितु स्वयं लंकाधिपति रावण के मामा मारीच थे। इस प्रकरण के माध्यम से राम ने रावण को चेतावनी दी थी कि वह अपने

दुष्ट इरादों पर लगाम लगाए रखे, अन्यथा परिणति भयानक होगी। महाभारत काल में परम प्रतापी योद्धा भीष्म ने अपने गुरु परशुराम पर ब्रह्मास्त्र छोड़ना चाहा था, जिसकी अपनी स्वयं की एक गाथा है; परंतु उसी समय आकाशवाणी हुई थी कि उसके इस कृत्य से गुरु का अपमान होगा, अस्तु भीष्म ने ब्रह्मास्त्र को वापस बुला लिया था।

महारथी कर्ण ने भीष्म एवं गुरु द्रोण की पांडवों के हाथों हुई पराजय का बदला लेने के लिए ब्रह्मास्त्र को अभिमंत्रित करना चाहा था, परंतु गुरु के शाप के कारण वह उस फॉर्मूले को भूल गया था एवं इस प्रकार अर्जुन को जैसे जीवनदान मिला था। युद्ध के अंत में जब पांडव अश्वत्थामा का पीछा कर रहे थे तो उसने आचार्य वेदव्यास के सामने ही एक तिनके को अभिमंत्रित कर उन पर ब्रह्मास्त्र छोड़ दिया था। अर्जुन भी कब चुप बैठने वाला था, उसने भी अश्वत्थामा पर ब्रह्मास्त्र छोड़ दिया था। दोनों ब्रह्मास्त्रों की भिड़ंत से सृष्टि का नाश अवश्यंभावी था, अस्तु आचार्य ने उन दोनों को आज्ञा दी कि वे अपने अस्त्र वापस बुलाएँ। तब अर्जुन ने अपना ब्रह्मास्त्र वापस बुला लिया था, परंतु अश्वत्थामा को अस्त्र को वापस बुलाने का ज्ञान नहीं था, तब उस घमंडी ने उसे उत्तरा की कोख की तरफ भेज दिया था, जिससे पांडव वंश की अंतिम आस का भी अंत हो जाए। तब कृष्ण ने अपने चक्र से अश्वत्थामा के ब्रह्मास्त्र को प्रभावहीन कर दिया था एवं उत्तरा के गर्भ की रक्षा की थी।

श्रीकृष्ण के सुदर्शन चक्र का तो ब्रह्मांड में कोई सानी था ही नहीं, न ही किसी ताकत के पास इसका कोई तोड़ था। यह अन्य अस्त्र-शस्त्रों से बिल्कुल भिन्न था, वह स्थिर न होकर सदैव गतिमान रहता था, घूमता रहता था। इसके साइज के बारे में कहा जाता है कि यह इतना सूक्ष्म था कि पीपल के पत्ते के शिरे पर अवस्थित हो सकता था और इतना विशाल आकार ग्रहण करने की क्षमता रखता था कि पृथ्वी, आकाश एवं समस्त ब्रह्मांड को आच्छादित कर दे, कवर कर दे। कृष्ण ने अपने बाल्यकाल में इसी सुदर्शन चक्र पर गोवर्धन पर्वत को उठा लिया था। महाभारत युद्ध में जयद्रथ वध हेतु उन्होंने असमय ही सूर्य को अपने चक्र से ढक लिया था, जिससे समस्त सेना को सूर्यास्त का भ्रम हो गया था। नादान जयद्रथ अट्टहास करते हुए अर्जुन के सम्मुख आ गया था और उस घड़ी कृष्ण ने अपना सुदर्शन पुनः अपने पास बुला लिया था। कृष्ण की इसी चालाकी के कारण अर्जुन वरदानी जयद्रथ का वध करने में कामयाब हो पाया था। तब अर्जुन की प्रतिज्ञा की लाज बची थी एवं वीर अभिमन्यु के वध का बदला लिया जा सका था। कृष्ण ने शिशुपाल की माता को वचन दिया था कि वह उसके सौ अपराधों को क्षमा कर देंगे। परंतु मूर्ख शिशुपाल

ने मर्यादा की सारी सीमाएँ लाँघ दी थीं। सौ अपराधों के पश्चात् उन्होंने इसी चक्र से पांडव दरबार में शिशुपाल का मस्तक धड़ से अलग कर दिया था। तीसरा वाकया कौरवों की राजसभा का है, कृष्ण दोनों पक्षों यानी कौरव एवं पांडु पक्षों में सुलह के हिमायती थे। वह स्वयं पांडवों के दूत बनकर कौरव राजसभा में शांति संदेश लेकर आए थे। तब समस्त महारथियों एवं अंधे राजा धृतराष्ट्र की उपस्थिति में मूर्ख दुर्योधन ने अपने चाटुकारों के साथ मिलकर कृष्ण को बंदी बनाना चाहा था, पर तब कृष्ण के सुदर्शन चक्र से जो प्रकाश की किरणें प्रस्फुटित हुईं, उनसे समस्त दरबार एवं कौरव पक्ष के दरबारी के नेत्र चकाचौंध हो गए थे, जब तक वह कुछ समझ पाते, तब तक कृष्ण सभा से जा चुके थे। कहते हैं कि इन तीन अवसरों के अलावा उन्होंने कभी भी सुदर्शन चक्र का प्रयोग नहीं किया था। वामन पुराण में सुदर्शन चक्र की महिमा का बखान है। इसे विद्वतजन कालचक्र के नाम से भी संबोधित करते हैं। इसके बारह स्पोक्स हैं, यानी पंखुड़ियाँ हैं, जो साल के बारह महीनों के प्रतीक हैं। इस चक्र में छह नाभियाँ हैं, जो भारत की छह ऋतुओं का प्रतिनिधित्व करती हैं। इसके मध्य भाग में भूवि, भाग, निर्देश एवं संपदा का वास रहता है। इसके बारह चक्र नारी ऊर्जा के द्योतक हैं—योगिनी, लक्ष्मी, नारायणी, मुर्दनी एवं रंध इसकी शक्तियाँ हैं। यह पुरुष शक्ति के रूप में वारुणी, जुहू, इंद्र, नारायण, नवधा, गंधी एवं महिष नामक आठ सिद्धांतों को प्रतिपादित करती है। सुदर्शन चक्र भारत देश की अनमोल धरोहर है। इस परम अस्त्र के सम्मुख अणु एवं परमाणु अस्त्र भी धूलि के समान हैं।

हमारे गौरवशाली अतीत के उन विस्मयकारी वैज्ञानिक आविष्कारों की समझ के कारण ही एक प्रसिद्ध ब्रिटिश इतिहासकार ग्रांट डफ ने कहा था कि—

"आधुनिक समय में जिन्हें हम विज्ञान के नए आविष्कार मानते हैं, वास्तव में वे आविष्कार हजारों साल पहले भारत-भूमि में संपन्न हो चुके थे।"

आज के युग के प्रसिद्ध वैज्ञानिक जॉन डाल्टर को एटमी थ्योरी का जनक माना जाता है, परंतु इसी युग में उनसे करीब पच्चीस सौ साल पहले आचार्य कणाद ने अणु की खोज कर ली थी। उन्होंने अपनी अमर कृति 'वैशेषिका सूत्र' में अणु एवं परमाणु के समस्त ज्ञान को समाहित किया हुआ है।

कहा जाता है कि 'धन्यास्तु ते भारत-भूमिभागे' धन्य है हमारी भारत-भूमि एवं धन्य थे हमारे महान् पूर्वज, जिन्होंने समस्त मानव जगत् को अपने ज्ञान से आलोकित किया हुआ था।

□

हवाई रथ एवं विमान

विज्ञान के इस युग में मानव ने जल, थल एवं नभ मार्ग से विश्व के हर कोनों से आने-जाने के साधन सुलभ कर दिए हैं। अब हम चंद घंटों में दुनिया के एक छोर से दूसरे छोर पर पहुँच जाते हैं। धरती के आवागमन की बातें तो अब पुरानी हो गई हैं, अब जमाना आ गया है—चाँद-सितारों की सैर का, मानव के पैर चाँद की धरती पर कई साल पहले पड़ गए थे। अब चर्चा मंगल ग्रह की सैर करने की हो रही है। यह हमारे लिए गर्व की बात है कि आज हमारा देश दुनिया का चौथा देश हो गया है, जिसने अपने मंगलयान उपग्रह को मंगलग्रह के अध्ययन के लिए अंतरिक्ष में भेजा है। निस्संदेह आधुनिक युग के इन वैज्ञानिक आविष्कारों से आज के मानव ने सभ्यता के नए आयाम कायम किए हैं, परंतु इसके साथ ही हम इस तथ्य को कतई नजरंदाज करने की हिमाकत नहीं कर सकते हैं कि आज से हजारों साल पहले इस भारत-भूमि पर विमानों का निर्माण होता था। आकाश, जल एवं थल में विचरण करनेवाले रथों का निर्माण होता था—सोने के रंग की उड़न तश्तरियाँ भारत के नभ मंडल में विचरण करती रहती थीं। आपने विष्णु के वाहन गरुड़ की तसवीर तो कई बार देखी है। यह गरुड़राज गरुड़ कोई पक्षी न होकर अत्यंत विकसित विमान था, जिसकी शक्ल गरुड़ के आकार की थी। वह अपने स्वामी के मनोभावों

के अनुसार चलता था। देव सेनापति को मयूर पर सवारी करते हुए आकाशमंडल में भ्रमण करते हुए दिखाया गया है, वह भी शुद्ध-विशुद्ध व्यक्तिगत यान था, जो मयूर पक्षी के आकार का था। आपने क्या कभी रथ के आकार की फ्लाइंग मशीन आकाश में उड़ती हुई देखी है, जिनमें घोड़े, पशु-पक्षी जुते हुए हों। पर क्या वास्तव में ये पशु-पक्षी क्या इतने सामर्थ्यशाली थे कि इस अनंत आकाश की ऊँचाइयों को नाप सकें। वास्तव में इन रथों को, छोटे-छोटे विमानों को पशु-पक्षियों जैसे आकार में निर्मित किया गया था। ये सही अर्थों में यांत्रिकी विमान थे, जो ईंधन से गतिमान होते थे, चलते थे। उन्हें आग लगने का खतरा नहीं था, न ही आसमान की बिजली उनका कोई बाल बाँका कर सकती थी। वह विमान इतने सामर्थ्यवान थे कि जल, थल एवं नभ का विचरण कर सकते थे। आज हम शायद उन प्राचीन चमत्कारों को कवि या लेखक की कोरी कल्पना मात्र ही समझते रहते, यदि आज के वैज्ञानिकों ने इन खोजों को, चमत्कारों को पुनः ईजाद न किया होता; परंतु यह भी सत्य है कि प्रत्येक वैज्ञानिक तथ्य की पुष्टि प्रमाणों के आधार पर होती है, अस्तु मैं भी आपके समक्ष उन प्रमाणों को पेश करने का साहस कर रहा हूँ, जो हम सबका माथा दुनिया के सामने ऊँचा कर हमें गौरवान्वित करेंगे।

सबसे पूर्व रामायण में वर्णित पुष्पक विमान की चर्चा करते हैं। इस विमान का निर्माण देव शिल्पी विश्वकर्मा ने किया था। उसने इसका निर्माण स्वयं सृष्टिकर्ता ब्रह्मा के लिए किया था, तब ब्रह्मा ने इस पुष्पक विमान को धन के स्वामी कुबेर को भेंट किया था। परंतु कुबेर के भाई रावण ने न केवल अपने भाई से उसका राज्य लंका छीना था, अपितु चामत्कारिक विमान पुष्पक को छीन लिया था। इसी विमान में सवार होकर वह पंचवटी आया था एवं छल से सीता का अपहरण कर इसी विमान से वापस लंका गया था। रावण वध के पश्चात् लंकाधिपति विभीषण ने इस विमान को राम को भेंट किया था। तब राम, सीता, लखन वानर योद्धाओं के साथ इसी विमान से लंका से अयोध्या आए थे। इस विमान का आकार सूर्य के समान था, यह दो मंजिला यात्री विमान था, इसका बाहरी रंग चमकते हुए बादलों जैसा था। विमान में कई खिड़कियाँ थीं। कहते हैं कि यह विमान स्वामी के मनोभावों के अनुसार उड़ान भरता था। इस विमान की विशेषता थी कि कितनी भी सवारी इसमें बैठें, फिर भी एक सीट सदा खाली रहती थी। अब सवाल आता है कि क्या पुष्पक विमान विश्व का पहला विमान था। इसका जवाब हमें यजुर्वेद, ऋग्वेद, रामायण एवं महाभारत में मिलता है।

विश्व इतिहास के प्रथम ग्रंथ ऋग्वेद में अश्विनी कुमारों के हवाई यात्रा एवं विमानों पर भ्रमण करने का विवरण मिलता है। ऐसा कहा जाता है कि एक समय भुज्यु नामक राजा समुद्री यात्रा के समय समुद्र में फँस गया था, तब उसकी पुकार पर दोनों अश्विनी कुमार अपने हवाई रथ पर बैठकर राजा के पास गए थे एवं उन्होंने राजा के जीवन की रक्षा की थी। कहते हैं कि उनका हवाई रथ सोना, चाँदी एवं लोहे से बना था एवं उसकी दो पंखुड़ियाँ थीं। रामायण में एक वाकया दर्ज है कि अयोध्या नरेश राजा दशरथ अपनी प्रिय रानी कैकेयी के साथ देवताओं की सहायता के लिए देवलोक यानी आज के तिब्बत देश गए थे। वहाँ दुश्मनों से लड़ते हुए राजा मूर्च्छित हो गया था, तब कैकेयी ने आकाश मार्गीय रथ का कुशल संचालन किया था एवं मूर्च्छित राजा के जीवन की रक्षा की थी।

कहते हैं कि विश्वकर्मा ने सर्वप्रथम पाँच हवाई रथों का निर्माण किया था, जिन्हें उसने विष्णु, ब्रह्मा, यम, कुबेर एवं इंद्र को भेंट किया था। रामायण में एक ऐसे रथ का वर्णन मिलता है, जो आकाश से धरती पर उतरा था। कहते हैं कि यह इंद्र का हवाई रथ था, जिसे उसने राम की सहायता के लिए भेजा था। राम-रावण युद्ध न केवल धरती पर लड़ा गया था, अपितु आकाश में भी यह लड़ाई लड़ी गई थी। वेदों में सूर्यदेव के रथ की चर्चा की गई है। इन हवाई रथों में एक, दो या तीन या इससे भी अधिक इंजन लगे होते थे। सामान्यत: यात्री विमानों को छोड़कर इन आकाशीय रथों में एक साथ तीन लोग सवारी कर सकते थे। दो इंजन वाले विमान को अग्निहोत्री एवं तीन इंजन वाले विमान को गज विमान कहते थे। ईंधन के रूप में पानी एवं आग का प्रयोग किया जाता था। कुछ विद्वानों का मत है कि ईंधन के रूप में किसी खास रस (Chemical) का प्रयोग किया जाता था, जिसका अभी तक हमें ज्ञान नहीं है। कहीं-कहीं ईंधन के रूप में पारे की भी चर्चा की गई है, इसकी सत्यता की परख के लिए पुराने सोवियत यूनियन ने अपने वाहन को तुर्कीस्तान एवं गोबी के रेगिस्तान में निविगेशन करने के लिए पारे का ईंधन के रूप में प्रयोग किया था। ऐसा माना जाता है कि प्राचीन काल के विमान, हवाई रथ, उड़न तश्तरियाँ गुरुत्वाकर्षण शक्ति के विपरीत कार्य करते थे। रामायण में इनका वर्णन आता है कि जब यह विमान आसमान में उड़ते थे तो चाँद की तरह दिखाई देते थे। इनमें इक्कीस कल-पुर्जे लगे होते थे एवं सोलह प्रकार की धातुओं से इनका निर्माण होता था, आज हम केवल तीन धातुओं के बारे में ही जानते हैं।

ऐसी मान्यता है कि सप्त ऋषियों में एक ऋषि भारद्वाज विमान शास्त्र के आदि

जनक थे, परंतु हजारों वर्षों तक दुनिया को इस तथ्य का इल्म था ही नहीं। सन् 1875 में विमानशास्त्र नाम पुस्तक की बदौलत दुनिया को ज्ञात हुआ कि 'दुर्गा सप्तशती' के रचयिता महर्षि भारद्वाज एक महान् विमान विशेषज्ञ भी थे। विमानशास्त्र पुस्तक के माध्यम में विमान से संबंधित तीन हजार कविताएँ हैं। इस पुस्तक में आठ अध्याय हैं। पुस्तक के रचयिता पंडित सुब्बर्भ शास्त्री के कथनानुसार स्वयं ब्रह्मर्षि भारद्वाज ने यह ग्रंथ उन्हें भेंट किया है। इस अद्‌भुत ग्रंथ में हवाई जहाज का साइज, कल-पुर्जे, विभिन्न प्रकार की उड़ने वाली मशीनें, लंबे समय तक हवाई यातायात हेतु कुछ खास बातों पर ध्यान देने वाली बातों का विवरण, इंजन एवं विमान को आग, तूफान, वर्षा एवं बिजली से बचाने के उपाय एवं आपातकाल में ईंधन के रूप में सौर-ऊर्जा को प्रयोग करने का सारा विवरण लिखा हुआ है। लेखक ने अपनी इस पुस्तक में पुरातन सत्तर आथर्टीज (Authorities) एवं दस विशेषज्ञों की भी चर्चा की है। विमानशास्त्र पुस्तक में पुरातन काल के कई प्रकार के विमानों का विवरण है—

- **रुक्मा**—यह शंकु के आकारनुमा होता है और इस पर सोने की पालिश लगी होती है।
- **सुंदरा**—यह आज के रॉकेट के आकार जैसा होता है एवं इस पर चाँदी का रंग लगा होता है।
- **शकुंत**—इस विमान का आकार पक्षी की तरह होता है।
- **यांत्रिकी पक्षी**—वेदों में हवाई जहाजों, हवाई रथों एवं उड़न तश्तरियों के कई प्रकार के आकारों की चर्चा है, जिनमें पशु जुते हुए रहते हैं। स्वयं आदि ग्रंथ ऋग्वेद में इन यांत्रिक पक्षियों की चर्चा है, जिन्हें हवाई सफर में इस्तेमाल किया जाता था। ऋग्वेद में विवरण आता है कि यांत्रिकी पक्षी नभ, जल एवं पृथ्वी पर विचरण करने में सक्षम थे। इन मशीनों का रंग सोने जैसा था।
- **बारह स्तंभीय विमान**—ऋग्वेद में बारह स्तंभों वाले विमान की चर्चा है वर्णन आता है कि यह विमान आकाश के अत्यधिक वेग के साथ उड़ता था। इस विमान में बारह स्तंभ, एक पहिया, तीन इंजन एवं साठ कल-पुर्जे लगे होते थे। इसमें ईंधन के लिए आग एवं पानी का प्रयोग किया जाता था। वेदों में भी डबल डेक, गोलाकार, गुंबदीय एवं उड़न तश्तरियों जैसे आकारों की चर्चा की गई है।
- **समय सूत्रधार**—यह अति प्राचीन वैमानिक प्रणाली एवं हवाई सफर हेतु

नीति–निर्देशिका संबंधित दस्तावेज है। आज जब हम हवाई सफर करते हैं तो हमें सफर में ध्यान देने वाली बातों की जानकारी दी जाती है। ठीक इसी तरह इस दस्तावेज में हवाई यात्रा से संबंधित आवश्यक नीति–निर्देश लिखे हुए हैं।

हमारे प्राचीन ग्रंथों में हवा में कलाबाजियाँ करनेवाले यांत्रिकी पक्षियों का भी विवरण मिलता है। विमानों को उतरने के लिए विमान पट्टियाँ एवं रख–रखाव के लिए विमान गृह (हैंगर) की भी इन ग्रंथों में चर्चा की गई है।

कुछ साल पहले चीन के कुछ वैज्ञानिकों के हाथ तिब्बत देश के ल्हासा नगर में संस्कृत भाषा में लिखा एक दस्तावेज लगा था। इस दस्तावेज में प्राचीनकाल में जहाज निर्माण का विस्तृत वर्णन है। कहते हैं कि यह विमान निर्माण का एक प्रकार का ब्लूप्रिंट है। इसी संदर्भ में फ्रांस के प्रसिद्ध दार्शनिक वाल्टायर का वह कथन उद्धृत करना प्रासंगिक है, जो उन्होंने वर्षों पूर्व कहा था—

"आज से पच्चीस सौ साल पहले पाइथागोरस ने भारत भ्रमण किया था। उसने गंगा के किनारों पर भारतीय विद्वानों के संरक्षण में रेखागणित के सिद्धांतों का अध्ययन किया था। आज के वैज्ञानिक युग के खतरनाक आविष्कार संभव ही नहीं थे, यदि यूरोप के वैज्ञानिकों को भारत के प्राचीन वैज्ञानिकों के कारनामों का ज्ञान न हुआ होता।"

प्रसिद्ध वैज्ञानिक आइंस्टाइन का कथन था कि "हम भारतीयों के प्रति कृतज्ञ हैं, जिन्होंने हमें गिनती सिखाई, जिसके बगैर कोई भी वैज्ञानिक खोज संभव नहीं थी।"

हम सब विश्व के उन तमाम वैज्ञानिकों एवं विद्वानों के शुक्रगुजार हैं, जिन्होंने बेझिझक प्राचीन भारत के महान् आविष्कारों की सत्यता पर अपनी मुहर लगाई है।

□

भारतीय संगीत

भारतीय भाषाओं की तरह ही भारतीय संगीत के भी कई रूपरंग हैं, तब वह चाहे शास्त्रीय संगीत हो, लोकनृत्य एवं संगीत हो या आज का संगीत हो। संगीत किसी भी देश की आत्मा होती है। हमारे भारत देश में आदिकाल से ही संगीत की सौंदर्यलहरी के स्वर गुंजायमान होते रहते हैं। विद्या की अधिष्ठात्री माँ सरस्वती की वीणा के तारों से सामवेद की ऋचाओं के स्वर झंकृत होते रहते हैं। भारतीय संगीत के तीन रूप हैं—गायन, वादन एवं नृत्य। कहते हैं कि शिव के डमरू से विश्व में जो पहले स्वर मुखरित हुए थे, इन्हीं अ इ उ ण आदि आदि जैसी ध्वनियों को व्याकरण के प्रथम आचार्य पाणिनी ने अपनी रचना का विषय बनाया था एवं मानव इतिहास के पहले व्याकरण ग्रंथ की रचना की थी। शिव के तांडव नृत्य से तो महाप्रलय आ

जाता है, वह स्वयं नटराज हैं। उधर बाँसुरी वाले की बाँसुरी से कौन परिचित नहीं है ? उस श्याम सलोने कान्हा की बाँसुरी में न जाने ऐसा कौन सा जादू था, जिसकी मधुर तान से समस्त चराचर के प्राणी अपनी सुध-बुध ही खो बैठते थे। आपने देवर्षि नारद के हाथों में कई बार वीणा देखी है, वह वैदिक काल से भी कई वर्षों पूर्व इस चराचर के प्रथम संगीतज्ञ थे। उन्होंने अपनी संगीत कला से विश्व को विमोहित किया हुआ था। उन्होंने मानवों में कला को जाग्रत् करने के लिए संगीत शास्त्र की पहली अमरकृति 'नारद शिक्षा' का सृजन किया था। हमारे विश्व के प्रथम आदि ग्रंथ वेदों में चौथा वेद स्वयं सामवेद है, जो वास्तव में संगीत शास्त्र का ही अमर काव्य है। यह संगीत कोई दरबारी संगीत नहीं है, बल्कि दैवीय संगीत है—अलौकिक संगीत है। सौभाग्यवश यदि आपने वेदपाठियों के मुखारविंद से 'स्वस्ति वाचन' के स्वर सुने हों तो आपको स्वयं ही आभास हो गया होगा कि इस दैवीय संगीत के सम्मुख सारे चराचर का वैभव भी तुच्छ है। जब वेदपाठी स्वजन स्वर, लय, ताल एवं मुद्राओं के सौजन्य से वेदपाठ करते हैं तो तब सारा आकाश एवं प्रकृति नटी भी जैसे थिरकने लगते हैं, ऐसा प्रतीत होता है जैसे हमारी आत्मा तृप्त हो गई हो। दुनिया का किसी भी प्रकार का संगीत इस दैवीय संगीत के समक्ष फीका लगता है।

कन्हैया की बाँसुरी की तान न केवल लोगों को मदहोश करती थी, अपितु महारास जैसे अलौकिक नृत्य से स्वयं नटराज को भी लजाती थी। प्रेम के प्रतीक कामदेव एवं रती न केवल सौंदर्य के स्वामी हैं, अपितु संगीत के भी प्रतीक हैं। स्वयं माँ पार्वती संगीत साम्राज्ञी हैं। उन्होंने उत्तराखंड प्रांत के उषामठ (ऊखीमठ) नामक स्थान पर बाणासुर कन्या उषा को संगीत शिक्षा प्रदान की थी। परम प्रतापी रावण संगीत कला में माहिर था, उसने शिव को प्रसन्न करने के लिए 'तांडव स्तोत्र' की रचना की थी एवं अपने गायन एवं नृत्य से शिव को प्रसन्न किया था। वह सदा ही प्रातः बेला में नृत्य के साथ तांडव स्रोत के गायन से शिव की स्तुति करता था।

रामायण काल में विश्व के प्रथम कवि वाल्मीकि ने रामायण महाकाव्य की रचना की थी। उस गीत काव्य की संगीत ध्वनि रामलीलाओं के माध्यम से आज भी इस भू-खंड में गूँज रही है। आज महाभारत के महानायक कृष्ण के सुदर्शन चक्र को भले ही भूल गए हों, परंतु उनकी बाँसुरी की तान कृष्ण लीलाओं के माध्यम से इस धरती पर गूँजती रहती है। अतीत के भारत देश में संगीत जीवन का मुख्य अंग माना जाता था। आपने स्वर्ग की अप्सराओं के बारे में तो सुना ही है, ये अप्सराएँ इंद्र के दरबार में नृत्य करती रहती थीं। गंधर्व अपने-अपने वाद्य यंत्रों से संगीत मुखरित करते

रहते थे। नर्तकियाँ अपने नृत्य से, कला कौशल से, अपने पैरों में बँधे घुँघरुओं की छम-छम की ध्वनि से राजे-महाराजे के दरबार की शोभा बढ़ाती थीं। अपनी कला में माहिर नर्तकियों को राजनर्तकी के पद से विभूषित किया जाता था। ये नर्तकियाँ केवल राजदरबारों की शोभा ही नहीं बढ़ाती थीं, अपितु कई नर्तकियाँ अपना समस्त जीवन मंदिर में स्थापित ईष्ट देवों को अर्पित कर देती थीं। मंदिर की देवदासियाँ अपने संगीत एवं नृत्य से अपने ईष्ट देवों को रिझाने में मशगूल रहती थीं। स्वर्ग की अप्सराएँ, दरबारों की राजनर्तकियाँ, मंदिरों की देवदासियाँ अत्यंत रूपमती होती थीं; वे अपने गायन एवं नृत्य से सभा में समा बाँध देती थीं। इंद्र को जब कभी अपने सिंहासन को छिनने का खतरा महसूस होता था तो वह इन्हीं सुंदरियों को ऋषि-मुनियों के तप को भंग करने के लिए भेजता था। तब सुंदरियाँ अपनी कला-कौशल एवं रूप-माधुर्य से बड़े-बड़े संत-महात्माओं का ईमान डोल देती थीं। चाहे शादी-ब्याह हो, चाहे होली-दीवाली हो, चाहे कोई शुभ अवसर हो, संगीत एवं नृत्य के बगैर सब फीके लगते हैं। सभ्यता के प्रारंभ से ही संगीत चराचर के हर प्राणी का साथी रहा है। बिना संगीत के मानव का जीवन एक जिंदा लाश की तरह है। आनंद एवं उत्सव का नाम ही संगीत है और संगीत ही उत्सव है, आनंद रस है। जीवन को जीना है तो संगीत की स्वर लहरियों से, सुंदरी के पायल की झंकारों से अपना जीवन मधुमय बनाएँ, आनंदमय बनाएँ, रसमय बनाएँ।

देवर्षि नारद के पश्चात् प्राचीनकाल में भरतमुनि ने नाट्यशास्त्र की रचना की थी, जिसे संगीत शास्त्र की बाइबल भी कहा जाता है! मध्यकालीन युग में संगीत शास्त्र ने आसमान की बुलंदियों को छुआ था। गुप्तकाल में कई राजाओं ने रंगशालाओं का निर्माण करवाया था। भारत के महान् सम्राट् विक्रमादित्य के राज में संस्कृत के महान् साहित्यकार एवं महाकवि कालिदास संगीत शास्त्र के मर्मज्ञ विद्वान् थे। उन्होंने मेघदूत, रघुवंश एवं शकुंतला जैसे अमर ग्रंथों की रचना से इस भारत-भूमि का गौरव बढ़ाया था। अपने काव्यों में, ग्रंथों में उस महाकवि ने वीणा के कई रूपों की चर्चा की है जैसे परिवादिनी, विपांची एवं पुष्कर, इसके साथ-साथ उन्होंने अपनी कृतियों में दुंदुभि, मृदंग एवं बाँसुरी की भी चर्चा की है।

हमारे प्राचीन ग्रंथों में यक्ष, गंधर्व एवं किन्नरों की बृहत चर्चा की गई है। गंधर्व एवं किन्नर संगीत में महारत रखते थे। वे वाद्य मंत्रों को बजाने में भी माहिर थे। हारमोनियम, ढोल, मृदंग, बाँसुरी, शंख, डमरू, शहनाई, वीणा, सितार, तबला, ढोलक, मश्क बाजा हमारे मुख्य वाद्य यंत्र थे।

नौवीं शताब्दी में कुछ सूफी संत इस भारत-भूमि पर आए थे। वे संगीत प्रेमी थे, सूफी संगीत रहस्यमयी है। पारसी संगीतकार अमीर खुसरो ने तराना, गजल, कव्वाली, तबला, खयाल एवं वीणा के परिष्कृत रूप सितार का सृजन किया था। तेरहवीं सदी में सारंगदेव ने 'संगीत रत्नाकर' की रचना कर संगीत की दुनिया में चार चाँद लगाए थे।

राजपूतों के शासनकाल में भी संगीतकला को राष्ट्रीय सम्मान प्राप्त था। मुख्य उत्सवों के अवसरों पर संगीत एवं नृत्य की महफिलों से लोगों का मन बहलाया जाता था। कुछ राजे-महाराजे सुंदरियों के घुँघरुओं की छम-छम पर इतने मदहोश हो गए थे कि उन्हें अपने राज-पाठ सँभालने का होश ही नहीं रहा और यही उनके पतन का कारण बना। मुगलकाल में बादशाह अकबर संगीत का दीवाना था। उसके दरबार के नौ रत्नों में एक रत्न संगीत सम्राट् तानसेन भी था। कहा जाता है कि तानसेन के गुरु बैजू बावरा के संगीत के जादू के दम पर आसमान का पानी धरती की प्यास बुझाने रिम-झिम बरसने लगता था। अकबर उस महान् संगीतकार के संगीत सुनने स्वयं उनकी सेवा में उपस्थित हुआ था। बादशाह शाहजहाँ भी संगीत का शौकीन था। उसके दरबार में नर्तकियाँ थिरकती रहती थीं। गायकों को राजसी सम्मान प्राप्त था। अंग्रेजों के शासनकाल ने पाश्चात्य संगीत एवं भारतीय संगीत के महामिलन से हमारा संगीत और समृद्ध हो गया था। अरबी, फारसी एवं अंग्रेजी के प्रभाव के कारण हमारा प्राचीन भारतीय संगीत अब हिंदुस्तानी संगीत के नाम से मशहूर हुआ है। परंतु दक्षिण भारत का संगीत बाहरी प्रभावों से अछूता ही रहा है एवं अभी भी अपने मौलिक रूप में विद्यमान है। इसी संगीत को हम 'कर्नाटक संगीत' के नाम से जानते हैं।

भारतीय संगीत में लय, ताल एवं रागों का विशेष महत्त्व है। राग भैरवी, मध्यमती, बंगाली, माधवी, गौरी, दीपक, केदारी, वसंती, मल्हार, कनाड़ा, कम्बोदी, हिंदोल, खंभावती एवं माधवी कुछ प्रमुख राग हैं।

आधुनिक युग के हमारे कई महान् संगीतज्ञों ने विश्व में अपने हुनर का परचम फहराया है। उस्ताद अली अकबर खान, उस्ताद अमजद अली खाँ नामक सरोद वादकों ने देश एवं विदेशों को अपनी कला से अविभूत किया है। हरिदास प्रसाद चौरसिया महान् बाँसुरी वादक इसी धरती के वासी थे। पंडित रविशंकर प्रसाद के नाम से कौन परिचित नहीं है? वे महान् सितार वादक इसी माटी में पैदा हुए हैं। बिस्मिल्लाह खाँ की शहनाई के जादू ने तो सारे देश को विस्मित कर दिया था। कुमारी सुब्बूलक्ष्मी के भजनों से कौन वाकिफ नहीं है? इन महान् संगीत वादकों ने संगीत

को आसमान की बुलंदियों तक पहुँचाकर देश का नाम रोशन किया है।

भारतीय नृत्यकला का तो दुनिया में कोई सानी है ही नहीं। वास्तव में हमारी नृत्यकला एक योग है, साधना है, भाव एवं भंगिमाओं की भाषा है, मुद्राओं की कला है। भरतनाट्यम, कथक, कथकली, कुच्चिपुड़ी, मणिपुरी, उड़ीसी, मोहिनी, नाट्य एवं डांडिया और गर्बा नृत्य के अनेकानेक रूप हैं। हमारे संगीत की अभिव्यक्ति हमारी चित्रकला बखूबी कर रही है। अजंता, एलोरा एवं अन्य कई गुफाओं की चित्रकारी, खजुराहो के स्मारकों के माध्यम से नृत्य, वाद्य एवं श्रृंगार की झाँकियों से हमें अपनी स्वर्णिम संगीत की झाँकियों के दिग्दर्शन होते हैं। आज सारा विश्व मल्लिका साराभाई, पंडित बिरजू महाराज, रुक्मणी देवी, सोनल मानसिंह, उदय शंकर एवं यामिनी कृष्णमूर्ति के नाम से भलीभाँति परिचित हैं। इन्होंने अपने कलापूर्ण नृत्य एवं भाव-भंगिमाओं से दर्शकों का मन मोह लिया है। आम्रपाली के नाम से अधिकांश भारतवासी परिचित हैं। उसने अपने नृत्य से सबका दिल जीत लिया था एवं वैशाली की नगरवधू के रूप में प्रसिद्धि पाई थी। मीरा के दैवीय भजनों से यह धरा धन्य हो गई थी। विजयनगर राज्य के महाप्रतापी राजा कृष्णदेव राय ने तो नर्तकियों के सम्मान में 'गणिका नगर' की स्थापना की थी। गायन के क्षेत्र में लता मंगेशकर, मुहम्मद रफी एवं मन्नाडे का नाम कौन नहीं जानता है। स्वर साम्राज्ञी लता की मधुर आवाज पर तो कई शोध किए जा रहे हैं। आज हमारा संगीत देश की सीमाओं को लाँघकर विश्व के कोने-कोने में हमारा नाम रोशन कर रहा है। इसकी छम-छम की डोर पर हम सबका जिया नाच रहा है।

□

महा रासलीला

दुनिया में सबसे पहले वेदों के दिव्य संगीत से भारत का नभमंडल गुंजायमान हुआ था। हिमालयवासी नटराज के आध्यात्मिक नृत्य से सारे चराचर के प्राणी धन्य हुए थे। मुरलीधर की बाँसुरी के जादू ने तो मानव, पशु, पक्षी, पेड़, लता, पुष्प, पृथ्वी, आकाश एवं समस्त ब्रह्मांडों को मोहपाश में बाँध लिया था। उसकी बाँसुरी की तान से दैवीय प्रेम का संगीत मुखरित होता था। आपने बाँसुरी का दीदार तो किया ही है, यह बाँस की बनी होती है। इसमें आठ छेद होते हैं, सबसे ऊपरी छेद में ब्रज का नन्हा सा बालक अपनी श्वास भरकर मृत प्राय: प्राणियों में भी प्राणों का संचार करता था। पहले पाँच छिद्र स्वयं देखने, सुनने, सूँघने, चखने एवं छूने के प्रतीक हैं।

बाकी दो छिद्र आपकी बुद्धि एवं स्वाभिमान के प्रतीक हैं। वह नन्हा सा बालक जब आठवें छेद से बाँसुरी में अपनी श्वासें भरता था तो उसकी दोनों हाथों की अंगुलियाँ अन्य सात छिद्रों का संचालन करती थीं, जिससे ब्रज का कण-कण प्राणवान हो उठता था, रसमय हो जाता था। वे कण जीवंत हो उठते थे, प्राणियों का तन, मन एवं बुद्धि बाँसुरी की धुन पर थिरकने लगते थे। मन मयूर नाचने लगता था, तब मन अपने होशो-हवास खो देता था। आप स्वप्नों की दुनिया में पहुँच जाते थे, जहाँ केवल बाँसुरी की सुरीली तान ही सुनाई देती थी। कहते हैं कि यह साँवला सलोना लल्ला अपनी उस दिव्य बाँसुरी को गोरी राधा को भेंट करना चाहता था, जो उसके दिलो-दिमाग की मल्लिका थी, परंतु उस प्रेम की दीवानी राधा ने अपने प्रतीक के रूप में उस बाँसुरी को अपने प्रियतम को यह कहकर लौटा दिया था कि इसे मेरा प्रतीक मानकर सदा अपने होंठों पर लगाकर सारी दुनिया को हमारे प्रेम में मतवाला करते रहें। तब वह बाँसुरी सदा-सर्वदा के लिए लल्ला की ही बनकर रह गई थी। कृष्ण एकांत में बाँसुरी की लय के माध्यम से राधा का सामीप्य प्राप्त करते थे और दुनिया बाँसुरी की उन तानों से अपनी उन यादों को तरोताजा कर देती थी, जिसने सारी ब्रजभूमि को रसमय बना दिया था। पर यहाँ चर्चा केवल कृष्ण की बाँसुरी की ही नहीं हो रही है, यहाँ चर्चा उस दैवीय नृत्य की भी हो रही है, जो 'न भूतो न भविष्यति' यानी न तो इस धरती पर पहले कभी हुआ था, न कभी होगा। कारण स्पष्ट है, न तो हमारे बीच कोई लीलाधर कृष्ण है और न ही कोई जादुई बाँसुरी है। अब वह अल्हड़ गोरी ग्वालिन राधा भी नहीं है, जिसके रोम-रोम में चराचर का सौंदर्य एवं संगीत समाहित था। ऐसी मान्यता है कि नन्हे नंदलाल ने अपनी हृदयेश्वरी राधा एवं उसकी सखियों को प्रसन्न करने के लिए उनके साथ रासलीला रचाई थी। वह नन्हा बालक काला था, सवाल भी किया गया है कि मोहन मुरली वाले तेरा रंग काला क्यों? और दूसरी ओर गोरी राधा थी, वह नन्हा सा बालक था। कहते हैं कि उसने सातवें साल में गोवर्धन पर्वत को उठाया था, उसके ठीक एक साल के बाद महारासलीला का आयोजन किया गया था, यानी तब कान्हा आठ साल का बालक था। राधा अपने प्रियतम कान्हा से उम्र में कहीं अधिक थी। वह शायद उससे करीब दस साल बड़ी थी। कई लोगों का कथन है कि राधा शादी-शुदा थी, पर वह जीती थी तो कान्हा के लिए, उसकी हर साँस अपने प्रिय कान्हा के लिए थी। उनका अमर प्रेम सखी भाव का था। वे भले ही दो तन थे, पर दोनों का मन तो एक ही था। राधा कान्हा का प्यार थी। वह उसका संगीत थी, ताकत थी। वह त्याग एवं तपस्या की

प्रतिमूर्ति थी। कहते हैं—तीनों लोकों में उसके जैसा कोई सुंदर नहीं था। राधा सुंदरता, दिव्यता, अलौकिकता की प्रतिमूर्ति थी। स्वयं कान्हा उसका अनन्य प्रेमी था, नटखट था, पर था पक्का ब्रह्मचारी, उन दोनों का प्रेम सखी भाव का था। उसमें वासना की कहीं से भी बू नहीं आती है। इसका प्रमाण था कान्हा का अपने मस्तक पर मोर पंख धारण करना। आपको यह जानकर आश्चर्य होगा कि इस समस्त ब्रह्मांड में मोर ही केवल ऐसा प्राणी है, जो जीवन-पर्यंत 'ब्रह्मचर्य' को धारण किए रहता है। मोर एवं मोरनी कभी भी शारीरिक सहवास नहीं करते हैं। अब वो घड़ी आ गई, जब आपको अपना दिल थामे रखना है, स्वागतम्, महारास की झाँकियाँ देखने की बारी आ गई है। महारास के महारस से तृप्त होने की बारी आ गई है, स्वयं महारास में नाचने, थिरकने का वक्त आ गया है।

अठारह महापुराणों में श्रीमद्भागवत पुराण को सर्वोच्च स्थान प्राप्त है, पर इस महापुराण में ऐसी कौन सी अनोखी बात है, जो इसको श्रेष्ठता के शिखर पर आरूढ़ करती है। विद्वतजनों का मत है कि स्वयं श्रीमद्भागवत एक महारास के समान है। इसका तन भी महारास है, प्राण भी महारास है, आत्मा भी महारास है। भागवत के दसवें स्कंध में पूरे पाँच अध्याय महारासलीला को समर्पित हैं। इन पाँच अध्यायों को पंच अध्यायी के नाम से जाना जाता है। जैसे विश्व की अमरकृति सूरसागर की आत्मा 'भ्रमर गीत' है, ठीक उसी तरह भागवत की आत्मा भी रासलीला है। मेरी कलम में भला वो ताकत कहाँ, जो इस महारास की चर्चा कर सकूँ, स्वयं विश्व के प्रथम आचार्य व्यास ने भी कहा है कि उनकी लेखनी में इतनी सामर्थ्य कहाँ थी कि वह उस दैवीय नृत्य का, उस रासलीला का उसके ही समान वर्णन कर सकें, परंतु जो कुछ उनके पल्ले पड़ा, उसे बयान करने का उन्होंने जरूर जतन किया है।

वह शरद पूर्णिमा की रात थी। आसमान का चाँद अपने पूरे शबाब पर था, उसकी रोशनी से जैसे समस्त वृंदावन नहा रहा था। समीप ही पावन यमुना नदी का पानी कल-कल, छल-छल की ध्वनि से सारे माहौल को संगीतमय बना रहा था। वृंदावन क्षेत्र के निधिवन की तो आज शान ही निराली थी, वह चाँद की रोशनी में जगमगा रहा था। आज कान्हा के मन की मुराद जो पूरी होनेवाली थी, आज वह अपनी प्रेयसी पर अपना सर्वस्व न्योछावर करनेवाले थे, आज उनका मकसद था अपनी प्रेयसी की सखियों के मनोभावों को पूरा करने का। वह स्वयं पुरुष प्रतीक थे, राधा एवं उसकी सखियाँ समस्त नारी जाति की प्रतीक थीं। आज चराचर के पुरुष एवं नारी का महामिलन होनेवाला था। उसी क्षण तब रात्रि की प्रथम बेला ने दस्तक दी थी तब

समस्त वृंदावनवासी दिनभर की थकान से चूर होकर निंद्रा देवी के आगोश में जाने के लिए लालायित हो रहे थे। तब ठीक उसी शुभ घड़ी, उसी शुभ लग्न पर उस साँवली सूरत वाले कान्हा ने एक कदंब वृक्ष के तले अपनी दिव्य बाँसुरी को बजाना शुरू कर दिया था। उस बाँसुरी की तान पर सारे चराचर के प्राणी मोहित हो गए थे, सारा माहौल संगीतमय हो गया था। बेचारी गोपिकाओं की तो दशा ही विचित्र थी। वे सब जैसे अपनी सुध-बुध खो बैठी थीं, जो जिस अवस्था में थी, जिन कपड़ों में थी, उसी अवस्था में वह बाँसुरी की तान की तरफ दौड़ पड़ी थी। राधा भी कहाँ पीछे रहनेवाली थी, वही तो प्रधान नायिका थी, कैसे चुप बैठी रहती, वह सबकुछ छोड़-छाड़कर अपने प्रियतम की ओर दौड़ पड़ी थी। वह इस भौतिक जगत् में नर एवं नारी का महामिलन था, नारी एवं पुरुष का समागम था। नन्हा सा बालक कान्हा समस्त चराचर के पुरुष वर्ग का अकेले ही प्रतिनिधित्व कर रहा था एवं राधा एवं उसकी सखियाँ सारी नारी जाति का प्रतिनिधित्व कर रही थीं, तब चाहे वे कुमारियाँ हों, चाहे विवाहिता हों, वे सब मीरा की ही भाँति उस कान्हा को अपनी आत्मा का पति मानने पर विवश थीं। उस दिव्य रासलीला के महानायक कृष्ण एवं महानायिका राधा बीच में थे। कृष्ण मुरारी अपनी बाँसुरी की तान सुना रहे थे एवं समस्त गोपिकाएँ उन्हें घेरे हुई थीं एवं वे सब बाँसुरी की तान पर थिरकने लग गई थीं, नाचने लग गई थीं। कहते हैं कि स्वयं नटराज शिव गोपी का रूप धारण कर इस अलौकिक नृत्य में सम्मिलित हुए थे। इस अति गोपनीय स्थान पर पुरुषों के प्रवेश पर पाबंदी थी, परंतु वह दूर रहकर भी इस दैवीय नृत्य का आनंद ले सकते थे। बेचारी गोपिकाएँ तो रासलीला में ऐसी लीन हो गई थीं कि उन्हें आभास हो रहा था कि ब्रज का वह कान्हा स्वयं उनके साथ ही नाच रहा है। सारी गोपिकाएँ कृष्ण को प्रसन्न करना चाहती थीं। वही उनके आराध्य थे, वही उनके प्रेमी थे, वही उनके सबकुछ थे, वे अपना सर्वस्व उन पर न्योछावर करने के लिए आतुर थीं। उनका केवल एक ही मकसद था कि कान्हा को आनंद की प्राप्ति हो। बदले में कृष्ण के प्रेम के अलावा उन्हें किसी अन्य चीज की अभिलाषा थी ही नहीं। कहते हैं कि तब उस रासलीला में सम्मिलित समस्त बालाओं पर आसमान से फूलों की वर्षा हुई थी। गोपिकाएँ केवल कृष्ण को प्रसन्न करना चाहती थीं, उन्हें कृष्ण के अलावा अन्य किसी भी बात का प्रलोभन नहीं था। परंतु कुछ लोगों का मत है कि कान्हा को अपने साथ नाचने पर गोपिकाओं के मन में कुछ गरूर आ गया था। तब गोपिकाओं के हित के लिए कृष्ण ने एक चाल चली थी। वह अपनी प्रियतमा राधा के साथ नृत्य से चुपचाप बाहर चले गए थे। जब गोपिकाओं को कृष्ण की अनुपस्थिति

का आभास हुआ तो उन्होंने गीतों के माध्यम से कृष्ण मुरारी का स्मरण किया था। तब जब गोपिकाओं का मन साफ हो गया था एवं उनका गरूर चकनाचूर हो गया था तो कृष्ण अपनी राधा के साथ पुनः रासलीला में सम्मिलित हुए थे।

यह रासलीला कोई साधारण नृत्य नहीं था, अपितु समस्त चराचर की तरह गतिमान था, सृष्टि चक्र की तरह हम भी सदैव गतिमान रहते हैं। यह रासलीला ब्रह्मांड के गतिमान रूप को प्रदर्शित करती है। कुछ अन्य विद्वानों का मत है कि रासलीला में भाग लेने वाली गोपिकाएँ कोई साधारण ग्वालिन नहीं थीं, वे सब अपने पूर्व जन्म में ऋषि एवं मुनि थे, जिन्होंने मोक्ष प्राप्ति के लिए हजारों सालों तक तप किया था। वे सब समस्त बाहरी वस्तुओं को त्यागकर अपनी आत्मा का परमात्मा से एकाकार की कामना करते थे। इसी संदर्भ में वह वाकया हमारे जहन में तरोताजा हो जाता है, जब एक छह साल के नन्हे बालक ने तालाब में नग्न स्नान करनेवाली गोपिकाओं के वस्त्र चुरा लिये थे। वास्तव में यह लीला तो इसलिए रचाई गई थी कि गोपिकाएँ सांसारिक बंधनों से स्वयं को आजाद कर सकें। तब ही यह संभव हो पाएगा कि पुरुष प्रतीक कृष्ण से उनके महामिलन का रास्ता प्रशस्त हो सके। कुछ लोगों का मत है कि रासलीला एक दैवीय नृत्य है, जो ब्रह्मांड की गतिशीलता का परिचायक है। ब्रह्मांड की हर चीज गतिमान है, रासलीला में भी ग्रह नक्षत्रों की भाँति गतिशीलता का आभास होता है। इसे महायोग भी कहते हैं, क्योंकि रासलीला में कर्मयोग, भक्तियोग एवं ज्ञानयोग का सम्मिश्रण देखने को मिलता है। इसी कारण महाज्ञानी उद्धव का सारा ज्ञान उन अनपढ़ ग्वालिनों के समक्ष काफूर हो गया था। कृष्ण एवं राधा का प्रेम सखी भाव का था एवं उनके प्रेम में माधुर्य रस की सरिता प्रवाहित होती रहती थी।

सही मायनों में रासलीला में चराचर यानी समस्त ब्रह्मांडों की उत्पत्ति का रहस्य छिपा हुआ है। इन ब्रह्मांडों का संचालन दो विस्तृत ऊर्जाओं के मिलन से होता है—नेगेटिव एवं पॉजिटिव के मिलन से ही विद्युत् तरंगें दौड़ने लगती हैं। कान्हा पुरुष जाति की ऊर्जा है एवं गोपियाँ नारी जाति की ऊर्जा हैं। दोनों ऊर्जाओं के महामिलन से ही चराचर के प्राणियों में प्राणों का संचार होने लगता है।

रासलीला भी चराचर की ही भाँति गतिमान है। रासलीला में कृष्ण-राधा केंद्र में विद्यमान हैं एवं गोपिकाएँ गोलाकार घेरा बनाकर घड़ी की सुई की तरह नृत्य कर रही हैं। बाँसुरी की मदहोश करनेवाली धुन से समस्त गोपियों का रोम-रोम खिल उठा है। उन्हें न अपना होश है, न दुनिया की परवाह। वे अपना समस्त सौंदर्य अपने लल्ला पर लुटाना चाहती हैं। नृत्य करते-करते उन्हें ऐसा प्रतीत होने लगता कि कृष्ण

स्वयं उनके साथ जैसे नृत्य कर रहे हों। स्वयं कृष्ण जैसे नभ मंडल के स्वामी सूर्य की तरह केंद्र में हैं एवं गोपिकाएँ उनकी परिक्रमा कर रही हैं। उन सबके ब्रह्मरंध्रों से एक अलौकिक आभा प्रस्फुटित हो रही है। गोपिकाओं का जीवन तो जैसे धन्य हो गया है, उनका शरीर तृप्त हो गया है, आत्मा तृप्त हो गई है। उन्हें ऐसा भान हो रहा है कि 'अष्ट निधि' उनके हाथ लग गई है, वृंदावन का निधिवन तो फूले नहीं समा रहा है, वहाँ के पेड़, लताएँ भी साक्षी थीं, इस रासलीला की उनका अस्तित्व भी सार्थक हो गया था। कहते हैं कि स्वयं नटराज भी सखी भाव से गोपी का रूप धारण कर इस नृत्य में शामिल हुए थे।

कृष्ण का सारा जीवन ही दुःख भरा था, तब चाहे उनके जन्म की दास्तान हो या बाल्यपन के भयानक हादसे हों। मामा कंस हर पल, हर क्षण इसी ताक में रहता था कि कब भानजे का नामोनिशान समाप्त हो। उन्होंने अपनी जवानी भी कर्तव्यों पर न्योछावर कर दी थी, परंतु उन्होंने अपनी लीलाओं से, अपने कार्यों से सदा ही मानव जाति का कल्याण किया था। वह स्वयं महा आनंद के सागर के समान थे, उनकी रासलीला भी महा आनंद को प्राप्त करने का एक सुगम मार्ग था। तन, मन एवं बुद्धि को शुद्ध करने का एक पथ था। यह रासनृत्य एक दैवीय घटना थी। इस विश्व में प्रेम का प्रतीक निश्छल, निष्कपट, कामना रहित महारास का कोई सानी है ही नहीं। यह शुद्ध विशुद्ध आनंदमार्ग था, अपना सर्वस्व एक-दूसरे को अर्पित करने का मार्ग था। धन्य थीं वे गोपिकाएँ, जिन्हें ऐसा अवसर मिला था, जिसके कारण वे शुद्ध एवं निर्मल हो गई थीं। चित शांत हो गया था, दुनिया का परम वैभव जो उनके हाथ लगा था उसके सहारे उन्होंने अपना सारा जीवन कृष्ण की याद में बिताया था।

भरतनाट्यम्, कथक, मणिपुरी, डांडिया एवं गर्बा नृत्य का स्रोत ब्रज की यही रासलीला है। यद्यपि आज से कई हजारों साल पहले ब्रज की भूमि पर रासलीला रचाई गई थी, परंतु उस महारास की याद में आज भी जन्माष्टमी के पावन अवसर पर सर्वत्र रासलीला का आयोजन किया जाता है। गुजरात का डांडिया नृत्य विश्व विख्यात है। इस नृत्य में पुरुष एवं स्त्रियाँ रंग-बिरंगे कपड़े पहनकर नृत्य करते हैं, स्त्रियाँ रंग-बिरंगी चोलियाँ, लहँगे, दुपट्टा पहनती हैं। सोलह प्रकार का शृंगार करती हैं और तब डांडिया नृत्य में भाग लेती हैं। पुरुष सिर पर पगड़ी बाँधकर नृत्य में भाग लेते हैं, दोनों के हाथों में डंडियाँ होती हैं। सामूहिक नृत्य की ऐसी मनोहारी छटा केवल इस भारत देश में ही देखने को मिलती है। ढोल एवं नगाड़ों की ताल पर नर एवं नारियाँ थिरकते हुए, अपनी डंडियों से एक-दूसरे का आलिंगन करते हैं। डांडियों

के मधुर स्वर नृत्य को चार चाँद लगा देते हैं। नवरात्रि के अवसरों पर स्त्रियाँ गर्बा नृत्य करती हैं, जो नारी की शक्ति का परिचायक है। मणिपुरी नृत्य को तो रासलीला के नाम से ही जाना जाता है, यही रासलीला मणिपुर राज्य का राजकीय त्योहार है। होली के पावन अवसर पर कई स्थानों पर रासलीला का आयोजन किया जाता है।

कुछ लोगों का मत है कि गोपिकाओं ने अपने अगले जीवन में कृष्ण को पति के रूप में पाने के लिए पूरे मास कात्यायनी व्रत का पालन किया था, तब उनके मन को शुद्ध करने के लिए राधा ने कृष्ण से अनुरोध किया था। कृष्ण ने अपनी सखी को आश्वस्त किया था कि वह उनके साथ महारास रचाएँगे, जिससे गोपिकाओं के मन की चाहत शांत हो और तब उन्हें जीवन में किसी भी अन्य चीज को पाने की इच्छा ही न हो।

रासलीला की वह धरती निधिवन आज भी दुनिया के लिए एक रहस्य ही बना हुआ है। यहाँ के पेड़-पौधे जैसे एक-दूसरे का आलिंगन कर रहे हैं। इस जंगल में मानव तो क्या जानवर भी रात्रि बेला में प्रवेश नहीं कर सकते हैं। वृंदावनवासियों का कहना है कि यदि भूल से भी कोई आदमी सायं बेला के पश्चात् इस जंगल में जाने की हिमाकत करता है तो या तो वह अंधा होकर लौटता है या गूँगा-बहरा होकर लौटता है। ऐसी मान्यता है कि आज भी कृष्ण गोपिकाओं के साथ इसी जंगल में रासलीला रचाते हैं। यहाँ के पेड़-पौधे जैसे सारी गोपिकाओं का प्रतिनिधित्व कर रहे हों, कान्हा के आने पर यही पेड़-पौधे गोपियों का रूप धारण कर लेते हैं एवं कृष्ण के साथ महारासलीला रचाते हैं। कृष्ण की सखी राधा का त्याग भी अनूठा है, उसने अपने कान्हा को 'सर्व जन हिताय' हेतु समाज को अर्पित कर दिया था एवं अपना सारा जीवन विरह-वेदना में तड़पते हुए बिताया था। पर उसका त्याग निरर्थक नहीं हुआ था, तभी तो स्वयं कृष्ण से पहले उसका नाम लिया जाता है। राधा-कृष्ण की जोड़ी के सान्निध्य से इस धरती पर दैवीय प्रेम की रसधारा प्रवाहित होती रहती है। संगीत लहरी के स्वर मुखरित होते रहते हैं एवं मानव तब स्वयं रसमय हो जाते हैं। आज ब्रज की रासलीला केवल ब्रज के मोहन और राधा की रासलीला तक ही सीमित नहीं है—'यहाँ हर बालक एक मोहन है और राधा इक इक बाला' और इसी कारण भारत-भूमि आज भी महारास के समान थिरकती रहती है, रसमय बनी रहती है एवं आनंद के सागर में डुबकी लगाती रहती है।

□

पर्व एवं त्योहार

भारत सही मायनों में पर्व एवं त्योहारों का देश है। एक वो भी जमाना था, जब इस भू-भाग पर हर दिन कोई पर्व या त्योहार मनाया जाता था। कई त्योहार प्राचीन के उस भारत में जो आज से भी विशाल था, खंडित नहीं था सब स्थानों पर एक ही दिन, एक ही समय मनाए जाते थे। कई त्योहार किसी क्षेत्र विशेष में मनाए जाते थे। कोई वर्ग विशेष इन त्योहारों को अपने ही अनुरूप मनाते थे। परिवार एवं गाँव में तो सदैव कोई-न-कोई आयोजन होता रहता था। मानव स्वभाव है कि उसके जीवन में सदैव जश्नों की बहार रहे, हमारे महान् कवि कालिदास भी कहते हैं कि—

उत्सवप्रिया: खलु मनुष्या:।

यानी हम सबको उत्सव प्यारे लगते हैं। यहाँ के हर व्यक्ति के जीवन को यह जश्न आनंद से सरोबार कर देते थे, तब उसका स्वयं का जीवन उत्सवमय हो जाता था। परंतु समय के साथ-साथ हम गरीब होते गए। देश की, हमारी अतुल संपदा विदेशी हमसे छीन के ले गए, साथ ही हम आलसी एवं निकम्मे होते गए, जहाँ साल के हर दिन कोई जश्न मनाया जाता था। उस धरती पर अब कुछ खास चुने हुए ही त्योहार मनाए जाते हैं, परंतु प्रसन्नता की ही बात है कि आज भी हमारे देश में अन्य देशों के मुकाबले सबसे अधिक त्योहार मनाए जाते हैं। इनमें कुछ राष्ट्रीय पर्व हैं, कुछ राजकीय पर्व हैं तो कुछ स्थानीय पर्व हैं, कुछ त्योहार एवं महापर्व हमारे अतीत के महानायकों एवं महानायिकाओं के सम्मान में आज भी मनाए जाते हैं। कई उत्सवों का सीधा संबंध ॠतु परिवर्तन से है, नक्षत्रों के संयोग से है। फसल बोने एवं काटने से है। आश्चर्यजनक रूप से इन समस्त त्योहारों को मनाने के पीछे कोई ठोस वैज्ञानिक आधार है, वैज्ञानिक तथ्य है; परंतु भारत के लोग धर्म भीरु हैं और लोग इन उत्सवों को मनाने के लिए बाध्य हों। इसी कारण, इन पर्व एवं त्योहारों को धर्म का लबादा पहनाया गया है। परंतु वास्तविक मकसद है—हमारी दैविक, दैहिक एवं

भौतिक उन्नति, जीवन के प्रति हमारी सकारात्मक सोच एवं दुःखांत जीवन संघर्षों के मध्य आनंद के वे क्षण जब हम सबमें नव-प्राणों का एवं नव स्फूर्ति का स्पंदन कर देते थे। हम यहाँ कुछ पर्व विशेषों की ही चर्चा कर रहे हैं, जो सैकड़ों, हजारों सालों से भारत की धरती पर मनाए जाते थे।

दीपावली

'तमसो मा ज्योतिर्गमय'

यानी हमें अंधकार से प्रकाश की ओर ले चलो, यानी हमारे जीवन का अंधकार मिट जाए एवं हमारा जीवन प्रकाश से जगमगाने लगे, यही तो आधार है दीपावली का यानी दीपों की माला का जो हमारे घर आँगन को अपनी ज्योति से प्रकाशित कर देते थे। अब तो बिजली का जमाना है, लड़ियों को जलाने का जमाना है। वास्तव में दीपावली प्रकाश का त्योहार है। भारतीय पंचांग की गणना के अनुसार यह अति पावन पर्व कार्तिक मास की अमावस्या की काली रात में मनाया जाता है। ऐसी मान्यता है कि चौदह वर्ष वन में बिताने के पश्चात् राम अपनी भार्या सीता एवं अनुज लखन के साथ जब अयोध्या राज्य वापस लौटे थे तो समस्त राज्य की प्रजा ने अपने घरों, आँगनों एवं सार्वजनिक स्थानों को दीपमालाओं से सजा कर उनका भव्य स्वागत किया था, अभिनंदन किया था।

कहते हैं कि दीपमालाओं के प्रकाश की अलौकिकता के कारण आपके घरों पर धन की अधिष्ठात्री लक्ष्मी की उस दिन कृपा होती है। लोग लक्ष्मी के स्वागत में घर के कोने-कोने को दीप मालाओं से सजाते हैं, सँवारते हैं, उसकी पूजा करते हैं, आरती उतारते हैं। यदि इस पावन बेला पर आप पर लक्ष्मी प्रसन्न हो जाएँ तो साल भर पैसों की बरसात होती रहती है। आपका घर धन धान्य से भरा रहता है। पुराने जमाने के व्यवसायी लोग दीवाली के मौकों पर अपने बही-खातों की पूजा करते थे, तिजोरियों की पूजा करते थे, पर अब तो जमाना है कॉरपोरेट कल्चर का, इस मौके पर अच्छे व्यावसायिक संबंधों के लिए वे पानी की तरह पैसा बहाते हैं, सरकारी एवं गैर-सरकारी हुक्मरानों को मोटी-मोटी भेंट प्रदान करते हैं। गिफ्टों के रूप में हुक्मरानों के घरों में तो जैसे गिफ्टों का अंबार लग जाता है। इस अवसर पर मिठाई बनाने वालों की तो जैसे चाँदी हो जाती है। अकेले हिंदुस्तान में अरबों-खरबों रुपए की मिठाई दीवाली के दिनों में बिकती है। ऐसी खाने-पीने की विशेषत: मिठाई खाने की मिसाल विश्व में अन्यत्र कहीं नहीं मिलती है। हाँ! अब ड्राइ-फ्रूटों के पांडाल भी खूब सजे रहते हैं। पैसे वाले अमीर लोग अपने प्रेमीजनों को ड्राइ-फ्रूटों एवं अन्य कीमती चीजों को भेंट करते हैं।

शायद शहरी लोगों को पता न हो, परंतु हमारे देश के गाँवों में दीवाली के मौके पर घरेलू पशुओं का भी अभिनंदन किया जाता है, सम्मान किया जाता है। गाय का तो विशेष सम्मान किया जाता है, उसके माथे पर तिलक लगाकर उसका अभिनंदन किया जाता है, गले में पुष्पों की माला पहनाई जाती है एवं अच्छा चारा एवं भोजन परोसा जाता है। क्या शानदार परंपरा है, जहाँ जानवरों को भी हम अपने उत्सव में शामिल कर दुनिया को एक विशेष संदेश देते हैं।

होली

'होली है' इन बोलों को सुनते ही तन-मन रोमांचित हो जाता है। 'ब्रज में होली कैसे खेलें साँवरिया के संग' हर राधा अपने साँवरिया के संग रंगों की होली खेलना चाहती है। इस त्योहार का जन्म ही शायद ब्रजभूमि से हुआ हो, कहते हैं कि बाँके बिहारी कृष्ण अपनी सखी राधा एवं उसकी सखियों के साथ होली खेलते थे। आज भी ब्रज की भूमि होली के पर्व पर अनेक रंगों से सराबोर हो जाती है।

बरसाना की होली की तो पूछो ही मत, जब कई साँवरिया अपनी राधाओं के प्यार भरे डंडों की मार से जैसे धन्य हो जाते हैं। ब्रज की इस धरती पर आज भी

होली का उत्सव बारह दिनों तक मनाया जाता है। पर हम यहाँ केवल बरसाना या ब्रज की होली की ही बात नहीं कर रहे हैं। हम यहाँ उस होली की बात कर रहे हैं, जिसके रंगों में सारा देश रँग जाता है, गुलाबी हो जाता है। होली है ही रंगों का त्योहार, होली के रंग धनी-निर्धन, स्त्री-पुरुष, छोटा-बड़ा, काला-गोरा, बच्चा-बूढ़ा—इन सारे भेदों को मिटा देता है, सब एक ही रंग में रँग जाते हैं। ढोल एवं नगाड़े साथ में हों तो आनंद भी दुगना हो जाता है, मन-मयूर जैसे नाचने लगता है, पैर तो स्वयं ही थिरकने लगते हैं। आपने अंग्रेजी की 'फ्री फॉर आल' की कहावत तो सुनी ही है, बस ऐसा ही आलम देखने को मिलता है, अपने होली के त्योहार में। नाच, गाना, रंगों की मस्ती, नकली भेद-भावों का त्याग, इन सबके संयोग से जीवन भी रंगीन हो उठता है, जैसे—एक नया समा बँध जाता है। प्राचीन भारत में शुद्ध प्राकृतिक रंग का ही प्रयोग होता था, अब सभी प्रकार के रंग बाजार में उपलब्ध हैं। सावधानी बरतने की जरूरत है कि आप अच्छे रंगों का ही प्रयोग करें। इस त्योहार की खास विशेषता है कि स्त्री एवं पुरुष एक साथ इस त्योहार में भाग लेते हैं, एक-दूसरे पर अबीर-गुलाल की बौछार करते हैं, रंगों से एक-दूसरे का अभिनंदन करते हैं। छोटे-बड़े एक-दूसरे के गले मिलकर समाज की नकली बेड़ियों को काट देते हैं। यह समानता का, उल्लास का, रंगों का, जश्न मनाने का त्योहार है।

इस त्योहार के साथ भी एक कथा जुड़ी हुई है। कहते हैं कि राक्षसराज हिरण्यकश्यप की बहन होलिका को वरदान था कि उसे आग नहीं जला सकती थी। तब जब वह दानवराज अपने पुत्र भक्त प्रह्लाद को मारने में असफल रहा था तो तब उसने अपनी बहन की मदद ली थी। बुआ होलिका ने अपने भतीजे प्रह्लाद को प्यार से अपनी गोदी में बैठाया था और स्वयं आग के ढेर पर बैठ गई थी। पर एक कहावत है कि 'जाको राखे साइँया, मार सके नहीं कोय' तब एक अप्रत्याशित घटना घटी थी। बेचारी होलिका जलकर राख हो गई थी, उसका वरदान ही उसका अभिशाप बन गया था और बालक प्रह्लाद का बाल भी बाँका नहीं हुआ था। बस! इसी याद में होली की पूर्व रात्रि पर होलिका दहन होता है। सारे लोग होलिका दहन के मौके पर आग के चारों ओर नाचते-गाते हैं। होली का त्योहार वास्तव में अच्छाई की बुराई पर जीत है, सत्य की असत्य पर विजय है। रंगों की होली, रंगों का त्योहार केवल इस भारत की भूमि पर संभव है। देश-विदेश के लोग भी सबकुछ भूल इस त्योहार का लुत्फ उठाने बड़ी तादाद में ब्रजभूमि की होली का आनंद लेते हैं।

रक्षा बंधन

रक्षा बंधन का त्योहार भाई और बहनों के पावन एवं पवित्र रिश्ते का त्योहार है। सृष्टि के प्रारंभ से ही भाई एवं बहन का रिश्ता सबसे अधिक पावन माना जाता है। इस भारत-भूमि में तो इस रिश्ते को सबसे ऊँचा दर्जा हासिल है। हर साल के एक दिन रक्षा बंधन का त्योहार सारे देश में धूम-धाम से मनाया जाता है। इस दिन हर बहन अपने भाई की कलाई पर राखी बाँधती है। यह राखी का धागा कोई साधारण धागा नहीं होता है, उस धागे में बहन का अपने भाई के प्रति असीम प्यार छुपा होता है, उसकी भाई के लिए प्रार्थनाएँ छुपी हुई होती हैं, जिससे उसके भाई पर कभी कोई आफत-विपद न आए। इसी कारण लोग राखी के इस धागे को रक्षा सूत्र भी कहते हैं, इसमें बहन की ताकत सन्निहित होती है, जो अपने भाई के जीवन की मंगल कामना करती है।

इसके साथ ही भाई भी इस राखी की डोर में बँध जाता है। वह अपनी बहन की रक्षार्थ इस प्यार की डोरी में बँध सा जाता है। कविवर रविंद्र नाथ टैगोर तो इसे केवल भाई एवं बहन के पवित्र रिश्ते का त्योहार ही नहीं मानते थे। उनका कहना था कि वास्तव में यह त्योहार 'इनसानियत का पर्व है', भाई-चारे का उत्सव है। यह त्योहार सामाजिक, पौराणिक, धार्मिक एवं सांस्कृतिक सभी दृष्टियों से दुनिया का अति पावन एवं पवित्र त्योहार है, यह इस पृथ्वी पर बहनों के वर्चस्व का त्योहार है।

हमारे देश में यह त्योहार सभ्यता के प्रारंभ से ही मनाया जाता रहा है, ऐसी मान्यता है कि एक समय देव एवं दानवों के युद्ध में देवताओं की शक्ति क्षीण पड़ने लगी थी, तब इंद्राणी ने अपनी उपासनाओं के साथ एक धागे का रक्षासूत्र बनाकर इंद्र की कलाई पर बाँधा था। कहते हैं कि यह उस रक्षासूत्र का ही कमाल था कि इंद्र के जीवन की रक्षा हो पाई थी। एक अन्य रोचक किस्सा इस त्योहार के साथ जुड़ा है। एक समय की बात है, एक दानवराज बलि से देवगण त्रस्त थे, तब वे अपनी रक्षार्थ विष्णु की शरण में गए थे। उनकी आपबीती सुनने के पश्चात् विष्णु ने बलि को सबक सिखाने की ठानी। तब उन्होंने बावन का रूप धारण किया एवं यज्ञमंडप पर पदार्पण किया था। तब उस बावन ने बलि से तीन पग भूमि माँगी थी। याचकों पर अपना सबकुछ लुटाने वाले बलि के लिए तीन पग भूमि दान करना एक तमाशा जैसे लगा था एवं उसने एतदर्थ भिक्षु को वचन दिया था। पर ये क्या? उस बावन ने तो समस्त पृथ्वी, आकाश एवं पाताल लोक को अपने एक ही पैर से नाप लिया था, तब जब कोई जगह बची ही नहीं तो बलि ने अपना मस्तक आगे बढ़ा दिया

था। उसकी दानवीरता से प्रसन्न होकर उन्होंने उसे पाताल लोक का राजा बना दिया था, परंतु उसका राज्य कोई छल से न छीन सके, उसने विष्णु को ही स्वयं की रक्षा के लिए माँग लिया था। बेचारे विष्णु अपने वचनों की लाज रखने के लिए पाताल लोक के द्वारपाल बन गए थे। कहते हैं कि तब नारद की सलाह पर लक्ष्मी ने बलि की कलाई पर राखी बाँधकर उसे अपना भाई बनाया था, तब बहन के मनोरथ को जानकर बलि ने विष्णु को उन्हें भेंट कर दिया था। आज भी भारत के कई इलाकों में ब्राह्मण अपने यजमानों की कलाई पर राखी बाँधते समय बलि के सम्मान में कहते हैं कि 'दीन बंधो बलि राजा, दान बंधु महाबल' यानी वे राजा बलि की तरह आपके यशस्वी होने की कामना करते हैं।

चित्तौड़ की रानी दुर्गावती के नाम से कौन परिचित नहीं है? उसने गुजरात के शाह बहादुरशाह से अपने राज्य की रक्षा के लिए मुगल सम्राट् हुमायूँ को राखी भिजवाई थी। तब मुगल बादशाह ने एक भाई की मर्यादा की लाज रखी थी एवं रानी की सहायता के लिए एक बड़ी फौज भेजी थी। पर काश! वह फौज समय पर रानी की मदद कर पाती। सिकंदर महान् को कौन नहीं जानता है, पर क्या आप जानते हैं कि राजा पौरुष ने उसकी जान क्यों नहीं ली? ऐसा कहा जाता है कि सिकंदर की पत्नी ने पौरुष के हाथ पर राखी बाँधकर उसे अपना भाई बनाया था एवं तब उसने भाई से अपने सरताज के जीवन की रक्षा का राजा से वचन लिया था कि वह उसके सुहाग के जीवन की रक्षा करेगा।

पंचांग के अनुसार हर साल शरद पूर्णिमा को यह त्योहार केवल भारत ही नहीं अपितु विश्व के कई भागों में मनाया जाता है। वास्तव में साल का यह पावन दिन भाई-बहन के पावन प्रेम को समर्पित है।

नवरात्रि

नवरात्रि यानी नौ रातें सही मायनों में शक्ति का त्योहार है। इस समस्त चराचर का संचालन इसी शक्ति के बल पर संभव हो पाता है। समस्त शक्तियाँ इसी महाशक्ति की अनुकंपा से अपने-अपने कर्तव्यों का, कार्यों का निर्वाह कर पाती हैं। दुनिया में केवल भारत ही एक ऐसा देश है, जहाँ स्वयं सृष्टिकर्ताओं की शक्ति का रहस्य भी इसी अलौकिक शक्ति को माना जाता है। ऐसी धारणा है न तो इसका कभी सृजन होता है और न ही यह शक्ति कभी समाप्त होती है, यह पहले भी विद्यमान थी आज भी विद्यमान है एवं सदा विद्यमान रहेगी। हम इसी शक्ति को दुर्गा के नाम से जानते

हैं। यह वास्तव में नारी शक्ति है, नारी जाति की प्रतिष्ठा है, नारी जाति की श्रेष्ठता है। वही शक्ति स्वरूपा माता, बहन, भार्या, कन्या, दुर्गा, लक्ष्मी एवं सरस्वती है, यही शक्तियाँ सारे विश्व को, समस्त ब्रह्मांडों को संचालित करती हैं। यही कारण है कि आदिकाल से ही भारत-भूमि में माँ दुर्गा यानी स्वयं सर्वोच्च शक्ति का स्थान सबसे ऊपर है। उसी के कारण समस्त प्राणियों में शक्ति का संचार होता है, प्राणों का संचार होता है, नारी शक्ति के बगैर पुरुष शव के समान है। इन्हीं कारणों से उसी महाशक्ति की प्रतिष्ठा में इस भारत-भूमि में नौ दिनों तक नवरात्रि का त्योहार मनाया जाता है। यह त्योहार साल में दो बार मनाया जाता है, यानी अठारह दिन यानी साल में नवरात्रि त्योहार दो बार मनाया जाता है। है विश्व में कोई त्योहार, कोई पर्व जो साल में दो बार मनाया जाता है ? यानी यह त्योहार सारे त्योहारों में श्रेष्ठ है, सबसे अधिक दिनों तक मनाया जाता है, साल में दो बार मनाया जाता है। इस मौके पर आप जीती जागती कन्याओं की प्रतिष्ठा करते हैं, उनके पग पखारते हैं, उनकी पूजा करते हैं, यानी हर घर में शक्ति का वास होता है, उन्हीं के प्रतीक के रूप में नवरात्रों में स्वयं समस्त कन्याएँ शक्ति स्वरूपा माँ जगदंबा का प्रतीक हैं।

इस पर्व के बारे में कुछ आध्यात्मिक धारणाएँ भी हैं, विशेषत: यह त्योहार नौ दिनों तक मनाए जाने के बारे में। इन दिनों पहले तीन दिनों तक माँ दुर्गा की पूजा होती है, वास्तव में इसका एक दार्शनिक पक्ष है। इन तीन दिनों में आपका तन, मन एवं बुद्धि शुद्ध होती है अगले तीन दिन माँ लक्ष्मी को समर्पित हैं, यानी आप संपन्न हों, आप धनवान हों, आप पर सौभाग्य की वर्षा हो एवं आपके सब मनोरथ पूर्ण हों। अंतिम तीन दिन ज्ञान, प्रकाश एवं संगीत की देवी सरस्वती को समर्पित हैं, जो आपको सभ्य, सुसंस्कृत, तेजवान एवं बुद्धिमान बनाती हैं। नवरात्रि के बाद आती है विजय दशमी, यानी इसी दिन माँ ने दुष्टों का संहार किया था, उन पर विजय हासिल की थी। कुछ लोग नवरात्रों में नौ दिनों तक शक्ति की पूजा करते हैं, अनुष्ठान करते हैं, जिससे शक्ति की उन पर कृपा हो, वह कवच बनकर उनकी रक्षा करे।

हाँ! यह त्योहार ऋतुओं से भी संबंधित है, गरमी प्रारंभ होने से पूर्व एवं शीतकाल शुरू होने के पूर्व यह पावन पर्व मनाया जाता है।

इस पर्व को, त्योहार हो हम दशहरा के नाम से भी जानते हैं, मनाते हैं। ऐसी मान्यता है कि इस त्योहार को महानायक राम की रावण पर विजय के उपलक्ष्य में मनाया जाता है। इसे विजयदशमी के रूप में मनाया जाता है। यह सत्य की असत्य पर विजय है, धर्म की अधर्म पर विजय है, सच की झूठ पर विजय है। अधर्म एवं पापों

के प्रतीक राक्षसों के पुतलों का जलाया जाता है। रघुकुल तिलक राम का जयघोष किया जाता है, साथ ही मर्यादा पुरुषोत्तम राम की लीलाओं का वर्णन रामलीलाओं के माध्यम से किया जाता है। वास्तव में यह लीला रिश्तों की लीला है, मर्यादा की लीला है, हजारों सालों से इस देश में रामलीला के माध्यम से राम के जीवन की झाँकियों को देखकर आज का मानव चकित हो जाता है। धन्य हो जाता है। काश! आज का मानव भी उस मर्यादा पुरुषोत्तम के चरण चिह्नों पर कुछ अंश भर ही चल सके तो शायद इस भारत-भूमि पर पुनः रामराज्य की पुनर्स्थापना हो जाएगी और तब संभवतः यह कथन सार्थक हो जाएगा कि—

"दैहिक दैविक भौतिक तापा, रामराज्य काहू नहीं ब्यापा।"

अन्य महत्त्वपूर्ण पर्व एवं त्योहार

रामनवमी, जन्माष्टमी, महाशिवरात्री, गणेश चतुर्थी, गुरु पूर्णिमा, मकर संक्रांति, महावीर जयंती, वसंत पंचमी, करवाचौथ, लोहड़ी, पोंगल, ओनम, हनुमान जयंती, जगन्नाथ रथयात्रा, गुरुपर्व, क्रिसमस, गुड फ्राइडे, बकरीद, बुद्ध पूर्णिमा, ईद हमारे देश के कुछ अन्य मुख्य त्योहार हैं, कुछ पर्व देश के अतीत के महानायकों के जन्म दिवस के रूप में मनाए जाते हैं, कुछ उनके महान् कार्यों के सम्मान में किए जाते हैं, कुछ त्योहारों का सीधा संबंध ग्रह नक्षत्रों के शुभ संयोग से होता है तो कुछ का संबंध ऋतु परिवर्तन एवं फसल बोने या काटने से होता है। कई पर्वों पर हम उपवास रखते हैं, तब इससे हमें चाहे कोई पुण्य मिले या न मिले पर हमारे शरीर के कल-पुर्जों को कुछ आराम जरूर मिल जाता है, साथ ही आपकी पाचन क्रिया के लिए व्रत एवं उपवास संजीवनी का काम भी करते हैं।

इसी प्रकार रमजान का पावन पर्व पूरे एक माह तक मनाया जाता है। मुसलमानों का यह अत्यंत महत्त्वपूर्ण पर्व है, वह सारे माह रोजा-उपवास रखते हैं। ईद भी एक महत्त्वपूर्ण पर्व है, एक माह की कठिन साधना यानी रजमान के बाद यह पर्व आता है। पर जैसे कष्ट सहने के बाद सुख पाने पर आनंद कुछ अधिक ही बढ़ जाता है, ठीक इसी प्रकार रमजान के बाद ईद मनाने का आनंद कुछ और ही है। वास्तव में ईद का त्योहार आपसी भाई-चारे का त्योहार है, समानता का त्योहार है। इस पावन पर्व पर हम सब एक-दूसरे के गले मिलते हैं, एक-दूसरे का अभिनंदन करते हैं।

इसी प्रकार क्रिसमस का त्योहार भी हमारे जीवन में खुशियों की बहार लाता है। यह त्योहार हर वर्ष पच्चीस दिसंबर को मनाया जाता है। इस पर्व पर सब लोग

एक-दूसरे को उपहार देते हैं। यह पर्व वास्तव में उपहारों का पर्व है। सेंटा क्लाउज तो बच्चों के तकिए के नीचे उनके लिए अनोखे उपहार रखता है। प्रातः नींद खुलने पर आपको जब ये उपहार मिलते हैं तो बच्चे खुशी से झूम उठते हैं। लोग इस दिन चर्च में विशेष प्रार्थनाएँ करते हैं। इसी प्रकार गुड फ्राइडे का त्योहार भी सारे देश में धूमधाम से मनाया जाता है। इसके साथ ही गणतंत्र दिवस, स्वतंत्रता दिवस, गांधी जयंती एवं बुद्ध पूर्णिमा राजकीय त्योहार हैं, इन्हें सारे देश में धूमधाम से मनाया जाता है। सही अर्थों में हमारे पर्व एवं हमारे त्योहार हमारे राष्ट्र की जान हैं।

□

कुंभ मेला

दुनिया के हर कोने में, हर देश में किसी-न-किसी मेले का आयोजन होता है, पर आज हम जिस मेले की आपसे चर्चा कर रहे हैं वह कोई सामान्य मेला नहीं है। हम एक ऐसे मेले की चर्चा कर रहे हैं, जो भारत की तीन नदियों के मुहाने पर किसी खास मौकों पर मनाया जाता है। यह दुनिया का सबसे बड़ा मेला है, जिसमें केवल कुछ हजार या लाख लोग ही भाग नहीं लेते हैं, अपितु करोड़ों लोग सम्मिलित होते हैं। इतिहास गवाह है मानवता का ऐसा शाश्वत जन-प्रवाह केवल कुंभ मेले में ही संभव है। यह अन्य त्योहारों की भाँति हर साल नहीं मनाया जाता है, अपितु हर बारह साल के अंतराल में मनाया जाता है। आपने प्रयागराज का नाम तो सुना ही है, यहाँ

हमारी दो पावन नदियों का संगम होता है, परंतु हमारे देश की प्राचीनतम नदी भी इसी प्रयागराज में गंगा एवं यमुना को अपने गले लगाती थी। यानी यह स्थान तीन महान् नदियों का संगम है। इसी कारण इसे त्रिवेणी के नाम से भी जाना जाता है। लोगों की ऐसी मान्यता है कि यहाँ आज भी सरस्वती नदी गुप्त रूप में धरती के अंदर प्रवाहित हो रही है। इसी प्रयागराज के गंगा, यमुना एवं सरस्वती के संगम पर कुंभ के पावन पर्व पर सभी संप्रदायों के नर-नारी, बच्चे-बूढ़े स्नान कर अपना जीवन जैसे सफल करते हैं। अर्द्धकुंभ हर छह साल बाद प्रयागराज एवं हरिद्वार में मनाया जाता है। कुंभ हर तीन वर्षों में क्रमानुसार चार स्थानों पर मनाया जाता है, प्रयागराज यानी इलाहाबाद में त्रिवेणी के संगम पर, नासिक में गोदावरी के मुहाने पर, हरिद्वार में हर की पौढ़ी पर, यानी गंगा के किनारे एवं उज्जैन में शिप्रा के किनारे—इन मेलों का आयोजन होता है। खगोल गणना के हिसाब से मकर संक्रांति का दिन अति शुभ माना जाता है, जब सूर्य और चंद्रमा वृश्चिक राशि में और बृहस्पति मेष राशि में प्रवेश करते हैं, तब इस पावन योग को ही कुंभ स्नान का योग कहा जाता है। इसकी अहमियत और बढ़ जाती है, जब बारह कुंभों (हर बारह बरस में पूर्ण कुंभ आता है) के पश्चात् यानी एक सौ चवालीस साल के बाद महाकुंभ की शुभ बेला आती है। ऐसी मान्यता है कि कुंभ के योग के दौरान प्रयागराज के त्रिवेणी संगम, हरिद्वार में हर की पौड़ी पर स्थित गंगा की जल राशि पर, उज्जैन में शिप्रा के जल में एवं नासिक में गोदावरी के जल में अमृत की धाराएँ बहती हैं। खगोल शास्त्रियों की गणना के मुताबिक ग्रहों के शुभ संयोग से इन चारों स्थानों में चराचर की ऊर्जा यहाँ की नदियों के जल में समा जाती है। जिन भाग्यशाली जनों को इस शुभ घड़ी में इन नदियों के जल में डुबकी लगाने का सौभाग्य प्राप्त होता है, निस्संदेह न केवल उनके तन में नव-स्फूर्ति आ जाती है, अपितु उनके तन, मन एवं मस्तिष्क में भी एक नवीन ऊर्जा समाहित हो जाती है। यही कारण है कि करोड़ों लोग इस घड़ी के लिए तरसते रहते हैं। इस सदी का सन् बीस सौ तेरह का महाकुंभ का मेला भी विश्व के जनमानस की चेतना का महापर्व था। सारे विश्व के जनमानसों ने इस महाकुंभ मेले में शामिल होकर अपना जीवन धन्य किया था, करोड़ों लोगों ने इस मेले की शोभा बढ़ाई थी।

भारत ऋषि-मुनियों की भूमि रहा है, कुंभ के इन पावन पर्वों पर देश का सारा संत समाज प्रयागराज, हर की पौढ़ी, नासिक एवं उज्जैन की पावन नदियों पर स्नान करने आते हैं। हमारे देश में लाखों संत-महात्मा हैं, तब चाहे वह कोई दंडी स्वामी हो, जो किसी प्रसिद्ध चार मठों में से एक के शंकराचार्य की गद्दी पर आसीन हो,

चाहे संतों के तेरह अखाड़ों में से किसी एक अखाड़े का प्रतिनिधित्व करता हो, ये सभी संत परंपरानुसार महान् शाही स्नान में भाग लेते हैं, जो कुंभ मेले का मुख्य आकर्षण होता है। नागा साधुओं की शान तो निराली ही है, जब नागा साधु शाही स्नान में भाग लेते हैं तो इस दृश्य की छटा अनोखी होती है। कई लोग तो इसी शाही स्नान की झाँकियों को देखने कुंभ मेले में आते हैं। कहते हैं कि ब्रिटिश शासन के दौरान शाही स्नान की परंपरा शुरू की गई थी। आदिगुरु शंकराचार्य ने भारत की आध्यात्मिक एवं सांस्कृतिक उन्नति के लिए कुंभ के मेले की शान बढ़ाने के लिए संत समाज में एक नवीन चेतना का संचार किया था, साथ ही कुछ संत परंपराओं की भी नींव डाली थी।

कुंभ मेला कब शुरू हुआ एवं इसका मूल स्रोत क्या है? सबसे पहले इस संदर्भ में कुंभ मेलों का विशद वर्णन हमारे प्राचीन ग्रंथों में किया गया है। वेद, पुराण एवं रामायण में कुंभ मेले की चर्चा की गई है, इस विषय में एक प्रसिद्ध पौराणिक कथा भी है। कहते हैं कि ऋषि दुर्वासा के शाप के कारण देवताओं की शक्ति क्षीण हो गई थी। इसके फलस्वरूप वे दानवों के बल के आगे टिक नहीं पा रहे थे, तब सारे देवगण विष्णु की शरण में गए थे एवं उनसे पुनः शक्ति प्राप्त करने की प्रार्थना की थी, तब विष्णु की सलाह पर उन्होंने इस आशय के लिए दानवों से संधि कर ली थी। उनका मकसद था क्षीर सागर के मंथन से अमृत को प्राप्त करना, जिसको पीने पर वह अपनी खोई ऊर्जा को पुनः प्राप्त कर सकें। तब देव एवं दानवों ने मिलकर समुद्र मंथन किया था, कहा जाता है कि तब समुद्र से धन्वंतरी अमृत कलश हाथ में लिये हुए प्रकट हुए थे, पर देवताओं ने तब दानवों के साथ छल किया था, देवराज इंद्र का पुत्र धन्वंतरी के हाथों से कलश लेकर आकाश में लोप हो गया था। तब बारह दिन और रातों तक देव एवं दानवों के बीच भयंकर युद्ध हुआ था। अंततः दानवों ने इंद्रपुत्र दुष्यंत को पकड़ लिया था, तब उस मायावी विष्णु ने मोहिनी का रूप धारण किया था एवं छल से देवताओं को अमृत प्रदान किया था। राहु एवं केतु नामक राक्षस चालाक थे, देवताओं का रूप बनाकर उनकी पंक्ति में बैठ गए थे एवं तब उन्होंने भी अमृत-पान किया था। जब विष्णु को इस बात का पता लगा तो उन्होंने राहु के सिर को धड़ से अलग कर दिया था, परंतु अमृत चखने के कारण उनका अस्तित्व आज भी बरकरार है। खैर! यहाँ तो चर्चा हो रही है कुंभ मेले की, कहते हैं कि जब इंद्रपुत्र दुष्यंत अमृत कलश को लेकर आकाश में भाग रहा था तो अमृत कलश से कुछ अमृत की बूँदें छलककर पृथ्वी के इन्हीं चार स्थानों प्रयागराज, हरिद्वार, नासिक

एवं उज्जैन में प्रवाहित होनेवाली नदियों के जल में गिरी थीं। कहते हैं कि देवों का एक दिन हम मानवों के बारह वर्षों के बराबर होता है और इसी कारण हर बारह साल में कुंभ मेलों का आयोजन होता है।

हमारे प्राचीन ग्रंथों में प्रयागराज की विशेषता का वर्णन किया गया है, ऋग्वेद की इन पंक्तियों में पावन त्रिवेणी एवं प्रयागराज का कितना सुंदर वर्णन है—

अन्यक्षेत्रे कृततं पापम् पुण्यक्षेत्रे विनश्यति।
पुण्यक्षेत्रे कृततं पापम् प्रयागतीर्थे विनश्यन्ति॥

यानी प्रयागराज की प्रधानता का सुंदर विवरण मिलता है। हमें यह भी जानना जरूरी है कि आखिर कुंभ का असली मकसद क्या है। कुंभ घड़े को भी कहते हैं स्वयं पृथ्वी, समुद्र एवं सूर्य भी कुंभ के पर्याय ही हैं। नदी, तालाब, कुएँ भी कुंभ के ही प्रतीक हैं, इन स्थानों की जलराशि के चारों ओर एक कवर होता है, दीवार जैसे होती है, जिसके अंदर ही पानी रहता है। कुंभ हमारे शरीर की कोशिकाओं का भी प्रतीक है, हमारी इच्छाओं का प्रतीक भी है। वास्तव में कुंभ समस्त संस्कृतियों का संगम है। यह मानव की आध्यात्मिक एवं सांस्कृतिक उन्नति का प्रतीक है।

यद्यपि कुंभ का आयोजन अति प्राचीन काल से होता आ रहा है, परंतु इसकी जानकारी एक पीढ़ी से दूसरी पीढ़ी को केवल मौखिक रूप से ही प्रदान की जाती थी। परंपराओं के माध्यम से भी हमें कुंभ मेले का परिचय मिलता था, परंतु कई शताब्दियों पहले एक चीनी यात्री ह्वेनसांग ने पहली बार कुंभ मेले की आँखों देखी झाँकियाँ अपनी डायरी में लेखबद्ध की थीं। उसने ईसा सदी सन् 624 से सन् 645 तक सारे भारत का भ्रमण किया था। उस समय के चक्रवर्ती सम्राट् हर्षवर्धन ने उसकी यात्रा के दौरान कुंभ मेले का आयोजन किया था एवं स्वयं इस पावन अवसर की शुभ बेला में त्रिवेणी के जल में स्नान किया था। चंद्रगुप्त मौर्य के शासनकाल के दौरान एक यूनानी दूत ने इस मेले का उल्लेख किया है। ह्वेनसांग ने अपनी डायरी में लिखा था कि उसकी यात्रा के दौरान पचहत्तर दिनों तक कुंभ मेले का आयोजन किया गया था। उसने इस मौके पर राजा, महाराजाओं, सामंतों एवं साहूकारों द्वारा दान देने की परंपरा का भी बखान किया है। कहते हैं कि स्वयं सम्राट् हर्षवर्धन ने अपनी सारी धन-संपदा सुपात्रों को दान कर दी थी। कुंभ मेले के दौरान कुछ खास अवसरों पर स्नान करना महापुण्य का सूचक माना जाता है। मकर संक्रांति, मौनी अमावस्या, वसंत पंचमी, भीष्म एकादशी एवं पूस पूर्णिमा के शुभ योग में स्नान करना अति शुभ माना जाता है। इस सदी के महाकुंभ के अवसर पर प्रयागराज के संगम पर करीब

तीन करोड़ लोगों ने स्नान किया था। हरिद्वार के अर्द्धकुंभ मेले में करीब एक करोड़ लोगों ने हर की पौढ़ी पर डुबकी लगाई थी। कहते हैं कि कुंभ मेला मानव इतिहास का प्रथम मेला है, विश्व का सबसे बड़ा मेला है। इस मेले में केवल भारत ही नहीं अपितु सारे विश्व के लोग सम्मिलित होते हैं। यह नदियों का भी पर्व है, जिनके तटों पर बैठकर हमारे ऋषि-मुनियों ने मानव सभ्यता एवं संस्कृति की नींव डाली थी।

पूर्ण कुंभ एवं महाकुंभ के आयोजन केवल प्रयागराज के त्रिवेणी संगम पर ही आयोजित होते हैं। यहाँ गंगा एवं यमुना का महामिलन आपको आत्मविभोर कर देता है, नदियों में सबसे पवित्र एवं प्राचीन सरस्वती नदी आज हमारी आँखों से ओझल जरूर हो गई है, पर यह आज भी पृथ्वी के अंदर प्रवाहित हो रही है एवं त्रिवेणी में अन्य दो पावन नदियों के जल में समाहित हो जाती है।

□

चित्तौड़गढ़ का किला

यह सत्य है कि चित्तौड़गढ़ का किला भारत के भव्यशाली किलों में सबसे अधिक बेमिसाल है, ऐतिहासिक है, वीरता, त्याग एवं बलिदान का प्रतीक है, न भूतो न भविष्यति, हमारी आन-बान-शान एवं 'जौहर' का प्रतीक है। गुंडे, बदमाश, लुटेरे, आततायी विदेशी जालिम हमारी बेटी, बहन एवं माताओं के निर्जीव शरीर को भी जलील करते थे, शर्मनाक करते थे। इससे बचने के लिए, अपने आत्मसम्मान को बरकरार रखने के लिए हमारी क्षत्राणी वीरांगनाओं ने अग्निदेव की शरण ली थी। उनका पंच भौतिक शरीर अग्नि की ज्वालाओं में स्वाहा हो गया था, पर उस पवित्र अग्नि कुंड की भस्म से उन राजपूत वीरों ने अपने ललाट का

तिलक किया था और कूद पड़े थे, रण के मैदान में। उन्हें ज्ञात था कि दुश्मनों की संख्या के मुकाबले उनकी संख्या नगण्य थी, पर गुलामी उन्हें स्वीकार थी ही नहीं, देश को गुलामी की जंजीरों में जकड़ा देखना उन्हें स्वीकार था ही नहीं। बस देश के लिए अपना जीवन कुरबान करना ही उनका मकसद था। भारत माता के मस्तक को अपने खून से तिलक कर वह इस भारत देश के गौरवशाली इतिहास के पन्नों में सदा-सदा के लिए अमर हो गए हैं। आज गोरा एवं बादल की अमर गाथाओं से देश का बच्चा-बच्चा भी वाकिफ है। इन्होंने अलाउद्दीन खिलजी की अपार सेना में हाहाकार मचाया था। जयमल एवं फत्ता जैसे वीरों के कारनामों से उनका दुश्मन अकबर इतना प्रभावित हुआ था कि उन अमर वीरों की याद में उसने आगरे के किले में उनके स्मारक बनाए थे। 'मेरे तो गिरिधर गोपाल' वाली मीरा को कौन नहीं जानता है। इसी ऐतिहासिक किले की दीवारें आज भी मीरा के भजनों से गूँजती रहती हैं। भारत की आजादी के, स्वाभिमान के, राजपूती गरिमा के महानायक महाराणा प्रताप के नाम से देश भलीभाँति परिचित है। उनके जीवन की, बचपन की, जवानी की कई यादें इसी किले से जुड़ी हैं। इस कारण भी यह किला हमारे लिए सम्मान का प्रतीक है, स्वाभिमान का प्रतीक है, स्वतंत्रता का प्रतीक है, 'प्राण जाए पर स्वाभिमान न जाए' का प्रतीक है।

इस किले को चित्तौड़ के नाम से भी जाना जाता है, यह एशिया महाद्वीप का सबसे बड़ा किला है। यह पहाड़ की ऊँचाई पर अवस्थित है एवं जमीन से कई हजार फीट ऊँचाई पर बनाया गया है। यह किला अपने महलों, पूजास्थलों, अभेद्य सुरक्षा घेरों एवं आश्चर्यजनक वास्तुकला के लिए प्रसिद्ध है और यही कारण है कि यूनेस्को ने इस किले को विश्व धरोहर का दर्जा दिया है। इस किले को पानी का किला भी कहा जाता है, यहाँ के करीब चालीस प्रतिशत क्षेत्र में पानी है। यहाँ कई तालाब, कुंड एवं बावरियाँ हैं। ऐसा कहा जाता था कि पहले यहाँ पानी करीब चौबीस स्थानों पर उपलब्ध था, अब भी आपको करीब बाईस स्थल ऐसे मिलेंगे, जहाँ पानी उपलब्ध है। इनमें गौमुख नामक स्थान प्रसिद्ध है, जहाँ गाय के मुख से पानी की धारा प्रवाहित हो रही है। वैसे तो हमारे हिंदुस्तान में हजारों किले हैं, लेकिन सारे विश्व में यह एक ऐसा किला है, जिसने देश की स्वतंत्रता की खातिर कई नवीन इतिहासों का सृजन किया है। यह किला न केवल राजपूत शासकों के शौर्य, देशभक्ति एवं बलिदान का परिचारक है, अपितु हमारी भावी पीढ़ियों के लिए भी एक प्रकाशपुंज है। सारे विश्व की नारी जाति के लिए तो यह नारी के महान् बलिदान

का जीता-जागता उदाहरण है, प्राण गवाँना उन महान् वीरांगनाओं को मंजूर था, पर कोई उनकी लज्जा से खिलवाड़ करे, यह उन्हें कतई मंजूर नहीं था। हमारी महान् राजपूत वीरांगनाओं ने अपने सतीत्व की रक्षा के लिए, अपनी अक्षुण्ण स्वतंत्रता के लिए अपने प्राणों की बलि देकर देश की शान बढ़ाई थी। उन्हें दुश्मन के हाथ नापाक नहीं कर सके थे। उनके जौहर के कारनामों से सारा देश तेजोमय हो गया था। वीर राजपूत भी कब पीछे रहनेवाले थे, उन मुट्ठी भर राजपूत वीरों ने अपने सिर पर केसरिया कफन बाँधा था और तब विशाल शत्रु सेना पर बिजली बनकर टूटे थे। एक के बदले एक नहीं, अपितु सैकड़ों को मारने के बाद ही उन्होंने मृत्यु का वरण किया था। धन्य थे वे वीर, जिन्होंने देश की आजादी की खातिर अपने प्राणों की बलि दे दी, अपना सर्वस्व कुरबान कर दिया था। देश के महाराणा के लालों को घास-फूस की रोटियों पर गुजारा करना पड़ा था, पर वाह रे महाप्रतापी वीर, दुश्मनों के तलवे चाटने से अधिक श्रेष्ठ था घास की रोटियाँ खाना, तभी तो दुश्मन भी उनके सामने नत-मस्तक रहते थे।

आज के युग को जौहर की प्रथा एक आत्महत्या की कथा जैसी लगती हो, परंतु उस समय के हालात, अफगान पठानों की क्रूरता एवं अपनी अस्मिता की लाज रखने के लिए ही हमारी वीरांगनाओं ने जौहर किया था। आश्चर्यजनक रूप से जब कभी किसी हिंदू सम्राट् ने उनके राज्य पर आक्रमण किया था तो उन्होंने कभी जौहर का वरण नहीं किया था, क्योंकि हिंदू शासक दुश्मनों का भी सम्मान करते थे। दुश्मन की बहू-बेटियों की लज्जा से खिलवाड़ नहीं करते थे, शरणागत को शरण देना हमारी संस्कृति में था, तभी तो वीर पृथ्वीराज ने युद्ध में पराजित गौरी को जीवन दान दिया था, पर विदेशी जालिमों के खून में तो केवल क्रूरता भरी थी, घृणा भरी थी। वह किसी भी हद तक जा सकते थे और इस कारण नारी देह का अपमान न हो, हमारी वीरांगनाओं ने जौहर का वरण किया था एवं वीर नायकों ने साका का वरण किया था, जिससे उन्हें युद्ध में भी वीरगति ही प्राप्त हो।

ऐसी मान्यता है कि इस किले का निर्माण महाभारत कालीन महाबली भीम ने प्रारंभ करवाया था। कहते हैं कि तब उनके भारी-भरकम पैरों के प्रहार से इस स्थान पर एक गहरा गड्ढा हो गया था, जिससे यहाँ एक तालाब का सृजन हुआ है। इसे भीमताल के नाम से जाना जाता है। इसके वर्तमान इतिहास से हमें ज्ञात होता है कि इस किले का निर्माण मौर्य वंशीय शासकों ने सन् सात सौ ई. में किया था। यहाँ के सिक्कों पर चित्रांगदा मोरी का नाम लिखा होता था, जो एक मौर्य वंशीय

शासक था। इतिहास के पन्नों को पलटने से ज्ञात होता है कि यह किला आठ सौ चौंतीस सालों तक मेवाड़ के राजपूत शासकों की राजधानी थी। इसके संस्थापक बप्पा रावल थे, जिन्हें सोलंकी वंशीय राजा ने उन्हें उपहारस्वरूप भेंट किया था। दुश्मनों ने इस किले को कई बार क्षति पहुँचाई थी, पर किले ने सदैव ही अपने खोए गौरव को पुनः प्राप्त किया था।

अब जरा याद करें, उस बेमिसाल घटना की, जिसने राजपूत रानी पद्मावती को इतिहास के पन्नों में सदा-सर्वदा के लिए अमर कर दिया है। सन् तेरह सौ तीन में दिल्ली के तख्त पर अलाउद्दीन खिजली आसीन था। उस समय मेवाड़ के राणा रतनसिंह की रानी पद्मावती के रूप के चर्चे सारे हिंदुस्तान में हो रहे थे, वह अत्यंत रूपमती थी। कहते हैं कि उसके आगे तथाकथित स्वर्ग की अप्सराओं का सौंदर्य भी फीका था। बस! उसका यही सौंदर्य ही फिसाद का जड़ बन गया था। सुल्तान के कानों ने भी रानी के रूप की चर्चा सुनी और वह मन-ही-मन उसकी सुंदरता पर मर मिटा था। वह रानी को हासिल करने के स्वप्न देखने लगा था। उसे पाने के लिए तरकीबें सोचने लगा था। तब वह अपनी पूरी फौज के साथ चित्तौड़ के किले के सामने आ धमका था। उसने राजपूत राजा रतनसिंह के पास अपना एक दूत भेजा एवं अपनी ख्वाइश जाहिर की थी, वह रानी की एक झलक पाने की मंशा रखता है एवं राजा उसके इस आग्रह को स्वीकर कर उसे धन्य करे। बस राजा से यहीं चूक हुई थी एवं वह उसकी चिकनी-चुपड़ी बातों के जाल में फँस गया। उसने सुल्तान को इस शर्त पर किले से दाखिल होने की इजाजत दी कि वह निहत्था अकेले ही किले में प्रवेश करे। कहते हैं कि रानी पद्मावती को यह कतई गँवारा नहीं था कि सुल्तान आमने-सामने उसका दीदार करे। तब कहते हैं कि उस सुल्तान ने महल में लगे दर्पणों की मदद से रानी के रूप को निहारा था। उसने रानी के रूप के बारे में जो सुना था, वह तो उससे अधिक सुंदर थी। वह अपने होशो-हवास खो बैठा और तब उसने मन-ही-मन यह ठान लिया था कि वह किसी भी प्रकार रानी को हासिल कर अपनी मल्लिका बनाएगा। राजा सुसांस्कृतिक था, शिष्टाचार के नाते अपने अतिथि को आदरपूर्वक किले के बाहर तक तक छोड़ने आया और तब उस धोखेबाज सुल्तान के सिपाहियों ने उसे बंदी बना लिया था। अब सुल्तान के सामने कोई अन्य अड़चन तो थी नहीं, उसने रानी को पाने के लिए सेना के साथ प्रवेश करने की ठानी थी। रानी पद्मावती अत्यंत चालाक थी, उसने सुल्तान को संदेश भिजवाया कि वह अपनी सेविकाओं के साथ स्वयं ही उसके खेमे में आ रही है।

सुल्तान की तो बाँहें खिल गईं, उसकी मुराद जो पूरी होनेवाली थी। तब किले से कई पालकियाँ सुल्तान के खेमे की तरफ गई थीं। उन पालकियों में वास्तव में राजपूत वीर बैठे थे, उन्होंने अपने अदम्य साहस एवं वीरता के कारण राजा को सुल्तान की कैद से मुक्त किया था। परंतु सुल्तान के पास हजारों सैनिक थे। कहते हैं कि करीब सात हजार राजपूत वीरों ने अपनी धरती की आजादी के लिए अपने प्राणों की आहुति दी थी। रानी तो रानी थी, उसने करीब सौलह सौ राजपूत वीरांगनाओं के साथ अपना अलौकिक श्रृंगार किया था एवं देश की खातिर अपनी मान-मर्यादा की खातिर, नारी के सम्मान की खातिर पहला जौहर किया था। चंदन की लकड़ियों की पवित्र ज्वालाओं ने इन वीरांगनाओं को अपने आगोश में लेकर उन्हें सदा-सर्वदा के लिए मानव इतिहास में अमर कर दिया था। राजपूत वीरों ने भी साथ दिया था, रणभूमि में कूदकर हजारों दुश्मनों को मौत के घाट उतारा था एवं स्वयं को देश पर कुरबान कर दिया था। कहते हैं कि इस अप्रत्याशित घटना से वह क्रूर सुल्तान इतना बौखला गया था कि उसने तेरह हजार निर्दोष लोगों की हत्या करवा दी थी।

महाराणा कुंभा अत्यंत वीर एवं साहसी सिसोदिया वंशीय राजपूत राजा था। उसने मेवाड़ पर सन् चौदह सौ तैंतीस से सन् चौदह सौ अड़सठ तक राज किया था। उसने कई महान् योद्धाओं को युद्ध में पराजित किया था। कहते हैं कि एक ऐसे ही भयानक युद्ध में उसके शरीर पर अस्सी घाव लगे थे। इसी महान् राजपूत महाराणा ने अपने शासनकाल में बत्तीस महलों का निर्माण करवाया था। इसी महाराणा के नेतृत्व में समस्त राजपूत राजा एक हो गए थे। कहते हैं कि इसी महाराणा को लोग कुंभकरण के नाम से भी जानते हैं।

अब बात सन् पंद्रह सौ पैंतीस की है, जब गुजरात के सुल्तान बहादुरशाह ने मेवाड़ के राणा विक्रमजीत सिंह को युद्ध में परास्त किया था। तब महाराणा की रानी कर्णवती ने अदम्य साहस का परिचय दिया था। उसने किले में उपस्थित समस्त राजपूत वीरों को अपनी मातृभूमि की रक्षा के लिए ललकारा था। रानी की ललकार ने तब जैसे जादू का काम किया था। उन वीर राजपूतों ने अपने देश की आन-बान-शान के लिए दुश्मन की सेना को रौंद दिया था और अंततः वीरगति को प्राप्त हुए थे। धन्य थे, वे राजपूत वीर एवं धन्य थीं, वे राजपूत क्षत्राणियाँ, जिन्होंने देश के इन दीवानों को अपनी छाती का दूध पिलाया था। इधर रानी कर्णवती एवं उन राजपूत वीरों की स्त्रियों ने अपनी लाज की रक्षा के लिए अग्निदेव का आलिंगन किया था। तब अग्निकुंड की उस पवित्र ज्वाला के तेज से भारत माँ के गौरव की रक्षा हुई थी।

चित्तौड़ का किला राजपूत शासकों की वीरता का परिचायक था, उनकी एकता का प्रतीक था। बेचारे अकबर को चैन कहाँ था, जब तक चित्तौड़ पर उसका कब्जा न हो तब तक वह भारत का शहंशाह कैसे हो सकता था। आखिरकार चंद गद्दारों की मदद से उसने सन् पंद्रह सौ सड़सठ में इस किले पर आक्रमण करने की ठानी थी। सामंतों की सलाह पर महाराणा उदय सिंह को किले से जाने के लिए विवश किया गया था, परंतु जब अकबर की विशाल सेना ने किले को चारों तरफ से घेर लिया तो सामंतों ने राजकुमार प्रताप को किला छोड़ने की सलाह दी, परंतु उस वीर को यह सलाह कतई नहीं भायी थी। परंतु वरिष्ठ सामंतों के समझाने–बुझाने पर एवं मेवाड़ एवं राजपूताना के राज्यों की खातिर उन्हें किला छोड़ने पर मजबूर होना पड़ा, जिससे वह भविष्य में शत्रु को धूल चटा सकें। राजा मानसिंह किस्मत का धनी था, हल्दीघाटी के युद्ध में यदि मुगल सैनिक सेनापति मानसिंह को महाराणा प्रताप की नजरों से दूर नहीं ले जाते तो शायद आज हिंदुस्तान का इतिहास ही कुछ और होता। खैर! यहाँ तो चर्चा हो रही है, मेवाड़ के किले की। किले में कुछ चंद राजपूत वीर ही थे, जिन्होंने अपने सिरों पर केसरिया कफन पहना था एवं दुश्मनों पर टूट पड़े थे। उनकी वीरता देखकर अकबर भी विस्मित हो गया था। उनके स्मारक बनाकर अकबर ने उन वीरों को वीरोचित श्रद्धांजलि पेश की थी। उधर राजपूत वीरांगनाओं ने महारानी कर्णवती के मार्ग का अनुसरण करते हुए जौहर किया था। धन्य थीं वे वीरांगनाएँ एवं धन्य थे, वे राजपूत वीर, देश इनकी कुरबानियों को कभी नहीं भूल सकता है।

कहते हैं कि इससे पहले भी कई राजपूत वीरांगनाओं ने दुश्मन के हाथों पड़ने के बजाय जौहर में अपने प्राणों की आहुति देना श्रेयस्कर समझा था। दिल्ली के अंतिम राजपूत शासक पृथ्वीराज की रानी संयोगिता ने जौहर में अपने प्राणों की आहुति दी थी।

महाराणा उदयसिंह के देहांत के पश्चात् उनकी चहेती रानी मतियानी ने अपने पुत्र जयमल को राणा की उपाधि दिलाने में कामयाबी हासिल की थी। महाप्रतापी राजकुमार प्रताप अपनी विमाता का भी अपनी माँ के समान सम्मान करते थे। समस्त प्रजा एवं सामंतों के हृदय सम्राट् होने के बावजूद उन्होंने मृत राणा एवं अपनी विमाता के वचनों की लाज रखी एवं स्वेच्छा से राणा की उपाधि स्वयं धारण न कर भाई को प्रदान की। परंतु जयमल के बूते में राणा की उपाधि की गरिमा को बनाए रखना था ही नहीं। उसे सामंतों की सलाह पर बाध्य होकर राणा की उपाधि

छोड़नी पड़ी थी, सिंहासन छोड़ना पड़ा था और तब वह शुभ घड़ी आई थी, जब राजकुमार प्रताप को महाराणा की उपाधि से विभूषित किया गया था। उन्हें मेवाड़ के तख्तो-ताज पर बैठाया गया था। शासन की बागडोर सँभालने के बाद उस महान् प्रतापी महाराणा ने समस्त वीर राजपूतों को एकजुट होने का प्रयत्न किया था। उधर अकबर किसी भी कीमत पर हिंदुस्तान का बादशाह बनने का ख्वाब देख रहा था। उसने कई प्रलोभन देकर महाराणा के दोनों भाइयों एवं कई राजपूत राजाओं को अपने साथ मिला लिया था। उसने महाराणा को भी कई प्रलोभन दिए, परंतु उन्हें किसी भी कीमत पर उसका स्वामित्व स्वीकार नहीं था। उन्हें भारत की इस धरती पर विदेशियों का शासन कतई मंजूर नहीं था। तब उस महाराणा ने अरावली की पहाड़ियों पर अपने सैनिकों को गोरिल्ला युद्ध की शिक्षा प्रदान की थी। अकबर प्रताप की ताकत से परिचित था युद्ध में बिना छल के, बिना देश के गद्दारों की सहायता से प्रताप से युद्ध नहीं जीत सकता था। तब उसने साम, दाम, दंड एवं भेद की नीति का अनुसरण किया था। कहते हैं कि उसने छह बार अपने विश्वस्त मंत्रियों को महाराणा प्रताप के साथ संधि करने भेजा था, परंतु महाराणा तो आजादी के प्रतीक थे भला उसके झाँसे में कैसे आते। तब अकबर ने एक चाल चली, एक राजपूत वीर को एक अन्य राजपूत वीर के साथ लड़वाया था। उसने राजपूत वीर मानसिंह के नेतृत्व में एक विशाल सेना को महाराणा के साथ युद्ध करने के लिए भेजा था। तब हल्दीघाटी का प्रसिद्ध युद्ध लड़ा गया था, सारी हल्दीघाटी लहू-लुहान हो गई थी। पहले तो महाराणा के गोरिल्ले सैनिकों के हाथों दुश्मन के हजारों सैनिक मौत के घाट उतारे जा चुके थे। महाराणा का घोड़ा मानसिंह के हाथी पर झपट पड़ा था, उधर महाराणा के भाले ने मानसिंह की छाती के लहू से युद्ध का समापन करना चाहा था, पर उसी समय महावत ने उस भाले के प्रहार को स्वयं पर लेकर मानसिंह के प्राणों की रक्षा की थी। मानसिंह ने हाथी के हौदे के पीछे छिपकर अपनी जान बचाई थी। उसके सैनिक उसे वीर प्रताप की नजरों से दूर ले गए थे, उधर महाराणा अकेले ही दुश्मनों पर भारी पड़ रहे थे। महाराणा के प्राणों की खातिर तब उनके ताज एवं पोशाक को उनके अनन्य एक स्वामी भक्त सामंत ने धारण किया था एवं चेतक ने अपने स्वामी के प्राणों की रक्षा की थी। सबकुछ लुटने के बाद भी राणा ने अकबर की अधीनता स्वीकार नहीं की एवं अपने मंत्री के धन से पुनः राजपूत सेना का गठन किया। कहते हैं कि अकबर ने तब प्रताप से लड़ने के लिए युद्ध की कमान अपने हाथों ली, पर उसे कभी कामयाबी नहीं मिली थी। अंततः उसके

अरमान उसके दिल ही में दफन हो गए थे। महाराणा प्रताप ने पुनः कई राजपूताना के क्षेत्रों में शासन किया था एवं स्वतंत्रता की, शौर्य की, सम्मान की एवं राजपूत वीरता की एक बेमिसाल मिसाल कायम की थी। इसी कारण आज भी देश, महाराणा प्रताप एवं शिवाजी के गीत गाता रहता है, जिन्होंने इस धरती के कण-कण में वीर रस का संचार किया था, स्वतंत्रता का शंखनाद किया था।

"सिर कटा सकते हैं, लेकिन सिर झुका सकते नहीं,
अपनी आजादी को हम मिटा सकते नहीं।"

यही सीख मिलती है महाराणा के कारनामों से, उनके सामंतों से। कहते हैं कि उनके मंत्री भामाशाह ने उन्हें अशर्फियों की थैलियाँ भेंट की थीं, जिनकी बदौलत राणा पच्चीस हजार सैनिकों की देखभाल दस साल तक कर सकते थे।

प्रताप एवं शिवाजी हमारी आजादी के प्रेरणास्रोत हैं। इसी प्रेरणा के बल पर आज हमारा देश गुलामी की जंजीरों से मुक्त हुआ है। हमारे स्वतंत्रता संग्राम के नायकों ने स्वतंत्रता के इन्हीं महानायकों के पद-चिह्नों पर चलकर देश की आजादी के लिए अपना सबकुछ कुरबान कर दिया था। अपनी आजादी के लिए, देश की अखंडता के लिए, देश की आजादी के लिए कुरबानी देनी होती है, अपने खून से माँ के ललाट का विजय तिलक करना होता है, तभी नवीन इतिहास का सृजन होता है।

चित्तौड़गढ़ का किला करीब सात सौ एकड़ जमीन में फैला है। इसकी ऊँचाई करीब सात सौ फीट है। यह किला मेवाड़ राज्य की राजधानी था। इस किले में करीब पैंसठ ऐतिहासिक स्मारक या इमारतें हैं। इनमें चार महल, उन्नीस मंदिर, चार स्मारक एवं बाईस पानी के जल स्थान हैं। इनमें कुंभ श्याम मंदिर, मीराबाई मंदिर, बाराह मंदिर, श्रृंगार चौरी मंदिर, विजय स्तंभ एवं कीर्ति स्तंभ अति प्रसिद्ध हैं। इस किले में प्रवेश करने के लिए सात द्वार हैं, जिन्हें क्रमशः पादन पोल, भैरों पोल, हनुमान पोल, जोखा पोल, गणेश पोल एवं लक्ष्मण पोल के नाम से जाना जाता है। सातवें दरवाजे से आप महलों में प्रवेश कर सकते हैं।

राणा कुंभा ने अपनी विजय के उपलक्ष्य में विजय स्तंभ का निर्माण करवाया था। उसने युद्ध में मालवा के सुल्तान महमूद शाह प्रथम खिलजी को शिकस्त दी थी। वह स्तंभ 122 फीट ऊँचा है एवं इसमें नौ तल हैं। धरातल का आयत करीब सैंतालीस वर्ग फीट है। इसके आठवें तल से चित्तौड़ के बाहर का दृश्यावलोकन किया जा सकता है। इसी प्रकार कीर्ति स्तंभ करीब 72 फीट ऊँचा है, इसकी शिल्पकला जैन शिल्प कला के समान है। इस कीर्ति स्तंभ को आदिनाथ को समर्पित किया गया है।

राणा कुंभा का महल भी अति ऐतिहासिक है। इसी महल में पन्ना धाय ने भावी राणा उदयसिंह के जीवन की रक्षा के लिए अपने पुत्र को राजकुमार बताकर मेवाड़ राज्य की रक्षा की थी। इसी कारण आज पन्ना धाय का नाम इतिहास में अमर है। यहाँ का पद्मिनी महल भी अति प्रसिद्ध था, इसे जल महल के सिद्धांत के अनुसार बनाया गया था। इसी महल में शीशों की मदद से अलाउद्दीन ने रानी के बेपनाह हुस्न की एक झलक देखी थी।

इस महल में आज भी राजस्थान का प्रसिद्ध जौहर मेला लगता है। यहाँ का विजय स्तंभ एवं कीर्ति स्तंभ हमारी कीर्ति के प्रतीक हैं।

□

प्रकृति एवं पर्यावरण

हम सब भलीभाँति जानते हैं कि आज विश्व मानव जिस इनवायरमेंट, क्लाइमेट चेंज की चर्चा कर रहा है। वह वास्तव में हमारे चारों तरफ का प्राकृतिक वातावरण ही है, सीधे-सादे शब्दों में हम इसे पर्यावरण के नाम से जानते हैं, पर आखिर हमारे चारों ओर क्या तत्त्व हैं, जिन्हें हम पर्यावरण के नाम से जानते हैं। आपने क्षिति, जल, पावक, गगन, समीरा का नाम तो सुना ही है। ये सब प्रकृति के ही पर्याय हैं। प्रकृति पृथ्वी का भी पर्याय है, तब वह उगते हुए सूरज के प्रकाश का सौंदर्य हो चाहे अस्त होनेवाले सूरज की लालिमा, चाहे हिमाच्छादित श्वेत धवल पर्वत चोटियाँ हों, चाहे कल-कल की ध्वनि से माहौल को खुशनुमा करनेवाले नदी नाले हों, चाहे समुद्र की हिलोरे लेने वाली तरंगें हों, चाहे पहाड़ी से जमीन पर गिरने वाले पानी का झरना हो, चाहे पेड़-पौधे एवं फूलों की घाटियों का अनुपम सौंदर्य हो, चाहे रिम-झिम बरसता पानी हो, चाहे पेड़-पौधों एवं आकाश में चिड़ियों का

कलरव हो, ये सब हमारी इसी प्रकृति-नटी के कई रूप हैं, रंग हैं, झाँकियाँ हैं। मानव एवं प्रकृति का अटूट रिश्ता है। तनिक कहीं कुछ गड़बड़ हुई नहीं कि हमारा अस्तित्व ही खतरे में पड़ जाता है। आज विज्ञान ने आसमान की ऊँचाइयों को भी नाप लिया है, पर साथ ही उसके कुछ कारनामों से खतरे की घंटी भी बजने लगी है। आज का मानव विज्ञान की तरक्की के साथ ही उन्नीसवीं सदी से ही पर्यावरण पर चर्चा करने लग गया है, पर क्या इससे पूर्व हमें पर्यावरण की कोई चिंता थी ही नहीं? भारत सभ्यता की उदयस्थली था। हमारे आदि साहित्य वेद, उपनिषद् एवं अन्य ग्रंथों में पर्यावरण संतुलन के तमाम रहस्य छिपे हुए हैं। आज चर्चा होती है, जलवायु परिवर्तन की, ग्लोबल वार्मिंग की, प्राकृतिक आपदाओं की, परंतु हम किंकर्तव्यमूढ़ हैं कि हम अपने पर्यावरण की कैसे रक्षा करें। आज के भौतिकवादी मानव को भारत के उन ज्ञानरूपी खजानों के मर्म को समझना होगा, जिसमें हमारे महान् ऋषि-मुनियों ने आज से हजारो-हजार साल पहले प्रकृति के रहस्यों को आत्मसात् किया था। आज का मानव एवरेस्ट विजेता के दंभ में बावला हो रहा है। प्रकृति पर विजय पाना क्या हमारे वश में है? क्या विज्ञान इस प्रकृति-नटी के रहस्यों से परदा उठाने की सामर्थ्य रखता है? हमें उसपर न तो विजय पानी है, न उससे हमारी कोई प्रतिद्वंद्विता है। हाँ! अपनी खातिर, संसार के प्राणियों की खातिर, अपनी भावी पीढ़ी की खातिर, मानव के अस्तित्व की खातिर आज जरूरत है कि हम उससे जुड़ें, उसके साथ अपना तारतम्य जोड़ें, उसके साथ कदम-से-कदम मिलाकर चलें, उसके सान्निध्य में रहें अन्यथा परिणाम भयानक होंगे। आज हमें खतरा परमाणु बमों का नहीं है, खतरा है—प्रकृति से छेड़-छाड़ कर उसके भयानक परिणामों का। उदाहरण आपके सामने है—विकास के नाम पर 'हिमालयो नाम नगाधिराज' के साथ छेड़-छाड़ की गई, मंदाकिनी, अलकनंदा एवं भागीरथी की जलधाराओं का दोहन करने की चेष्टा की गई, प्राणदायक पेड़-पौधों के कटान से पर्वतों को, जंगलों को वीरान किया गया, शांतचित्त प्रकृति को अपने कोलाहलों से विचलित किया गया, श्वेत पर्वत शिखरों पर कूड़े-करकट के ढेर लगाए गए, पवित्र पावन नदियों के पानी को अपने मल-मूत्र से अपवित्र किया जाने लगा, पर्वतों को काट-काट कर विकास के नाम पर अनगिनत सड़कों का जाल बुना गया तो हमारे जल स्रोत चीत्कार करने लगे, पिघलने लगे, प्रकृति का संतुलन बिगड़ने लगा, तो इसमें अचरज ही क्या था, जब शिव का तीसरा नेत्र क्रोध के कारण खुल गया था—शिव की जटा में गंगा समाई है और आप उसी पावन जल को अपने नापाक

कारनामों से दूषित करने की जुर्रत कर रहे हो, तब चोराबाड़ी के उस ताल ने अपना रौद्र रूप धारण करना ही था—पावन शांतचित्त मंदाकिनी ने काली का रौद्र रूप धारण करना ही था। तब इस शताब्दी का सबसे बड़ा बड़ा महाप्रलय आया था, हिमालय की मंदाकिनी घाटी में। चोराबाड़ी ताल तब ज्वालामुखी बनकर फूटा था, उधर ग्लेशियर अधिक पिघलने से आसमान जमीन पर फट गया था और तब देश के कोने-कोने से आए लोग केदारघाटी के, मंदाकिनी घाटी के इस महाप्रलय में सदा-सदा के लिए हमारी आँखों से ओझल हो गए थे, सारी मंदाकिनी घाटी तबाह हो गई थी, सरकारी आँकड़ों में कुछ हजार यात्रियों के मारे जाने का ही जिक्र है; परंतु स्थानीय लोगों का कथन है कि इस त्रासदी में कम-से-कम करीब पचास हजार लोगों की जानें गई थीं, आज सब लोग अपने-अपने तरीकों से उन कारणों की खोज कर रहे हैं। जिसके कारण यह महाप्रलय हुआ था। आज छोटी बातों के लिए हम कोई कमीशन बैठाते हैं तो जरूरत है कि एक शक्तिसंपन्न कमीशन बैठाया जाए, जो इस महाप्रलय के कारणों की खोज करे, सरकारी तंत्र की विफलता का आंकलन करे, दोषी लोगों को सजा की अनुकंपा करे। एवं भविष्य में ऐसे हादसों को टालने के लिए उचित मार्ग दर्शन करे, तब हमारी चर्चा सारमय होगी।

आश्चर्य है कि आज का मानव जब इस तथाकथित पर्यावरण की चर्चा कर रहा है, तब हमारे पूर्वजों ने हजारों साल पहले प्रकृति के गूढ़ रहस्यों को समझ लिया था और इसी कारण उन्होंने रहस्यपूर्ण साहित्य का सृजन किया था, जिसका मकसद था मानव का प्रकृति के साथ तारतम्य जोड़ना। यही उनके अस्तित्व की कुंजी थी। हमारे वेद दुनिया के सबसे प्राचीन ग्रंथ हैं। हमारे प्रथम वेद ऋग्वेद में वर्णन आता है—

माता भूमिः पुत्रोऽहं पृथिव्याः
पर्जन्य पिता स उ नः पिपर्तु।

मानव द्वारा कामना की गई है कि हमारी यह पृथ्वी हमारी माँ है एवं वह हमें हमेशा अपने साथ रखे। वर्षा पैदा करनेवाले बादलों की ही तरह आकाश हमारे पिता है, जो हमारा लालन-पालन करते हैं।

पुनः कामना की गई है। हे माते पृथ्वी, तुम्हारी छह ऋतुएँ तुम्हारे पुत्रों को खुशी बाँटे एवं सारी ऋतुएँ कल्याणकारी हों।

हमारे वेदकाल का मानव कभी अकेला था ही नहीं, वह धरती, आकाश, सूर्य, चंद्र एवं अन्य ग्रहों के सान्निध्य में रहता था। इस चराचर में किसी भी वस्तु का अपने आप में कोई वजूद था ही नहीं, वह पर्यावरण का ही स्वयं एक पात्र है आदिकाल

से ही मानव पर्यावरण में रुचि रखता आया है, यही कारण है कि भारत का मानव पर्वत, जल, वायु, प्रकाश, अंतरिक्ष, अग्नि, पृथ्वी, नदी, समुद्र, पेड़-पौधे, जड़ी-बूटियाँ, जानवर एवं पक्षियों की भी पूजा करता आ रहा है। नागपंचमी के अवसर पर नागराज स्वयं प्रकट होते हैं एवं आपके अर्पित दूध का पान करते हैं। ऋग्वेद में वन महोत्सव का वर्णन मिलता है।

जातक कथा, हितोपदेश एवं पंचतंत्र की कहानियों के माध्यम से मानव एवं पशु-पक्षियों के संबंधों का साधारण भाषा में वर्णन किया गया है। वेदों का पूरा सार तत्त्व प्रकृति एवं जीवन के चारों तरफ घूमता है। दुनिया में हमारे साहित्य को छोड़कर कोई ऐसा साहित्य नहीं है, जहाँ प्रकृति के शांत एवं सौंदर्य को अलौकिकता प्रदान की गई हो। वेदों में प्रकृति की पूजा अर्चना की गई है, इससे बड़ी और क्या बात हो सकती है कि हमने प्रकृति के हर तत्त्व को देवत्व से महिमामंडित किया है। वेदों में इस समस्त चराचर का वैभव है। हमारे वेद मंत्र कोई साधारण मंत्र मात्र नहीं है, अपितु इनमें विज्ञान का मर्म छिपा है। हम अज्ञानवश इन्हें समझ नहीं पाते हैं। इनके सारतत्त्व की गहन भाषा एवं मुद्राओं को हमें समझने की जरूरत है। अब जरा गौर फरमाइए कि हमारे ऋषियों ने हजारों, लाखों साल पहले पर्यावरण के बारे में क्या कहा था और आज का मानव समाज क्या कर रहा है?

पर्यावरण सुरक्षा ऐक्ट 1986 पर्यावरण को इस प्रकार परिभाषित करता है कि पर्यावरण में पानी, हवा, जमीन सम्मिलित हैं एवं पानी, हवा, जमीन, मानव अन्य प्राणी, पेड़-पौधे एवं प्राकृतिक संपदाओं के बीच के आपसी संबंध ही पर्यावरण है।

यही कारण है कि हमारी आदि भाषा संस्कृत में हमने अपने चारों ओर की चीजों को ही पर्यावरण का नाम दिया है। हमारे उपनिषदों में कहा गया है कि हमारा ब्रह्मांड पाँच तत्त्व धारण करता है—पृथ्वी या जमीन, पानी, प्रकाश, हवा एवं आकाश। प्रकृति ने प्राणियों एवं इन तत्त्वों में सामंजस्य बनाए रखा है।

हमारे प्राचीन पूर्वज प्रकृति की संतान थे, उन्होंने प्रकृति के कई रूपों का अध्ययन किया था, तब वह बालुओं की आँधियाँ हों, तूफान हों, भयानक कड़कती आसमान की बिजली हो, भूचाल हो, भयानक मेघों का गर्जन हो, मूसलाधार वर्षा हो, पर्वतों से बहते हुए पानी की बाढ़ का प्रकोप हो, तपते हुए सूरज का प्रचंड ताप हो, आग की लपटों की ज्वालाएँ हों, उन्होंने न केवल इन दृश्यों का अवलोकन किया था, अपितु उन पर गहन शोध किया था। प्रकृति के इसी रूप पर वे मोहित हुए थे एवं इसे दिव्यता प्रदान की थी। भय से, आदर से तब उन्होंने प्रकृति के इन रूपों के

प्रति आश्चर्य व्यक्त किया था, साथ ही दैवीयता प्रदान की थी।

हम अभी तक शायद ऋषि-मुनियों द्वारा वर्णित देवों के गूढ़ अर्थ को समझ ही नहीं पाए हैं। देवों का अर्थ था जो दैवीय हो, भव्य हो, ताकतवर हो, उज्ज्वल हो, दाता हो। बस! इसी कारण हम प्रकृति के मूल तत्त्वों की पूजा करते आए हैं, तब वह चाहे वायु हो, अग्नि हो, प्रकाश हो, पृथ्वी हो, सोम को हरा रूप प्रदान किया गया है। आग का तो रूप ही उज्ज्वल होता है, हवा तो अत्यंत तीव्रगामी है एवं सूर्य अंधकार से प्रकाश की ओर ले जानेवाला है। वैदिक मान्यता के अनुसार भी यह दुनिया अग्नि, सोम (पानी) से बनी है, सूर्य इसकी आत्मा के समान है, जो सर्वदा गतिमान रहता है। वेदों में इंद्र को अत्यधिक शक्तिशाली बताया गया है, पर आखिर यह है कौन? कहते हैं कि इसने वित्रासुर का वध किया था। मर्म सीधा है बादल पानी को ढक कर रखते हैं, वही वृत्त के प्रतीक हैं—इंद्र उस ताकत का नाम है, जिसके बल पर बादलों के अंदर से पानी की वर्षा होने लगती है। पानी, यानी जीवन, इसी के अधिपति इंद्र को इसी कारण इंद्रासन पर आरूढ़ किया गया है।

अथर्ववेद में पृथ्वी को 'वसुधा' के नाम से पुकारा गया है, जो हमें सभी प्रकार की संपदा प्रदान करती है। ऋग्वेद में पानी के पाँच स्त्रोतों का वर्णन मिलता है—

1. वर्षा का पानी (दिव्य)
2. प्राकृतिक झरने (श्रवंती)
3. कुएँ एवं नहरें (खानित्रियः)
4. तालाब
5. नदी, समुद्र

अथर्ववेद में पानी को अमृत के समान बताया गया है, जो समस्त पेड़-पौधों एवं अच्छी सेहत का प्रयाय है। पानी में समस्त बीमारियों का उपचार करने पर्याय क्षमता है।

"आपो विश्वस्य भेषजी। तस्त्वां मुच्यन्ति क्षेत्रियात्।"

यानी जल ही जीवन है, वह शरीर के वंशानुगत रोगों से भी मुक्ति प्रदान करता है।

हमारे पूर्वजों ने प्रकृति के मूल तत्त्वों एवं जड़-वनस्पति, पशु-पक्षी एवं समस्त प्राणियों में सामंजस्य बना रहे, सारे विश्व में शांति हो इसकी कामना ही की है—

ॐ द्यौः शान्तिरन्तरिक्ष शान्तिः
पृथिवी शान्तिरापः शान्तिरोषधयः शान्तिः।

वनस्पतय: शान्तिर्विश्वे देवा: शान्तिर्ब्रह्म शान्ति:।
सर्वं शान्ति:, शान्तिरेव शान्ति: सा मा शान्तिरेधि॥
ॐ शान्ति: शान्ति: शान्ति:॥

यजुर्वेद की इन पंक्तियों के अर्थ को जानकर आज का तथाकथित पर्यावरणविद् तो केवल चकित ही हो सकता है।

कामना की गई है कि अंतरिक्ष में संतुलन बना रहे, आकाश में संतुलन बना रहे, सर्वत्र एक दिव्य शांति हो, पेड़-पौधों का विकास हो, वे समृद्ध हों, सब पर दैवी कृपा बनी रहें, ब्राह्मण यानी योग्य जन परमांदित हों, प्रत्येक वस्तु में संतुलन बना रहे। अंतत: शांति एवं केवल शांति की कामना की गई है, ऐसी शांति हम सबके जीवन में बनी रहे।

हमारे प्राचीन पूर्वजों ने पर्यावरण की शुद्धि के लिए यज्ञ प्रथा का सृजन किया था। यज्ञ के मुख्य तीन भाग होते हैं—द्रव्य, देवता एवं दान। हम जब किसी द्रव्य को प्रार्थनाओं के साथ किसी देवता को अर्पित करते हैं तो यह यज्ञ कहलाता है, यह हमें बदले में कुछ देता है; परंतु वह चीज द्रव्य न होकर हमारी ही कामना की कोई चीज होती है। सारे प्राकृतिक तत्त्व जिन्हें हम देव कहते हैं, एक-दूसरे से संबंधित हैं।

सूर्य की किरणें समुद्र से पानी सोखती हैं, पृथ्वी पर आकाश से वर्षा होती है और इसी कारण पेड़-पौधे एवं वनस्पतियाँ पृथ्वी पर विकसित होती हैं।

यही पेड़-पौधे एवं वनस्पतियाँ समस्त प्राणियों के भोजन की व्यवस्था करती हैं।

यज्ञ की औषधियुक्त सामग्री से प्रदूषण कम होता है एवं कीड़े-मकोड़ों का अंत होता है। फसलों का उत्पादन बढ़ता है। एक स्वच्छ एवं निरोग वातावरण का सृजन होता है।

यज्ञ करने से मानवमात्र को शांति प्राप्त होती है एवं उसका जीवन आनंदित हो जाता है। इन्हीं विशेषताओं का हमारे मनीषियों ने कितने सुंदर ढंग से बखान किया है—

ॐ भद्रं कर्णेभि: श्रृणुयाम देवा:।
भद्रं पश्येमाक्षभिर्यत्रा:।
स्थिरैरङ्गैस्तुष्टुवाँगसस्तनूभि:।
व्यशेम देवहितं यदायू:।
स्वस्ति न इन्द्रो वृद्धश्रवा:।
स्वस्ति न: पूषा विश्ववेदा:।

स्वस्ति नस्ताक्ष्यों अरिष्टनेमिः।
स्वस्ति नो वृहस्पतिर्दधातु॥
ॐ शान्तिः शान्तिः शान्तिः॥

ओम्! ई ईश्वर! हम अपने कानों से अच्छी-अच्छी बातों को सुनें। जब हम यज्ञ कर रहे हों तो हमें केवल शुभ चीजें ही देखने को मिले। जब हम मंत्रोचार से देवों की स्तुति कर रहे हों तो हम ऐसा जीवन का आनंद लें, जिससे प्रकृति के देव स्वरूप उन मूल तत्त्वों का भी कल्याण हो। कामना की गई है कि प्राचीन कीर्ति के अनुसार इंद्र यानी सोम (पानी) हमारे लिए शुभ हो। पुनः कामना की गई है कि पृथ्वी का ईष्ट यानी पुरुष सर्वोच्च अमीरी का स्वामी बने। आप सब हमारे अनुकूल हों, हमारी रक्षा करें, बुरी चीजों का नाश करें। हमारे प्रति आप सदा सहृदय रहें, कामना की गई है कि स्वयं बृहस्पति यानी हमारे गुरु हमारे कल्याण को सुनिश्चित करें।

'ॐ शान्तिः शान्तिः शान्तिः शान्तिः॥'

ऐसा था हमारा अतीत जब मानव कल्याण के लिए, इस चराचर के संतुलन के लिए इतने महान् मानव कल्याणकारी मंत्रों का सृजन किया गया था। पर्यावरण का इससे अधिक सौंदर्य वर्णन हो ही नहीं सकता है। आज हमारे वैज्ञानिकों को, धरती के हर मानव को जाग्रत् होने की जरूरत है। कुछ चंद वर्षों में हम विकास के नाम पर प्रकृति का दोहन कर रहे हैं, इसकी कीमत चुकानी होगी। अतः समय पर सावधान हों एवं अपनी कथनी एवं करनी से पर्यावरण को बरकरार रखने में प्रकृति के सान्निध्य में जाएँ तो कल्याण ही कल्याण है।

हमारे प्राचीन ग्रंथ यजुर्वेद में जानवरों एवं पेड़ों का विशद वर्णन मिलता है। पेड़ को काटना, पानी के स्रोतों को विषाक्त करना जघन्य अपराध घोषित किया गया है। 'नरसिंह पुराण' में पक्षी को मारने वाले को पापी कहा गया है। कहा गया है कि उसके पाप न तो यज्ञ, अनुष्ठान एवं तीर्थयात्रा करने से मिट सकते हैं और न गंगा स्नान करने से। वराहपुराण में पीपल, बरगद, नारंगी, आम एवं फलों के पेड़ों को काटने का निषेध है। पीपल को तो देवत्व से नवाजा गया है। यह इस पृथ्वी में एक अकेला पेड़ है, जो दिन एवं रात, दोनों समयों में ऑक्सीजन का सृजन करता रहता है। दुनिया के अन्य समस्त पेड़-पौधे रात्रि बेला में कार्बन डाइऑक्साइड गैस छोड़ते रहते हैं। पद्मपुराण में वर्णन आता है कि जो मानव प्राणियों का वध करता है, पानी के कुएँ, झील एवं तालाब को दूषित करता है। बगीचों को नुकसान पहुँचाता है, वह नरक में जाता है, यानी "He goes to hell." वाह! क्या सुंदर विधान था। काश!

आज हम पुनः इन्हीं बातों पर मनन करें तो कई हिमालयन सुनामियों को रोका जा सकेगा, मानव का जीवन सुखी हो जाएगा।

आप सब जानते हैं कि मानव जाति का प्रथम पद्यों का महाकाव्य रामायण है। तब क्या आप जानते हैं कि इस महाकाव्य का सृजन कैसे हुआ था? वाल्मीकि तमसा नदी के स्वच्छ जल में स्नान कर रहे थे, कि इतने में क्या देखते हैं कि आकाश में क्रौंच पंछी का जोड़ा आपस में मैथुन क्रिया में लीन था, तभी अचानक एक क्रूर शिकारी ने अपने तीर से नर पक्षी को जमीन में मार गिराया था, उसकी प्रियतमा मादा पक्षी अपने प्रियतम के वियोग को सहन न कर सकी एवं उसने उसी स्थान पर तड़प-तड़पकर अपने प्राण त्याग दिए थे। इस करुण दृश्य को देखकर विश्व के प्रथम कवि के मुँह से यह स्वर प्रस्फुटित हुए थे—

मा निषाद प्रतिष्ठां त्वमगमः शाश्वतीः समाः।
यत्क्रौंचमिथुनादेकमवधी काममोहितम्॥

यानी उन्होंने कामना की थी कि जैसे इन पक्षियों ने तड़प-तड़पकर अपने प्राण गवाँए हैं, वह शिकारी भी आजीवन ऐसा ही तड़पता रहेगा। यही बोल कवि की भावी कविता के प्रथम छंद थे।

भागवत महापुराण में कहा गया है कि हवा हमारी प्राण है। पेड़ हमारे केश के बाल हैं, समुद्र हमारी नाभि है, पहाड़ एवं पर्वत शिखर हमारी रीढ़ की हड्डियाँ हैं एवं नदियाँ हमारी रक्त कोशिकाएँ हैं। यह सब पृथ्वी के, हमारे ब्रह्मांड के अभिन्न अंग हैं। इनका विचरण ही युग परिवर्तन है, समयचक्र है। चरक संहिता में कहा गया है कि जंगलों का विनाश ही राष्ट्र का विनाश है। महाभारत महाकाव्य में प्रकृति के मूल तत्त्व क्षिति, जल, पावक, गगन एवं समीरा को इस ब्रह्मांड के प्राणियों के प्रादुर्भाव का मूल स्रोत कहा गया है। इसी महाकाव्य में यह भी कहा गया है कि इस ब्रह्मांड के समस्त प्राणियों की हड्डियाँ हमारे पर्वत ही हैं। पृथ्वी हमारे मांस के समान है, आकाश हमारा पेट है, हवा हमारी साँस है एवं अग्नि हमारी ऊर्जा है। उपनिषदों में जमीन, पानी, प्रकाश, हवा एवं आकाश तत्त्वों की चर्चा है, इन्हीं तत्त्वों के तालमेल से सृष्टि की उत्पत्ति होती है। इनके आपस में तालमेल के कारण ही इस ब्रह्मांड का अस्तित्व बना रहता है। वेदों में स्पष्ट कहा गया है कि पानी एवं अग्नि तत्त्वों से सृष्टि का सृजन होता है। सूर्य सृष्टि की आत्मा है, जो चलायमान भी है और स्थिर भी है। इंद्र को देवराज की पदवी से नवाजा गया है, क्योंकि उसी की बदौलत बादलों के आवरण को हटाकर पानी की बूँदें बरसती हैं, मारुत उसका सहयोगी है, अदिति

देवमाता है, जो इस सृष्टि की समस्त ऊर्जा का स्रोत है।

हमारी पृथ्वी हमारी माता है और इसी परंपरा के कारण हम स्वयं अपनी भारत की भूमि को भारत माता कहते हैं। जिन्हें आप देवी-देवताओं के नाम पर पूजते हैं, वे इंद्रलोक में विराजमान कोई देवता हैं ही नहीं, अपितु वे तो स्वयं इस प्रकृति के मूल तत्त्व हैं; जिन्हें उनके गुणों के अनुरूप, शक्ति के अनुरूप किसी काल्पनिक देवता के नाम से नवाजा गया है। प्रकृति एवं मानव के ऐसे सुखद संबंधों की चर्चा केवल इस भारत-भूमि में ही संभव है। रामायण के महानायक की शिक्षा गुरु के गुरुकुल में हुई थी, जो घने जंगलों के बीच अवस्थित था। हमारे महान् ऋषि-मुनियों ने अपने वैज्ञानिक शोध नदी के किनारों या घने जंगलों में किए थे। राम ने अपने जीवन के चौदह वसंत जंगलों में ही गुजारे थे। पंचवटी, दंडकारण्य, नैमिषारण्य एवं काननवन हमारे संत महात्माओं की कर्मस्थली थी। महान् वैज्ञानिक भागीरथ ने प्रकृति के साथ तालमेल बैठाकर हिमालय के ग्लेशियरों की जल धारा गंगा नदी का इस भारत-भूमि में अवतरण करवाया था।

कवि कालिदास तो प्रकृति के पुजारी थे। उन्होंने प्रकृति के अनेकानेक रंगों से अपनी कृतियों के हर पृष्ठ को रंगीन बना दिया था। अभिज्ञान शाकुंतलम् की नायिका शकुंतला तो प्रकृति के सान्निध्य में रहती थी। उस परम सुंदरी का श्रृंगार भाँति-भाँति के सुगंधित पुष्पों से किया जाता था, वह लताओं, पेड़-पौधों एवं फूलों से लदे पौधों, पक्षियों एवं हिरणों के बीच खिलखिलाती रहती थी। प्रकृति के सौंदर्य को निहारती रहती थी, उसका अपना सौंदर्य भी प्रकृति के समान अनूठा था, निर्मल था, रंगीन था, निर्दोष था, धवल था। राजकुमार दुष्यंत शकुंतला के अनुपम प्राकृतिक सौंदर्य के साथ उसके चारों ओर के अनन्य प्राकृतिक सौंदर्य पर भी मर मिटा था। कालिदास के मेघदूत में तो आकाश के मेघ व्याकुल विरहिणी के प्रेम संदेश को उसके बिछुड़े प्रेमी तक पहुँचाने का काम कर रहे हैं। रघुवंश में कवि की लेखनी ने मयूर के पंखों का क्या सुंदर चित्रण किया है।

राजा दशरथ जंगल में शिकार करने गए हैं तो सामने क्या देखते हैं कि एक अति ही मनमोहक मोर अपने समस्त पंखों को फैलाए हुए एक सजीव दृश्य का सृजन कर रहा है। मोर के उन सुंदर पंखों को देखकर राजा को अपनी प्रियतमा के केशों की याद आती है, जो रंग बिरंगे फूलों से सजे रहते हैं एवं राजा के प्यार करने पर बिखर जाते थे, ऐसे में बेचारा राजा उस मोर का शिकार कैसे कर पाता?

आज सारा विश्व हर वर्ष पाँच जून को विश्व पर्यावरण दिवस मनाता है, परंतु

आज सारा विश्व एवं समस्त विश्व मानव प्रकृति के साथ छेड़छाड़ करने में लगा है। आज हम विकास के नाम पर पानी से खिलवाड़ कर रहे हैं, वनों से खिलवाड़ कर रहे हैं, पर्वतों से खिलवाड़ कर रहे हैं, हमने कानून तो कई बनाए हैं, पर ज्यादातर कानूनों को तोड़ने में कुछ संपन्न लोग अपनी शान समझते हैं। एक तरफ हम गंगा माँ की आरती उतारते हैं, दूसरी तरफ उसे विषाक्त करने में भी आगे बढ़कर भाग लेते हैं, यही हाल पावन यमुना का है, अन्य नदियों का है। आज का मानव प्रकृति से दूर हो रहा है। विश्व के प्रथम कूटनीतिज्ञ चाणक्य ने अपने प्रसिद्ध ग्रंथ 'अर्थशास्त्र' में लिखा है कि राजा का कर्तव्य होता है कि वह राष्ट्र के पानी के स्रोतों की रक्षा करे। हमारे स्वयं के अन्य शास्त्रों में लिखा गया है कि राष्ट्र के चारों ओर जंगल होने चाहिए। 'हवा हमारी प्राणवायु है' तो हमें क्या हक है कि हम प्राणियों के जीवन से खिलवाड़ करें एवं वातावरण को अपने कारनामों से प्रदूषित करें। हमारे पुरातन ग्रंथ न केवल हमारे देश की धरोहर हैं, अपितु सारे मानव समाज एवं विश्व की धरोहर हैं। इससे भी बढ़कर स्वयं हमारी प्रकृति एवं मूल तत्त्वों की धरोहर है। काश! आज के युग का मानव प्रकृति के गहन रहस्यों को जान पाता, अपने पर्यावरण को जान पाता। आज जरूरत है कि हम मानव सभ्यता के प्रथम भारतीय दस्तावेजों के मर्म को समझने की चेष्टा करें, उनको डी-कोड करने का प्रयत्न करें एवं प्रकृति के मूल तत्त्वों के संतुलन के लिए कृतसंकल्प हों। आज विश्व पर्यावरण एवं क्लाइमेट चेंज की समस्या से जूझ रहा है, परंतु यदि हम किंचित् भी अपने अतीत के साहित्य के मर्म को समझने में कामयाब हुए तो एक बार पुनः यह वसुंधरा धन-धान्य से पूर्ण हो जाएगी, स्वच्छ जल, स्वच्छ वायु से सारा वातावरण हमारे जीवन को प्रफुल्लित करने लगेगा। विश्व के हर मानव का पहला काम है, अपने आस-पास के वातावरण को स्वच्छ रखना। राष्ट्र का धर्म है जल स्रोतों की रक्षा करना, राज्य में हर ओर पेड़-पौधे लगाना एवं वायु को स्वच्छ रखने में अपनी अहम् भूमिका निभाना। जो भी व्यक्ति पर्यावरण के साथ छेड़छाड़ करता है, वह पाप का भागी है, दंड का भागी है। आइए! सारे विश्व मानव, सारे विश्व के देश सब साथ मिलकर अपने पर्यावरण को प्रकृति के मूल रूप की तरह ही स्वच्छ, निर्मल बनाने में अपना योगदान करें, तब निश्चित ही हमारी भावी संतानें इस वसुंधरा के अतुलनीय वैभव का आनंद ले पाएँगी।

हमारा भारत आदिकाल से प्रकृति को देवत्व से महिमामंडित करता आ रहा है। इसी संदर्भ में प्रकृति के मूल स्वरूप का वर्णन विश्व मानव को विस्मित करने में समर्थ है—

ॐ पूर्णमदः पूर्णमिदं पूर्णात्पुर्णमुदच्यते।
पूर्णश्य पूर्णमादाय पूर्णमेवावशिष्यते॥
ॐ शान्तिः शान्तिः शान्तिः॥

यानी यह चराचर अपने आप में पूर्ण है, यह ब्रह्मांड भी पूर्ण है, पूर्ण से उत्पन्न हर वस्तु स्वयं में पूर्ण है एवं पूर्ण तब भी स्वयं में पूर्ण ही रहता है।

वाह ! पर्यावरण संतुलन की इससे अधिक सुंदर व्याख्या क्या हो सकती है ?

□

सोने की चिड़िया

आपने गीतकार के इस फिल्मी गीत को कई बार सुना है—

जहाँ डाल डाल पर
सोने की चिड़िया करती है बसेरा
वो भारत देश है मेरा।

पर क्या यह गीतकार की कोरी कल्पना मात्र है या एक जमीनी हकीकत है। इतना तो हम जानते हैं कि जब धरती के कई अन्य देशों का मानव पाषाण युग में चलना-फिरना सीख रहा था, तब भारतवर्ष का मानव सभ्यता के ऊँचे सोपानों को नाप रहा था। उसका आकाश वेद मंत्रों की ऋचाओं से गूँजता था, इन रहस्यमयी मत्रों में सारे जहाँ का सौंदर्य समाया था, चराचर का वैभव समाया हुआ था। हमारे महान् पूर्वजों ने केवल आध्यात्मिक एवं सांस्कृतिक क्षेत्रों में ही महारत हासिल नहीं की

थी, अपितु विज्ञान, कृषि, भाषा, व्याकरण, दर्शनशास्त्र, वाणिज्य, कूटनीति, आयुर्वेद, योग, वास्तुशिल्प के क्षेत्र में भी असाधारण आविष्कारों का सृजन किया था। उन्होंने विज्ञान के कई क्षेत्रों में उच्च मापदंड कायम किए थे। यह तो हम जानते हैं कि आज का विश्व भारत को अपना आध्यात्मिक गुरु मानता है, पर बात केवल अध्यात्म तक सीमित होती तो बात कुछ और थी; परंतु आज दुनिया में जो भी विज्ञान, वाणिज्य, औद्योगिक क्षेत्रों में चमत्कार हो रहे हैं, उनके बीज तो भारत देश में हजारों साल पहले बोए गए थे। कई क्षेत्रों में विज्ञान के वे आविष्कार आज की तुलना में कई गुना अधिक विस्मित करनेवाले थे, पर इन प्रयोगों को साफ सरल भाषा में लिपिबद्ध नहीं किया गया। यह ज्ञान एक पीढ़ी से दूसरी पीढ़ी को मौखिक मिलता रहा और नौबत यहाँ तक आ गई कि पौराणिकता के जामे में इस अथाह ज्ञान सागर के प्रकाश को ओझल जैसा कर दिया। हमारी संस्कृति, हमारी सभ्यता, हमारा वैभव केवल कुछ सैकड़ों एवं हजारों साल पुराना नहीं है, अपितु लाखों साल पुराना है; परंतु यहाँ चर्चा इन ज्ञान के खजानों की नहीं हो रही है। अपितु हम तो चर्चा कर रहे हैं—हीरे, माणिक, मोती, पन्ना, सोना, चाँदी, ताँबा, लोहा एवं अन्य धातु एवं खनिज भंडार, अन्न, पशु-पक्षी, जंगल, नदी-नालें के उन रहस्यमयी खजानों की, जिनके कारण सारा विश्व हमारे देश को 'सोने की चिड़िया' के नाम से जानता था। कहते हैं कि हमारा प्राचीन भारत धन-दौलत के मामले में दुनिया का सबसे अमीर देश था। आज भले ही दुनिया हमें 'गरीबों का अमीर देश' के नाम से जानती है, जिस पर भले ही विस्तार से चर्चा होनी चाहिए, परंतु अतीत का हमारा भारत वास्तव में सोने की चिड़िया था। यह कथन न तो मेरा है और न आपका, और न ही यह गीतकार का पहला गीत है, जिसमें भारत की महिमा का ऐसा स्वर्णिम वर्णन है। यह कथन तो हमारे उन आकाओं का है, जिन्होंने तीन सौ सालों तक हमारे देश पर राज किया था। उन्होंने हमारे देश को गोल्डन स्पैरो (Golden Sparrow) के नाम से विभूषित किया था, यानी 'सोने की चिड़िया'। अब समझने वाली बात तो यह है कि आखिर उनके हाथों कौन सा अलाउद्दीन का खजाना लगा था कि उन्हें मजबूरन हमारे इस देश को यह नाम देना पड़ा, यानी 'भारत एक सोने की चिड़िया' है।

विश्व के कई लोगों की जुबान से भारत के रत्नों की खानों, सोने-चाँदी के अंबार एवं अतुल धन-संपदा के कई किस्से सुनकर कई लुटेरे शासक एवं कबीलों के सरदार अपनी खूँखार एवं अत्याचारी फौज के साथ इस देश को लूटने के इरादे से इस माटी में आए थे। अधिकांश लुटेरों ने जमीन के रास्ते से भारत की ओर कूच किया

था, परंतु यूरोपियन वास्कोडिगामा ने समुद्री रास्ते इस सोने की चिड़िया वाले देश में प्रवेश किया था। कोलंबस भी इसी सोने की खोज में भारत को ढूँढ़ने निकला था और जा पहुँचा था—अमेरिका महाद्वीप। कई सालों तक वह वहाँ के ही देश को भारत देश समझ बैठा था, वहाँ के मूल निवासियों को आज भी रेड इंडियन के नाम से ही जाना जाता है, कई सालों के अंतराल के बाद कोलंबस को सच्चाई का ज्ञान हुआ था।

आज रामायण, वैदिककाल एवं महाभारतकाल का वैभव तो इतिहास के पन्नों तक ही सिमटकर रह गया है, परंतु मोहनजोदड़ो एवं हड़प्पा की खुदाई से इतना तो पता लगा था कि भारत दुनिया के अधिकांश देशों में अपने बहुमूल्य सामान का निर्यात करता था। बदले में खनकते सोने-चाँदी के सिक्कों से हमारी झोली भर जाती थी। दुनिया की सबसे पहली हीरों की खान हमारे ही देश में थी। गोलकुंडा के हीरों की खान का जिक्र तो स्वयं महान् अंग्रेजी साहित्यकार शेक्सपीयर ने अपनी कलम से किया था। दुनिया का सबसे अनमोल हीरा 'कोहनूर' हमारे देश की शान था। एक सौ पाँच कैरेट का यह बहुमूल्य हीरा अंग्रेज हमसे लूट कर ले गए और आज यह ब्रिटेन की महारानी के ताज की शान है। दुनिया का सबसे बहुमूल्य राज-सिंहासन 'तख्तेताउस' हमारे हिंदुस्तान के शानो-शौकत और समृद्धि का परिचायक था। इस सिंहासन पर बेशकीमती हीरे-जवाहरात गढ़े हुए थे अंततः यह अंग्रेजों के हाथ लगा और उसे भी वे अपने देश ले गए। आज दुनिया का सबसे प्रसिद्ध एवं बहुमूल्य तख्तेताउस ब्रिटेन देश की शोभा बढ़ा रहा है। आपने दुनिया के सबसे अधिक जालिम एवं लुटेरे का नाम तो सुना ही है, उस दुष्ट मुहम्मद गजनी ने हमारे देश को कई बार लूटा-खसोटा था। कहते हैं कि प्रथम ज्योतिर्लिंग सोमनाथ के मंदिर में अपार धन-संपदा थी। उस लुटेरे ने इस पावन मंदिर को कई बार ध्वस्त किया था एवं यहाँ की अतुल धन-संपदा लूटकर अपने देश ले गया था। कहा जाता है कि जब पहली बार उसने भारत को लूटा था तो उससे करीब बीस गुणा अधिक संपदा उसे दूसरी बार केवल सोमनाथ के मंदिर को लूटने पर मिली थी। कहा जाता है कि सोमनाथ मंदिर को सत्रह बार लूटा गया था, ध्वस्त किया गया था, परंतु हर बार ध्वस्त होने के बाद भारत के यशस्वी राजाओं ने इसका पुनर्निर्माण कराया एवं यह सदा ही अतुल धन-संपदा का गढ़ रहा है। कहा जाता है कि इसका निर्माण सबसे पहले एक चंद्रवंशीय राजा ने करवाया था। मंदिर का संपूर्ण निर्माण सोने की धातु से किया गया था। कहते हैं कि दूसरी बार इसके ध्वस्त होने के बाद लंकाधिपति रावण ने चाँदी से इस मंदिर का निर्माण करवाया था।

अठारहवीं सदी में नादिरशाह ने दिल्ली को लूटा था। कहते हैं कि जब वह वापस

अपने देश ईरान जा रहा था तो करीब एक सौ पचास मील के घोड़े एवं हाथियों के काफिले पर लूट की संपदा लदी थी। कहा जाता है कि धन के लालच में उसके ही जनरल ने रास्ते में ही उसकी हत्या कर दी थी और लूट के अधिकांश खजाने को हिंदुकश पर्वत श्रृंखलाओं में कहीं छिपा दिया था। कुछ ब्रिटिश जानकारों का मत था कि सन् 1753 में हिसाब से नादिरशाह के लूट के सामान की कीमत 85,500,000 ब्रिटिश पौंड थी। नादिरशाह ने ही सबसे पहले तख्तेताउस को लूटा था, जो अंतत: अंग्रेजों के हाथ लगा था।

अब लूटने की बारी थी मुगल शासकों की, इन्होंने भी देश को कंगाल करने में कोई कसर बाकी नहीं रखी थी। इन्होंने न केवल सामान्य प्रजा को लूटा, अपितु हजारों मंदिरों को भी ध्वस्त किया एवं उनकी अपार धन-संपदा पर अपनी कब्रें खड़ी की थीं। औरंगजेब ने भी अपने सिपहसालार मुहम्मद आजम को हुक्म दिया था कि वह सोमनाथ के पावन मंदिर को धूल में मिला दे। तब मुहम्मद आजम ने अपने आका की मंशा पूरी की थी। मुगल बादशाहों ने कोई भी जन कल्याण के कार्य नहीं किए थे। सारा लूट का पैसा, टैक्स का पैसा अपनी ऐयाशी में उड़ाया था। हाँ, अपने लिए, अपनी बेगमों के लिए एवं उनकी कब्रगाहों के लिए इन्होंने हिंदुस्तान के पूरे खजाने को खाली कर दिया था। कहा जाता है कि मुगल शहंशाहों के दो गुप्त तहखानों में बेशकीमती हीरे एवं जवाहरातों का अंबार था। खुदा जाने कि आखिरकार वह खजाना किसके हाथ लगा था। इसी दौरान शेरशाह सूरी जैसे शासक भी थे, जिन्होंने टैक्स के पैसे को समाज के हित के कामों पर लगाया था। उसने ही ग्रांड ट्रंक रोड का निर्माण किया था। उसने सबसे पहले जमीन की पैमाइश करवाई थी एवं जमीन के हिसाब-किताब रखने के लिए शासनतंत्र की जिम्मेदारी तय की थी। कहते हैं कि अकबर ने उसी की शासन प्रणाली को अपनाया था। जानकार विद्वानों का मत है कि मुगलों के शासनकाल में भारत की जी.डी.पी. (GDP) विश्व की जी.डी.पी. की पच्चीस प्रतिशत थी, जो अब घटकर सन् 1950 तक मात्र तीन प्रतिशत रह गई थी। एक ब्रिटिश अर्थशास्त्री के अनुसार सन् 1700 तक सारे विश्व की इकोनॉमी का 27% शेयर भारत का था, जबकि पूरे यूरोप के देशों की आर्थिक हिस्सेदारी मात्र 23% थी। यानी जब अंग्रेज इस देश पर शासन करने आए थे, तब विश्व बाजार में भारत नंबर एक के पायदान पर खड़ा था। औरों की बात छोड़ें और भारत की संपन्नता का गुणगान स्वयं अंग्रेज वायसराय लार्ड मैकाले के मुख से सुनें, जो उसने सन् 1835 में ब्रिटिश पार्लियामेंट के समक्ष बयान किया था—

"मैं भारत के कोने-कोने में घूमा हूँ, पर मुझे कोई भी ऐसा व्यक्ति नहीं दिखाई दिया, जो भीख माँग रहा हो या चोरी कर रहा हो, मैंने उस देश के उच्च नैतिक मूल्यों को देखा है।"

परंतु देश का दुर्भाग्य था कि अंग्रेजों ने हमें खूब लूटा एवं खसोटा था। वह देश की अपार संपदा को कई सौ पानी के जहाजों में लादकर अपने देश इंग्लैंड ले गए थे। अंग्रेजों ने करीब तीन सौ सालों तक इस देश पर राज किया और आखिर में जाने तक हमें कंगाल कर गए। इंग्लैंड की भूमि पर ही सबसे पहले औद्योगिक क्रांति हुई थी, नए-नए वैज्ञानिक शोध हुए थे, पैसों की तो कमी थी ही नहीं। भारत की लूट का माल था। भारत के पैसे पर कई वैज्ञानिक आविष्कार हुए, औद्योगिक क्रांति हुई। हमारे ऊपर तो दुहरी मार पड़ी थी—कच्चा माल कौड़ियों के भाव खरीदा गया और वही माल कई गुना अधिक कीमत पर हमें बेचा गया था। हमारे कुटीर उद्योग एवं कपड़े बनाने के घरेलू उद्योगों की राख की ढेर पर अंग्रेजों ने अपने कल-कारखानों की इमारतें खड़ी की थीं। एक तरफ बंगाल में अकाल पड़ा था, करोड़ों देशवासी भूख से तड़पकर मर रहे थे, दूसरी तरफ भारत का पूरा खाद्य पदार्थ अंग्रेजों की फौजों को भेजा जा रहा था, जो भारत के पैसे से विश्वयुद्ध का संचालन कर रहे थे। उन्होंने हमारे कई लाख नौजवानों को उनकी लड़ाई लड़ने के लिए विदेशी जमीन पर भेजा था। उन्होंने हमारी गुरुकुल शिक्षा प्रणाली समाप्त की एवं मैकाले शिक्षा पद्धति से अंग्रेजियत का गुलाम बनाया था। उन्होंने 'डिवाइड एवं रूल' यानी 'तोड़ो और शासन करो' की नीति से हिंदू एवं मुसलमानों के बीच दीवार खड़ी की थी और तब स्वतंत्रता के नाम पर देश के दो टुकड़े किए थे।

कुछ साल पहले अंग्रेजों के एक बड़े समुद्री जहाज का पता लगा था, जो दुश्मन के तारपीड़ों से विश्वयुद्ध के दौरान समुद्र के तल में समा गया था। क्या आप जानते हैं कि आखिर उस जहाज में क्या सामान मिला था? उसमें दो सौ चालीस टन चाँदी की ईंटें थीं, जो अंग्रेज भारत से लूटकर इंग्लैंड ले जा रहे थे। अब इस संपदा पर उन्हीं का कब्जा है। जाते-जाते भी वह कई चाल हमसे खेल गए। उन्होंने हमारे देश के धर्म के नाम पर दो टुकड़े कर दिए। देश का सारा खजाना खाली था, जो कुछ करोड़ था भी तो वह हमारे आकाओं ने पाकिस्तान के सुपुर्द कर दिया था, नौबत यहाँ तक आ गई थी कि सरकारी मुलाजिमों को वेतन देने के लिए पैसे ही नहीं थे। भला हो उस हैदराबाद के निजाम का जिसने तब हमारी लाज बचाई थी एवं भारत सरकार को कर्ज देकर इस नाजुक हालात पर काबू पाने में मदद की थी।

परंतु एक महान् आश्चर्य भी है कि इतना सबकुछ होने पर भी आज भी हमारे देश

में अपार धन-संपदा है। अभी कुछ वर्षों पहले ही की तो बात है, जब हमारे सर्वोच्च न्यायालय के आदेश पर केरल के प्रसिद्ध मंदिर पद्मस्वामी के कुछ बंद कमरों को खोला गया था। वहाँ लगे सोने के ढेरों को देखकर सब दंग रह गए थे। ऐसा अनुमान है कि उस सोने की कीमत अमेरिकी डालर में करीब बाईस अरब डालर आँकी गई है। इसी प्रकार तिरुमाला वेंकटेश्वर, काशी विश्वनाथ, जगन्नाथपुरी, मीनाक्षी, सोमनाथ, सिद्ध विनायक, तिरुपति वेंकटेश्वरम्, बालाजी, वैष्णों देवी, गोल्डन टेंपल एवं साईं बाबा के मंदिरों में हजारों टन सोना भरा पड़ा है। ऐसा अनुमान है कि अन्य संपदा के अलावा अकेले करीब बाईस हजार टन सोना इन मंदिरों में भरा पड़ा है। कहा जाता है कि सोमनाथ का गर्भगृह तो केवल हीरे एवं मोती से बना हुआ है। मंदिरों के अलावा भी आज भी हमारे देश में सोने की काफी खपत होती है। विश्व स्वर्ण संगठन के 1998 के आँकड़ों के आधार पर भारत में प्रतिवर्ष 600 मैट्रिक टन सोने की खपत होती है, यह तो केवल सरकारी आँकड़ा है, सारे आँकड़ों को मिलाकर यही मात्रा कई गुणा अधिक बढ़ जाती है।

कई लोगों की धारणा है कि इस देश में कई गुप्त खजाने हैं। कोल्लड़ की गुफा में कहते हैं कि अपार धन-संपदा छिपा रखी है। कृष्णा नदी के खजाने एवं गोलकुंडा में भी अपार धन छिपा रखा हुआ है। हैदराबाद की चार मीनार की गुप्त सुरंग गोलकुंडा तक जाती है। कहते हैं कि यहाँ भी खजाना गड़ा हुआ है। कहते हैं कि मौर्यवंशीय राजा बिंबसार ने राजगीर नामक स्थान पर अपने खजाने को किसी गुप्त स्थान पर छिपा रखा है। अंग्रेजों ने इस खजाने को पाने के लिए खूब प्रयत्न किए थे, पर वे अपने मकसद में कामयाब नहीं हो पाए थे। हैदराबाद का अंतिम नवाब मीर कासिम अली सन् 1937 तक दुनिया का सबसे अमीर आदमी था, परंतु जब भारत सरकार ने इस रियासत को भारत में मिलाया था तो उसके हाथ केवल पाँच हजार करोड़ रुपए ही लगे थे। आज तक यह रहस्य बना हुआ है कि आखिरकार निजाम की वह अपार संपदा कहाँ गायब हो गई थी। कहते हैं कि मुगल बादशाह जहाँगीर ने अपने खजाने को अलवर के किले में किसी गुप्त स्थान पर छिपा रखा है। इसी प्रकार राजा मानसिंह ने अपने खजाने को जयपुर के जयगढ़ किले में छिपाकर रखा हुआ है। कई लोगों की धारणा है कि रानी जोधाबाई ने फतेहपुर सीकरी के किले में अपार धन छिपाया हुआ था। खैर! खजानों की बात तो खुदा ही जाने पर एक अन्य खजाने की चर्चा जोर-शोर से हो रही है—आज हर किसी की जुबान पर स्विस बैंकों की चर्चा हो रही है। इस बैंक के एक डायरेक्टर का कथन है कि 'भारत गरीब है, पर भारत देश कभी गरीब नहीं रहा,' उसके यानी भारत देश के करीब दो सौ अस्सी लाख रुपए स्विस बैंकों

में जमा हैं, यानी यह पैसा इतना अधिक है कि अगले तीस सालों तक टैक्स लगाने की जरूरत नहीं पड़ेगी। इस पैसे के बल पर करीब साठ करोड़ लोगों को रोजगार मुहैया हो सकता है।

आज हालात कुछ ठीक नहीं हैं, जब देश आजाद हुआ था तो एक भारतीय रुपए की कीमत एक अमेरिकी डालर के बराबर थी, जो अब घटकर एक डालर के मुकाबले तिहत्तर रुपए रह गया है। देश के अमीर और अधिक अमीर बन रहे हैं, जो निश्चित ही अच्छी बात है, पर गरीब तो और गरीब हो रहा है। पैसों की कमी नहीं, धन-धान्य की कमी नहीं तो फिर समस्या कहाँ है? आज जरूरत है समान वितरण की यानी देश का पैसा सबको एक समान प्राप्त हो, सबका फायदा हो। आजादी के कई वर्षों तक हम कल्पना लोक में ही विचरते रहे। हमने 'गरीबी हटाओ' का नारा तो जरूर लगाया, पर हमारा देश 'गरीबों का अमीर देश बन गया', क्या विडंबना है।

पर अब कुछ वर्षों से देश का जन मानस जाग चुका है, अब हम किसी स्वप्न लोक की कल्पना नहीं करते हैं, अपितु धरातली हकीकत की बात करते हैं। आर्थिक खुशहाली की बात करते हैं, अनाज के उत्पादन की बात करते हैं, दूध के उत्पादन की बात करते हैं, 'मेक इन इंडिया' की बात करते हैं, यानी अब हम समझ चुके हैं कि 'भूखे पेट भजन नहीं होत गोपाला' और इसके लिए अब हमारी जुबान से ये बोल मुखरित होते हैं कि—

मेरे देश की धरती सोना उगले
उगले हीरा मोती,
मेरे देश की धरती, मेरे देश की धरती॥

यानी यदि हमें पुनः सोने की चिड़िया बनने का गौरव प्राप्त करना है तो अपने खेतों से सोना उगलना होगा। हमें आर्थिक तरक्की करनी होगी, रोटी, कपड़ा और मकान की समस्या को हल करना होगा। हमें बिजली, पानी, स्वास्थ्य की सामान्य जरूरतों को पूरा करना होगा। पर यह कैसे संभव होगा? 'मेक इन इंडिया' का नारा सुहाना लगता है—विदेश निवेश का प्रयत्न हो रहा है, पर जो कुछ हमारे पास है, उसे तो आजमाकर देखें, आखिर पैसे से ही तो पैसा बनेगा, देश के सोने की अपार संपदा के कुछ अंशमात्र से हमें निवेश के लिए कहीं बाहर जाना ही नहीं पड़ेगा। आज निर्यात नगण्य है और आयात आसमान छू रहा है, जरूरत है कि हम गुणवत्ता से भरपूर उत्पादों का उत्पादन करें एवं उसे विश्व बाजार में बेचें। यह देश महलों का देश है आश्चर्यों का देश है, रहस्यों का देश है, कला एवं संस्कृति का देश है, पर छोटे-छोटे देशों की तुलना में भी आज हमारा पर्यटन नगण्य सा है। आज सारी दुनिया हमारे खजुराहो,

कोणार्क, साँची, अजंता-एलोरा, हंपी, लौह स्तंभ, गोल्डन टेंपल, हिमालय के पर्वत शिखर, समुद्री बीच, त्योहार, नृत्य, संगीत, वाद्य, अक्षरधाम जैसे स्मारक देखने के लिए लालायित हैं। पर्यटन व्यवसाय में क्रांतिकारी परिवर्तन हों, हमारे स्मारक पुनः सजीव हों, सारे पर्यटकों के लिए एक ही मूल्य का टिकट हो तो देश के लाखों नौजवानों को रोजगार भी मिलेगा, हमारी तिजोरी में पैसा भी आएगा एवं हमारी महान् संस्कृति से भी दुनिया अवगत होगी।

हमारा मकसद भले ही लोगों का भला करना हो, पर क्या दो रुपए किलो चावल देकर यानी कौड़ी के भावों अनाज देकर हम अपने लोगों के पैरों पर कुल्हाड़ी नहीं मार रहे हैं। मुफ्त पानी एवं मुफ्त बिजली देकर हमें वोट तो मिल गए, पर हमने उन्हें सदा-सदा के लिए सरकार की दया का पात्र बना दिया। अच्छा होता हम उन्हें रोजगार देते, रोजगार के साधन उपलब्ध कराते, उनके अंदर काम करने की क्षमता पैदा कराते (स्किल डेवलपमेंट) तो वह दिन दूर नहीं कि वह अपना गुजारा स्वयं करने में समर्थ होंगे। पसीने से कमाया पैसा ही असली धन है, उसका लुत्फ निराला है।

आज हमें यदि पुनः सोने की चिड़िया बनना है तो आर्थिक तरक्की करनी होगी। गरीब के लिए यह खूबसूरत दुनिया केवल अंधकार जैसे है, अस्तु गरीब कैसे अमीर बने हमें इसके लिए नए तरीके ईजाद करने होंगे। इसके लिए हमें व्यावसायिक शिक्षा को प्रोत्साहन देना होगा। शिक्षा के व्यापार को बंद करना होगा। शिक्षा ऐसी हो कि हम अपनी रोजी-रोटी कमा सकें। आज सौभाग्यवश माहौल हमारे पक्ष में है। हम आठ प्रतिशत की रफ्तार से उत्पादन कर रहे हैं, कृषि के क्षेत्र में पुनः हरित क्रांति की जरूरत है, डेयरी क्षेत्र में कुरियन के ख्वाबों के अनुकूल श्वेत क्रांति की जरूरत है, 'बढ़े चलो, बढ़े चलो, कदम मिलाकर बढ़े चलो,' हम प्रगतिपथ पर कदम-से-कदम मिलाकर बढ़ते रहें, तब निश्चित ही वह दिन दूर नहीं, जब हम विश्व की आर्थिक ताकत बनने का गौरव प्राप्त करेंगे। तब विश्व का यह आध्यात्मिक गुरु देश अपने अतीत का वही 'सोने की चिड़िया' (Golden Sparrow) वाला देश बन जाएगा और अब किसी में इतना दम कहाँ कि पुनः हमको लूट सके। तब हम अंग्रेजों के दिए इंडियन नाम को त्यागकर अपने असली नाम को धारण कर धन्य हो जाएँगे। अब हम इंडियन नहीं अपितु भारतीय हैं, अब हमें अपनी असली पहचान हासिल हो गई है, अस्तु हम भारतवासी माँ भारती का जयघोष करते हैं और अब सच्चे अर्थों में देश की हर डाल पर सोने की चिड़िया का बसेरा होने जा रहा है। जय भारत!

□

संदर्भ

"मानव सभ्यता के रहस्यमयी दस्तावेज"

1. **डेविड ओसवोर्न**—पुरातत्त्व वैदिक ज्ञान का वैज्ञानिक सत्यापन वीडियो डीवीडी उपलब्ध है अमेजन.कॉम
2. **फ्रेडरिक मैक्समूलर—प्रधान वास्तुकार**
   अपनी पुस्तक 'भारतीय दर्शन' के छह प्रणालियों द्वारा वैदिक पुरातत्त्व के महत्त्व को प्रतिपादित किया है।
3. इसको वैज्ञानिक रूप से सत्यापित किया जा सकता है । पुरातत्त्व, संस्कृति एवं भाषाओं का विश्लेषण एवं सामान्य शोध के द्वारा इसे प्रमाणित किया जा सकता है ।
   उदाहरणार्थ : भाषा एवं प्रतीकात्मकता, हड़प्पा में पाई गई मुहर, वैदिक शब्द 'ॐ' का प्रतीक, स्वस्तिक का निशान, नृत्य करती बाला के कंगन—सतपथ में भी इनका उल्लेख है ।

- 3500 पुरातात्त्विक स्थल—इनमें दो-तिहाई स्थल लुप्त सरस्वती नदी के समीप विद्यमान हैं ।

लुप्त सरस्वती नदी की खोज

वेदों में सरस्वती नदी का विशद वर्णन मिलता है। ऋग्वेद के अनुसार सरस्वती नदी हिमालय पर्वत से प्रवाहित होकर अरब सागर में समाहित होती है, यद्यपि अब यह नदी लुप्त हो गई है, परंतु उपग्रह के द्वारा अब इस सूखी नदी के चित्र प्राप्त किए गए हैं। डेटिंग तकनीकी के द्वारा भी इसकी प्रामाणिकता पर मुहर लगा दी गई है ।

कृष्ण द्वारा बसाई द्वारिका नगरी

महाभारत में वर्णित द्वारिकापुरी के अवशेष समुद्र के गर्भ में पाए गए हैं। आधुनिक एवं पुरातत्त्व विज्ञान के प्रसिद्ध वैज्ञानिक डॉ. एस.आर. राव ने द्वारिका की खोज से इसकी हकीकत पर मुहर लगाई है।

कौशांभी, पानिप्रस्थ, सोनप्रस्थ, इंद्रप्रस्थ एवं पुराना किला आज भी महाभारत काल की यादों को ताजा कर रहे हैं। मत्स्य पुराण एवं वायु पुराण में भी इनका उल्लेख है।

भारत के 35 प्रसिद्ध पुरातात्विक स्थल

द्वारिका के अलावा भी अन्य 35 प्रमुख पुरातात्त्विक स्थलों का महाभारत में उल्लेख मिलता है, इन स्थलों पर ताँबा, लोहा, मुहरें, सोना एवं चाँदी के आभूषण तथा धातु में बरतन मिले हैं। हस्तिनापुर बाढ़ की लहरों में समा गया था, यहाँ की माटी के अध्ययन से इसकी पुष्टि हुई है।

'कुरुक्षेत्र के इलाके में लोहे के धनुष, तीर, भाले एवं अन्य शस्त्र पाए गए हैं। इनकी वैज्ञानिक परख करने पर प्रमाणित होता है कि इनका उपयोग महाभारत काल में हुआ था।

वैदिक साहित्य के प्रसिद्ध विचारक

- आर्थर शोफेन हॉवर्र : (जर्मन दार्शनिक का कथन)—"मैं उच्च और पवित्रता से ग्रस्त होकर वेदों के गहन और मूल विचारों का सम्मान करता हूँ।"
- राल्फ वाल्डो : (अमेरिकन लेखक) "मैं एक भव्य दिन के लिए गीता का कर्जदार हूँ।"
- हेनरी डेविड थोरो कहते हैं, "मैंने प्रात: भागवत गीता के अति विशाल दर्शन में अपनी बुद्धि को स्नान कराया है, जिसके समक्ष आधुनिक दुनिया एवं इसका साहित्य तुच्छ लगता है।"
- अल्फ्रेड नोर्थ हाइटहेड : (अंग्रेज गणितज्ञ) "वेदांत मानव मस्तिष्क, मानव प्रभाव की सबसे प्रभावशाली आध्यात्मिक पुस्तक है।"

जुलियस रॉबर्ट (ओपेनहाइमर अमेरिकन परमाणु विज्ञान के जनक) "वेद इस शताब्दी की सबसे बड़ी देन है।"

प्रथम परमाणु परीक्षण के पश्चात् पत्रकारों से बात करने पर उन्होंने भागवत गीता के ग्यारहवें अध्याय की कुछ पंक्तियों का हवाला दिया था—"मैं दुनिया के विघटक का कारण हूँ।"

उनसे जब पत्रकारों ने पूछा कि क्या यह पहला परमाणु परीक्षण है ? तो उनका जवाब था—"हाँ! आधुनिक समय में।"

यानि उनके अनुसार प्राचीन काल में परमाणु परीक्षण हुए थे, इसी संदर्भ में गीता के वाक्यों को उन्होंने उद्धृत किया था।

चीन के विद्वान् एवं लेखक लिन युटांग—"भारत त्रिकोणमिति, द्विघात, समीकरण, व्याकरण एवं स्वर-विज्ञान इत्यादि में चीन का शिक्षक है।"

फ्रेंकोइस वॉल्टेयर—''हमारे पास सबकुछ गंगा किनारे से आया है।'' उक्त सभी विद्वानों ने खुले मन से स्वीकार किया है कि—वेदों से वैज्ञानिक विचारों की उत्पत्ति हुई है।

दिल्ली का लौह स्तंभ

वेदों में उन्नत वैज्ञानिक तकनीकी का वर्णन है, जो आज के युग की तकनीक से भी श्रेष्ठ थी। इसका जीता-जागता प्रमाण दिल्ली का लौह स्तंभ है, जिसका निर्माण ईसा करीब तीन सौ साल पहले हुआ था। उस लौह स्तंभ पर आज तक जंग नहीं लगी है।

वैदिक ब्रह्मांड ज्ञान

कार्ल सैगन—"वैदिक ब्रह्मांड विज्ञान ही है, जो आधुनिक ब्रह्मांड विज्ञान के अनुरूप है।"

नोबेल पुरस्कार विजेता मौरिस माइरालिनक—''वैदिक ब्रह्मांड विज्ञान, जिसे कोई यूरोपियन अवधारणा पार नहीं पा सकी है।''

नब्बे फुट खगोल यंत्र—इस खगोल यंत्र का निर्माण जयपुर के राजा संवाई जयसिंह द्वारा किया गया था, इस यंत्र की बदौलत चंद क्षणों में ही समय की माप की जा सकती है।

फ्रांस के खगोल शास्त्री, जीन क्लाइड बौली—इस विद्वान् ने वैदिक खगोल विज्ञान के उपकरणों को ग्रीक एवं मिस्र से पुरातत्त्व बताया है। इन उपकरणों द्वारा सटीकता से जो गणना की गई थी, वह आज की गणना से थोड़ा भी भिन्न नहीं है।
होलिओडोरस कॉलम एक ग्रीक दूत था, वह ईसवी शताब्दी से पूर्व 103 बी.सी.ई. में भारत आया था, उसकी राय से अगथोक्लेस ने नए सिक्कों को चलाया था, जिस पर कृष्ण एवं बलराम के चित्र थे। इससे प्रतीत होता है कि प्राचीन समय में ग्रीकवासियों ने भारत से कई आश्चर्यजनक चीजें सीखी थीं।

वैदिक गणित

वाल्टेयर (प्रसिद्ध फ्रांसीसी लेखक)—''पैथागोरस ज्यामिति सीखने गंगा के किनारे गया था।''

- दशमलव प्रणाली का पहली बार उल्लेख यजुर्वेद में किया गया है।
- शून्य का परिचय भारतीय संस्कृति की अनंतता की अवधारणा के साथ हुआ था।
- बानरी संख्या प्रणाली, जो कंप्यूटर के लिए आवश्यक है, उसे वैदिक कविता मीटर में प्रयोग किया गया है।

- हैसिंग तकनीक, जिसको आजकल गूगल में प्रयोग किया जाता है, प्राचीन काल में उसे दक्षिण के संगीतशास्त्र के रागों के नोट्स में प्रयोग किया जाता था।

वैदिक ध्वनि और मंत्र

प्राचीन काल में दिव्यास्त्रों का आह्वान मंत्रों द्वारा किया जाता था। कुरुक्षेत्र के मैदान में हजारों साल पहले इन्हीं मंत्रों की बदौलत दिव्य अस्त्रों को प्रकट किया गया था। रामायण काल में भी इन्हीं मंत्रों के कारण दिव्य अस्त्र-शस्त्र प्रकट किए गए थे। पुराने समय में ब्रह्मास्त्र, जो आधुनिक परमाणु शस्त्र से भी अधिक शक्तिशाली थे, का अनुसंधान किसी गुप्त मंत्र के द्वारा किया जाता था और व्यक्तिगत शत्रुता के लिए इसका प्रयोग वर्जित था।

वेदध्वनि की संगीतमय ध्वनि के उतार-चढ़ाव अत्यंत दिव्य एवं प्रभावकारी हैं।

दुरंत (प्रसिद्ध अमेरिकन इतिहासकार)—"मोहनजोदड़ों एवं हड़प्पा के अवशेषों में रेडियो सक्रिय रख पाई गई है, जो प्राचीनकाल के परमाणु युद्ध का प्रमाण है।"

फिलिप कॉयर—''भारत हमारी नस्ल की जन्मभूमि है।''

फ्रेडरिक मैक्समूलर—''मानव मन जिस क्षेत्र को भी अपने विशेष अध्ययन के लिए चुनता है, चाहे वह भाषा, धर्म, पौराणिक कथा, दर्शन, कानून, रिवाज, कला एवं विज्ञान आदि सर्वत्र आपको भारत जाना होगा, चाहे आज इसे पसंद करें या नहीं, क्योंकि मनुष्य के इतिहास में कुछ मूल्यवान और सबसे अधिक निर्देशक मटिरियल भारत के खजाने में सँजोए हुए हैं।''

अगस्त्य संहिता

यह एक आश्चर्यजनक पुस्तक है। 'अगस्त्य संहिता' में महान् वैज्ञानिक एवं ऋषि श्रेष्ठ अगस्त्य ने बिजली की बैटरी के निर्माण का विशद वर्णन किया है, यानी रामायण युग में बिजली को उत्पन्न करने की विधि से भारत परिचित था।

मित्र एवं वरुण का उल्लेख आज के कैथोड एवं एनोट के लिए किया जाता था।

प्राणवायु एवं उदान वायु का प्रयोग ऑक्सीजन एवं हाइड्रोजन के लिए किया जाता था।

आयुर्वेद

- सर्जरीटाइम्स.कॉम/हिस्ट्री/एनस्यिंट/एचटीएमएल
- डब्ल्यूडब्ल्यूडब्ल्यू.हेंडबुक्स.ओआरजी/सुधीर-बीरोकदर/इंडिया/मैडिसिन.एचटीएमएल

योग

- डब्ल्यूडब्ल्यूडब्ल्यू.एसओएएस.एसी.यूके./कोर्सयुनिट्स/15पीएसआरसी173/एचटीएमएल
- डब्ल्यूडब्ल्यूडब्ल्यू.एनआईओएस.एसी.आईएन/मीडिया/डॉक्यूमेंट्स/एसईसीआईसीओयूआर/इंगलिश/सीएच.15पीडीएफ

खजुराहो

- इंडियन कॉन्सेप्ट ऑफ सेक्स्युलिटी
- कामसूत्र—डब्ल्यूडब्ल्यूडब्ल्यू.हिमवंती.ओआरजी/कामसूत्र

कोणार्क सूर्य मंदिर

- कोणार्क सन टेंपल ऑफ ओडिसा-सांटिफिक मार्वल ऑफ इंडिया—डब्ल्यूडब्ल्यूडब्ल्यू.मैपऑफइंडिया.कॉम/द कोणार्क-सन-टेंपल-सांटिफिक मार्वल-ऑफ-इंडिया

अजंता एंड एलोरा

- डब्ल्यूडब्ल्यूडब्ल्यू.वर्ल्डमिस्ट्रीरीज.कॉम/एमपीए11.एचटीएमएल एलोरा कैव्स-इंडिया-सैक्रेड डस्टीनेशन्स
- डब्ल्यूडब्ल्यूडब्ल्यू-सैक्रेड-डस्टीनेशनस.कॉम/इंडिया/एलोरा-कैव्स

ताजमहल

- एचटीटीपी/मीशनसी.वर्डप्रेस.कॉम/2007/11/ताजमहल-ओआर-तेजो महालय

सांची का महान् स्तूप

- डब्ल्यूडब्ल्यूडब्ल्यू.मैपऑफइंडिया.कॉम/ग्रेटस्तूपा-ऐट-सांची-ग्लोरियस-बुद्धिस्ट मोनुमेंट

हम्पी के स्मारक

- डब्ल्यूएचसी.यूनेस्को-ओआरजी>कल्चर>वर्ल्ड हेरीटेज सेंटर

दिल्ली का लौह स्तंभ

- आन दी कोरोजन रेसिस्टेंस ऑफ देल्ही आइरन पिलर—होम.आईआईटीके.एसी.इन/बाला/जर्नलपेपर/जर्नल/जर्नल पेपर—

टेस्ट ट्यूब बेबीज

- साइंस ऑफ हिंदुइज्म-टेस्ट ट्यूब बेबीज पोस्टेड बाई सरीन ऑन 20 अक्तूबर, 2013

परमाणु संपन्न प्राचीन भारत

रामायण—''एक पल में धुएँ एवं बादलों की महान् गड़गड़ाहट ध्वनि में जैसे मृत्यु का वास हो।''

महाभारत—"यह एक प्रक्षेपास्त्र था, जो ब्रह्मांड की समस्त शक्तियों को धारण किए था। धूम्र और प्रचंड लौ का स्तंभ हजारों सूर्यों के प्रकाश से भी उज्ज्वल था। यह एक अज्ञात अस्त्र था। यह लौह ब्रज एक विशाल मृत्यु के दूत के समान था।"

हवाई रथ एवं विमान

- डब्ल्यूडब्ल्यूडब्ल्यू.बीआईबीएलआईओटीईसीएपीएलईवाईएकडीईएस.नेट/विमांस/ईएसपी_विमान्स_7.एचटीएम
- डब्ल्यूडब्ल्यूडब्ल्यू-फर्स्टपोस्ट.कॉम›इंडियन न्यूज
- फ्लाइंग एयरक्राफ्टस एंड न्यूक्लियर वार एंड ओदर स्ट्रेंज ओकरेंसस ऑफ दी पास्ट, एडिटिड बाई जेम्स हर्टमैन

कुंभ मेला

- वेदा—वेदा.वीकीडॉट.कॉम/कुंभ.मेला

टिप्पणी

- समस्त छायाचित्र इंटरनेट से लिये गए हैं।

□□□